수사반장 1958

수사반장
1958 김영신 대본집

1

니들북

추천사

1971년 3월 6일 첫 회부터 1989년 10월 12일 마지막 회까지 19년 동안 경찰과 국민을 잇는 다리 역할을 한 전설 같은 드라마 〈수사반장〉이 다시 돌아온다는 소식을 듣고 너무나 기뻤습니다. 저에게 〈수사반장〉은 발로 뛰며 광고주를 직접 찾아 다닐 만큼 애정이 깊은 작품이었습니다. 드라마를 위해 과학 수사 연구소, 경찰대학교 등지에서 공부했던 일, 실제 형사님들과 현장을 동행했던 일 등이 주마등처럼 지나갑니다.

〈수사반장 1958〉은 시대 고증 때문에 작업에 어려움이 많았을 겁니다. 그러면서도 한편으로는 그만큼 정성을 들인 작품이기에 시간을 거슬러 시청자들의 사랑을 받은 게 아닌가 싶습니다. 이 작품을 통해 아무리 시대가 변해도 정의는 반드시 지켜져야 하며 그 정의를 지키는 데 공권력의 존재 이유가 있음을 다시 한 번 되새길 수 있길 바랍니다.

"죄를 지으면 반드시 찾아내게 되어 있어!"

영원한 수사반장
배우 최불암

MBC 인턴 작가로서 〈수사반장〉 IP를 개발하던 때가 엊그제 같은데 방송이 끝나고 대본집이 나온다니, 사실은 아직도 잘 믿기지 않습니다. 아주 긴 꿈을 꾸는 것 같기도 하고, 평행 우주 속 또 다른 나와 몸이 바뀌어 살아보는 듯한 기분도 듭니다. 그 정도로 〈수사반장 1958〉은 제게 기적 같은 작품이었습니다. 이 자리를 빌려 기적을 함께해주신 분들께 감사의 인사를 전하고 싶습니다.

신인 작가인 저를 발탁해주신 MBC 방송국, 〈수사반장 1958〉의 의미를 누구보다 깊이 있게 해석해주신 김성훈 감독님, 정말 감동 그 자체였던 최불암 선생님, 대체 불가의 멋짐과 진정성으로 박영한 역을 열연해주신 이제훈 배우님, 누구든 김상순이란 캐릭터를 사랑할 수밖에 없도록 완벽하게 구현해주신 이동휘 배우님, 처음부터 끝까지 늘 강직하고 열정이 흘러넘쳤던 최우성 배우님, 작품에 대한 애정과 열의로 항상 반짝반짝 빛났던 윤현수 배우님, 영한의 안식처가 돼주신 서은수 배우님, 당차고 사랑스러운 봉순경이었던 정수빈 배우님, 박영한의 0번째 동료이자 울타리가 돼주신 유대천 역의 최덕문 배우님, 평상시에도 황수만으로 보일 정도로 배역을 삼켜버리신 조한준 배우님, 수사반에 없어서는 안 될 웃수저 감초 남현우 배우님, 최고로 얄미운 역할을 소화해 시청자들을 몰입시켜주신 최서장 역의 오용 배우님, 남다른 해석으로 가장 비열하고 공포스러운 백도석을 보여주신 김민재 배우님, 그리고 급박한 일정 속에도 공들여 작업해주신 제작팀, 연출팀, 미술팀, 소품팀, 의상팀, 조명팀, 촬영팀, 음향팀, 분장팀, CG팀, 그 외에 열거하지 못한 모든 스태프와 배우님들께 진심으로 감사드립니다.

항상 격려를 아끼지 않으며 유쾌하고 명쾌한 조언을 주셨던 윤홍미 PD

님, 김지하 PD님 덕분에 어려운 순간을 버텨낼 수 있었습니다. 긴 시간 동안 작품을 위해 쉬지 않고 애써주신 홍석우 EP님, 장재훈 EP님 덕분에 이 드라마가 세상에 나올 수 있었습니다. 함께 울고 웃으며 작업하는 동안 큰 힘을 주신 보조 작가 고혜영 작가님, 작품에 대해 함께 고민해주신 NEG63 작가님들께 깊은 감사를 드립니다.

그리고 누구보다 든든한 저의 캡틴이자 존경하는 선배님이신 크리에이터 박재범 작가님! 작가로서 자신감이 바닥이던 제가 작가님의 가르침으로 커다란 위로와 희망을 얻었습니다. 앞으로도 작가로서 난관에 부딪힐 때마다 작가님께서 해주신 말씀들을 떠올리며 잘 헤쳐나갈 수 있을 것 같습니다. 작가님 덕분에 글 쓰는 재미를 알았고, 일하는 것이 행복한 작가가 됐습니다. 작가님과 함께 일할 수 있어 진심으로 영광이었습니다.

존경하는 부모님, 아무것도 없을 때부터 온전히 믿어주고 지지해준 동생 성민이, 존재 자체로 마음에 안정을 주는 사랑스러운 친구들, 늘 관심으로 챙겨주는 친척들, 기도와 응원으로 힘을 더해준 대한교회 식구분들께 특별한 감사를 드립니다. 그 어떤 상황에도 제 멘탈을 붙잡아주신 하나님 사랑합니다.

마지막으로, 그동안 〈수사반장 1958〉을 사랑해주신 시청자 여러분께 고개 숙여 감사드립니다. 여러분의 삶에도 이 작품이 말하는 용기와 희망이 회복되기를 소망합니다.

2024년 8월
작가 김영신

차례

추천사

작가의 말   005

일러두기   006

기획 의도   008

인물 관계도   010

등장인물   012

용어 정리   014

                                            024

                                            027
1회
                                            083
2회
                                            137
3회
                                            195
4회
                                            255
5회

작가가 직접 고른 명장면과 명대사 1   318

사진과 함께하는 세트 투어 1   325

만든 사람들   338

기획 의도

2024년, 공권력에 대한 불신이 극에 달한 지금. 경찰은 칼부림 현장에서 피해자를 두고 도망치는가 하면, 16개월 영아가 아동 학대로 사망에 이르도록 방관한다. 하찮은 스토커에게 공격당하는 사람조차도 구하지 못한다. 이런 경찰의 무능과 비리, 조작·은폐·부실 수사는 예나 지금이나 똑같다. 아니, 과거에는 더했다.

아직 전쟁의 흔적이 고스란히 남아 있는 극빈국. 정부의 감시와 통제, 고문이 일상이던, 눈먼 폭력이 위에서 아래로 약자들을 향해 끊임없이 흐르던 그 시절. 경찰은 그때도 민중을 수호하지 못했다. 억울한 이들은 더 억울해지고, 나쁜 놈들은 더욱 뻔뻔하게 날뛰었다.

60년도 더 된 〈수사반장〉의 과거를 다루려는 이유가 바로 여기 있다. 〈수사반장〉의 박반장은 대한민국 공권력의 역사를 태동부터 목격해온 상징적인 인물이며, 그의 탄생기를 통해 현재를 돌아볼 수 있기 때문이다.

〈수사반장 1958〉의 주인공인 박형사는 어느 때보다 암울한 시대를 관통하면서도 '인간의 존엄성'을 지키려 발버둥 친다. 인간을 인간으로 대하지 않는 극악무도한 범죄를 직시하고, 분노하고, 처단한다.

예나 지금이나 똑같다고? 물론 악한 인간은 여전히 세상에 널리고 깔렸다. 그러나 2024년 현재의 우리는 인간의 존엄성이 얼마나 귀한 것인지 안다. 그 존엄성을 지키기 위해 수많은 법과 제도를 갈아 끼우고, 사회 곳곳에 안전장치를 달고, 인간의 존엄성이 훼손됐을 때 너 나 할 것 없이 분노하며 목소리를 높인다. 아무리 불가능해 보여도 범인을 잡기 위해 밤낮, 물불 가리지 않고 사건의 진상을 파헤쳤던 이들과 민중의 협조가 있었기 때문이다.

이 작품을 통해 공권력이 존재의 이유를 되찾고 국민을 온전히 지킬 수 있기를, 그리하여 우리 사회 곳곳에서 진정한 정의가 실현되고 서로에 대한 신뢰가 회복되기를 희망해본다.

인물 관계도

종남경찰서

최달식 서장

수사1반

유대천 반장
영원한 멘토

수사2반

변대식 반장

박영한 형사
소도둑 검거율 1위
촌놈, 눈썰미, 단단

김상순 형사
미친개
근성, 맷집

송재덕 형사

황수만 형사
밉상, 비아냥 갑

조경환 특채 신입
여주 팔씨름 대회 장사 출신
덩치, 괴력

서호정 특채 신입
한주대 엘리트, 영어 특기자
프랭크 해머 팬

오지섭 형사

종남서림

이혜주
종남서림 주인
용감, 따뜻함, 친화력

봉난실
종남여고 재학 중
추리 소설 마니아

국과수

문국철
실력파 부검의

동대문파

이정재
동대문파 1인자
자유당 당원

살모사
동대문파 2인자

방울뱀
동대문파 건달

종남시장

성칠
떡집 호할매의
양손자

호할매
종남시장
떡집 주인

금옥
종남시장
채소 가게 딸

하숙집

파주댁
하숙집 주인

금은동
은행원
하숙집 청년

정국진
고시 준비생
하숙집 청년

그리고…

백도석
종남서 신임 서장

박영한 (남/27세)

서울시 종남구 종남경찰서 강력계 수사1반 형사

'경기도 소도둑 검거율 1위'에 빛나는 경기도 황천시의 촌놈 형사. 한 번도 아니고 세 번이나 경기신문에 대문짝만하게 기사가 난 황천서의 자랑이다. 사필귀정과 인과응보를 절대 신봉하는 강철 꼰대이자 난공불락 촌놈! 어떤 외압에도 흔들리지 않는 쇠뿔 같은 단단함, 날카로운 눈썰미, 두세 수 앞을 내다보는 혜안, 대책 있는 깡을 겸비한 천생 형사이자 스마트한 촌놈이다. 나쁜 놈들에게는 세상 무서운 천하대장군이자 포도대장이지만 푸근하고 인자한 성품으로 동네 고아들과 거지들까지 품어주는 모두의 '큰형님'이다.

대한민국 경찰로서 두 가지를 가장 중요한 사명이자 의무라고 믿는다. '나쁜 새끼들이 빳빳하게 고개 처들고 살지 못하게 하는 것!' 그리고 '죄 없는 사람이 애먼 죽음을 당하게 하지 않는 것!'이다. 이런 영한에게 당연한 것을 당연하게 하지 못하는 서울은 이상한 곳이다. 황천에서는 모든 일이 상식적이고 단순했다. 나쁜 짓 한 놈들은 잡으면 그만이고, 죄지은 놈들은 벌을 받으면 그만이었다. 가뜩이나 작은 땅덩어리, 그마저도 반 토막이 난 이 좁은 대한민국에서 사람 사는 게 다 거기서 거기지 서울이라고 별반 다를 게 있을까 싶었는데, 종남서에서는 다들 뭐가 그리 복잡하고 까다로운지 도무지 알다가도 모를 일이다. 그러다 보니 영한은 으레 "우리 황천에서는~"으로 시작하는 말이 입에 붙어버렸다. 정의니 신념이니, 늘 심각하고 진지한 유반장도 이해가 잘 안 간다. 그런 뜬구름 같은 소린 다 모르겠고 영한은 그저 제 할 일에 충실할 뿐이다. 생사고락을 함께할 동료들도 꼭 저 같은 놈들로만 골라놓

더니 그게 또 기가 막히게 합이 맞아떨어진다. 약자는 괴롭히고 나쁜 놈들은 보호하는 돈벌레 불량 형사들 틈에서 영한과 동료들은 제어 불가능한 뚝심과 독특한 광기(?)로 고난을 헤쳐나간다. 더불어 촌놈의 사랑법으로 아름답고 똑 부러지는 서점 주인 혜주와 사랑의 결실을 맺는다.

김상순 (남/25세)
종남경찰서 수사2반 형사

종남서 '미친개'. 수틀리면 사람도 물고 개도 문다. 매사에 삐딱하고 냉소적이며 세상이 엿 같다. 일단 들이받고 보는 앞뒤 없는 성격 탓에 2반 형사들에게 욕먹기 일쑤. 혼자 겉돌고 회의실 캐비닛에 틀어박혀 쪽잠이나 자는 것도 그래서다. 깡패놈들 하수인 같은 동료들을 보면 멱살 잡고 패고 싶으니까. 덕분에 친구라곤 단골 대폿집에서 키우는 강아지 순남이뿐이다.

어린 시절엔 찢어지게 가난한 집에서 태어나 가진 거라곤 근성과 맷집뿐이었다. 부모님이 돌아가신 뒤에는 형과 함께 거리를 떠돌았다. 거지 동냥부터 구두닦이, 연탄 배달 뒤밀이까지 안 해본 일이 없었다. 고아원에 들어간 뒤로는 온갖 서러운 일도 많이 당했다. 그 비참한 세월을 버틸 수 있었던 건 부모님처럼 자상한 형이 함께였기 때문이다. 그런데 어느 날, 형이 깡패들에게 맞아 죽었다. 상순은 깡패새끼들을 다 때려잡겠다는 일념으로 형사가 됐다. 그런데 정치 깡패에게 뒷돈 받아 처먹은 종남서놈들은 상순이 잡아온 깡패들을 죄다 풀어주다 못해 병원비까지 쥐여주는 꼴이었다. 그렇게 나날이 울화통 터지던 중, 옆 반에 새로 온 영한을 만난 것이다. 깡패한테 뺨 풀고, 돈벌레 불량 형사들을 웃으면서 들이받는 희한한 별종. 맨날 황천, 황천 들먹이며 순 뻥 같은 말만 늘어놓는 게 촌놈 허세 같긴 하지만 어쩐지 그 촌놈을 점점 믿고 싶어진다. '경찰은 나쁜 놈 때려잡고, 나쁜 놈들은 경찰 앞에서 발발 떠는 게 정상'이라는 영한의 주장에 꽉 막혔던 속이 뻥 뚫리고 십 년 묵은 체증이 내려간다. 영한과 함께라면 적어도 깡패 앞에서 무릎 꿇을 일은 없으리라. 결국 상순은 수사2반을 떠나 영한과 손을 잡고, 더는 캐비닛에 자신을 가두지 않는 자유롭고 자존감 높은 미친개로 거듭난다.

조경환 (남/24세)
종남시장 쌀집 일꾼

훗날 종남서 '불곰 팔뚝'. 등장만으로도 극강의 포스를 뿜내는 장대한 체구의 소유자. 경기 여주의 명물이자 종남시장 쌀가게의 복덩이 일꾼이다. 몸집에 비해 굉장히 날쌔며 사람을 오재미처럼 던지는 괴력을 발휘한다. 건실하고 예의 바른 총각이지만 깡패놈들한텐 예의 따위 안 차린다. 평소 무뚝뚝한 성격이나 여성에게 반했을 때는 제법 느끼해지는 반존대 직진남.

홀어머니 손에 자라 효심이 지극한 아들이기도 하다. 없는 형편에 중학교까지 보내주신 어머니를 위해 나랏일 하는 떳떳하고 자랑스러운 아들이 되기로 마음먹고 상경했다. 시장에서 돈 벌며 고등학교 검정고시를 칠 생각이었으나, 눈에 띄는 덩치와 괴력으로 인해 건달계의 러브 콜이 끊이지 않는다. 어릴 적부터 남다른 외모 탓에 지긋지긋하게 싸움에 휘말렸던 경환은 한 식구 되자며 찾아오는 깡패놈들을 혼쭐내서 돌려보낸다. 그런데 이제는 웬 형사들까지 한솥밥 먹자고 찾아온다. 요즘 깡패랑 경찰이 뭐가 다른가? 깡패랑 편먹고 시장 사람들 쌈짓돈 뜯는 경찰만큼은 되고 싶지 않았다. 그런데 같이 경찰 하자고 찾아온 형사가 깡패한테 뱀 풀었다는 그 미친놈이라니! 그 미친놈이 직접 데리러 올 정도로 내가 탐난다니! 경환은 영한처럼 떳떳하고 자랑스러운 나라의 일꾼이 되기로 결심한다. 영한과 한 조가 된 뒤로 암만 서장에게 불려 다니고 구박 받아도 후회하지 않는다. 돈보다, 당장 자신의 안위보다 남의 목숨에 진심인 영한을 옆에서 지켜볼 때면 이렇게 올곧은 형님과 함께인 자신이 대견하고 자랑스럽다.

서호정 (남/22세)
유학 준비 중인 대학생

　훗날 종남서 '제갈량'. 교수 집안에서 반듯하게 자랐으나 경찰이 되고자 난생처음 부모님의 뜻을 거스른다. 미국의 전설적인 레인저 '프랭크 해머'처럼 명수사관이 되는 것이 목표다. 자신의 형사적 천재성을 발휘하고 싶은 의욕 충만한 청년. 서점 주인인 혜주에게 호감이 있으나 수줍어 티도 못 내는 단골손님이다.

　처음 형사가 되고 싶었던 건 〈건 크레이지(1949년)〉라는 영화를 본 뒤였다. 그 영화로 보니 앤 클라이드라는 악명 높은 강도 커플을 알게 됐고, 그들을 검거한 전설적인 명수사관 프랭크 해머에 매료됐다. 당시 사건 자료를 수집하며 광적인 형사 판타지에 빠진 호정은 유학을 앞둔 상황에서 경찰 특채 모집에 덜컥 지원해버린다. 아버지는 아들이 교수나 판검사가 되길 바랐지만, 호정은 정권에 붙어 간신배 노릇이나 하는 판검사 따위보다 현장에서 나쁜 놈 두들겨 패는 형사가 백 배는 더 멋지다. 대한민국 1등 명문대 스펙으로 경찰 특채에 합격한 호정은 결국 집에서 쫓겨난다. 유창한 영어 실력을 뽐내다 폭발 사건에 휘말리기도 하고, 구두닦이 신세로까지 전락한다. 태어나 처음으로 모자란 놈 취급을 받으며 무력감에 빠질 때쯤 옆 반 선배 영한이 한 줄기 빛처럼 다가와 손을 내민다. 호정은 영한의 혜안과 대책 있는 깡, 따뜻한 카리스마에 점차 감긴다. 그리고 영한을 프랭크 해머에 준하는 명수사관으로 인정하며 따르게 된다.

훗날 영한의 아내. 종남시장 인근에서 종남서림이라는 서점을 운영한다. 돋보이는 미모에 똑 부러지는 성격. 가녀리게 생겼으나 정신력이 강한, 그야말로 외유내강 그 자체다. 오죽하면 태몽도 호랑이를 물어 죽이는 강아지였다. 가게 안의 책을 전부 꿰고 있어 안 보고 꺼내줄 만큼 프로페셔널하고, 일본 서점과 거래를 트는 등 사업 수완도 좋다. 손님들과 언니 동생 할 정도로 친화력이 좋으며, 글을 모르는 시장 사람들에게 신문을 읽어주는 따뜻한 심성을 지녔다.

부모님의 서점을 물려받아 일하고 있으며, 함께 서점을 꾸려나갈 기품 있고 세련된 남자가 이상형이다. 아니, 이상형이라고 생각했다. 그런데 영한을 만난 뒤로는 헷갈리기 시작한다. 깡패에게 쫓겨 다니고, 깡패 소굴에 쳐들어가 독사를 푸는 미친놈에게 자꾸만 끌린다. 그러다 올곧고 따뜻한 영한의 진심을 깨닫고 영한의 청혼을 받아들인다. 영한의 아픈 과거까지 보듬어주는 어른스럽고 현명한 여자. 극단 출신 연기력과 뛰어난 위기 대처 능력의 소유자로 영한의 사건 해결에 도움을 주기도 한다.

사명감으로 똘똘 뭉친 '베테랑 경찰'. 정치 깡패의 하수인들로 변해버린 종남서에서 유일하게 청렴하고 대쪽 같은 형사다. 서장의 눈 밖에 날 줄 알면서도 불의를 넘기지 못하고 뒤집어엎는다. 과거 대천의 반 형사들이 못 해먹겠다며 줄행랑을 친 이유도 그거다. 그런데 황천에서 올라온 박영한이란 놈은 좀 다르다. 싹수가 누런 종남서놈들과 달리 '진짜 경찰'이 뭔지 아는 놈이다. 남들은 백 번 마음먹고 한 번 할까 말까 한 일들을 황당할 정도로 당연하게 여기고 해내는 모습을 보면 대견하기 그지없다. 정신 멀쩡한 놈들만 골라 식구를 꾸리는 것도, 윗대가리 눈치 안 보고 사건을 파헤치는 점도 기특하다. '이런 놈이 내 뒤를 이어야지!' 뿌듯하게 반장 자리를 물려주는 상상도 해본다.

봉난실 (여/17세)
종남여고 재학생

훗날 종남서 6개월 차 햇병아리 '봉순경'. 몽실몽실! 봉실봉실! 퐁실퐁실! 세상의 온갖 깜찍한 의태어를 끌어다 몰빵한 듯 사랑스러운 외모의 소유자. 나이답게 앙증맞은 짱구 볼살을 자랑한다. 해맑고 씩씩한 성격이며, 보기보다 강단 있고 단호하다. 동서양의 탐정 소설을 두루 섭렵한 추리 소설 마니아. 커서 소설 속 탐정들처럼 멋진 경찰관이 되는 것이 꿈이다. 종남서점의 단골이라 연애 상담도 해줄 만큼 혜주와 친하다. 그러다 보니 얼떨결에 영한의 수사를 돕는 일도 생기고, 장차 대한민국 최초의 여형사가 되리라는 꿈을 갖게 된다.

황수만 (남/27세)
종남경찰서 수사2반 형사

종남서 최고의 밉상이자 비아냥 갑. 기수로 따지면 영한과 동기다. 어린 시절 친일 순사들이 호가호위하던 모습을 보고 경찰이 되기로 마음먹었으며, 형사가 된 후 정치 깡패와 정권에 빌붙어 자신의 꿈을 꾸준히 실현하고 있다. 소도둑이나 잡던 촌놈 주제에 남의 일에 훼방 놓는 영한이 눈엣가시다.

올곧고 출중한 경찰인 영한을 보면 속에서 질투가 들끓기도 한다.

송재덕 (남/32세)
종남경찰서 수사2반 형사

전형적인 생계형 형사. 2반 형사 중 최연장자다. 경찰로서 사명도, 야망도 없다. 따박따박 성과급(뒷돈) 챙기고, 가족과 친구들 앞에서 적당히 허세 부릴 수 있는 딱 그 정도 위치로 만족한다. 팍팍하게 이것저것 따지고 싸우고 예민하게 구는 건 질색이다. 좋은 게 좋은 거지. 느긋하고 둥글둥글한 성격으로 어딜 가도 적이 없는 편이다.

변대식 (남/40대 초반)
종남경찰서 수사2반 반장

별명은 '똥반장'. 노모와 동생들, 자식들, 처가 식구들까지 책임지는 대가족의 가장이다. 주렁주렁 딸린 식구들을 먹여 살리려면 똥 묻은 돈, 겨 묻은 돈을 가릴 여유가 없다. 정치 깡패 이정재와 결탁하면서 생계 걱정은 덜었으나, 골칫거리 상순에다 웬 시골 광인 영한까지 합세하자 험난한 하루하루가 펼쳐진다.

오지섭 (남/23세)
종남경찰서 수사2반 막내 형사

종남서 1년 차 형사. 일머리가 없고 행동이 굼떠 선배들 눈치를 많이 본

다. 거짓말도 잘 못 하고, 당황하면 곧잘 고장 난다. 반면 순경들에게는 쓸데없이 훈수를 두고 실없는 장난을 치는 젊은 꼰대.

최서장 (남/50대 초반)
1958년 종남경찰서 서장

기회주의자이며 자존심 빼면 시체다.

백도석 (남/30대 중반)
육군 중령

훗날 종남경찰서 신임 서장. 권력을 위해서라면 사람도 파리 목숨처럼 죽이는 포악한 뱀 같은 인물이다. 6·25가 터지자 살인이 곧 권력이 된다는 사실을 깨닫고 양민을 학살했다. 힘이 있는 자든, 없는 자든 전부 자신의 앞길을 위한 도구로 여기는 비열한 인간.

그 외 등장인물

성칠(남/10대 후반) _ 떡집 호할매의 양손자
전쟁 때 가족을 잃고 함경도에서 내려왔다. 어리지만 호기롭고 대찬 성격. 새벽같이 일어나 떡집 일을 돕고 틈틈이 할머니 어깨도 주물러준다. 공부 욕심이 있어 난실에게 글도 배우기 시작한다. 종남서 돈벌레 형사들과 달리 진짜 경찰다운 영한을 멋지게 생각하고 따른다.

호할매(여/60대 초반) _ 떡집 주인
거친 경상도 사투리를 구사하지만 듣고 보면 다 애정 어린 잔소리다.

영한父(남/50대 초반) _ 불암양조장 사장
엄한 아버지이며 황천시의 명망 높은 어른.

살모사(남/30대 중반) _ 자칭 동대문파 2인자
포스트 이정재를 꿈꾸는 저열한 깡패.

방울뱀(남/20대 후반) _ 살모사의 오른팔
사이비 종교에 심취한 껄렁하고 경박한 깡패.

백사(남/20대 초반) _ 살모사의 왼팔
흰 피부에 빡빡머리. 앳되고 고독한 깡패.

파주댁(여/50대 초반)
수다스럽고 음식 솜씨 좋은 하숙집 주인.

금은동(남/20대 중반)
뿔테 안경을 쓴 하숙집 청년, 겁이 많지만 직업의식은 투철한 은행원.

정국진(남/20대 중반)
항상 러닝 차림인 하숙집 청년, 얼빵해 보이는 고시 준비생.

문국철(남/30대 후반)
사명감과 학구열로 똘똘 뭉친 실력파 부검의.

종남서 형사들

뒷돈 챙겨 먹고살기에 급급한 된장 섞인 생계형 형사들.

황천서 형사들

법과 상식이 통하는 황천시의 정의롭고 인정 넘치는 형사들.

S#	장면(Scene). 같은 장소와 시간 안에서 이뤄지는 일련의 행동이나 대사가 한 '씬'을 구성한다.
D	낮(Day).
CA	카메라(Camera).
N	밤(Night).
INS	인서트(Insert). 특정 동작이나 상황을 강조하기 위해 삽입된 화면. 인서트가 없어도 장면을 이해하는 데 큰 지장은 없지만, 인서트가 들어가면 상황이 명확해지고 스토리가 강조된다.
FT	필터(Filter). 라디오, 전화기 너머 목소리 등의 효과를 나타내는 것.
V.O	보이스 오버(Voice Over). 인물이 화면에 보이지 않고 대사만 들릴 때 입혀지는 목소리.
프레임 아웃	인물이나 피사체가 화면 밖으로 나가는 것.
프레임 인	인물이나 피사체가 화면 안으로 들어오는 것.
F.O	페이드 아웃(Fade Out). 화면이 차츰 어두워지는 효과.
VISION	비전. 카메라의 시선을 따라가며 따로따로 편집한 장면들을 짧게 끊어 붙인 것.
슬로우	극적인 효과를 주기 위해 영상을 느리게 처리하는 것.
오버랩	현재 화면에 다음 화면이 겹쳐지면서 장면이 바뀌는 기법. 혹은 한 인물의 대사가 끝나기 전에 다른 인물의 대사가 맞물리는 것.
클로즈업	특정 인물이나 대상을 확대해 강조하는 것.

수사반장
1958

1회

황천에서 온
사나이

[1] 영한의 방 안 (D)

거울 앞에 선 영한, 질 좋은 남방의 단추를 찬찬히 채운다.

깔끔하게 정돈된 널찍한 방. 벽을 따라 액자들이 걸려 있고.

CA, 액자들을 하나씩 보여주며 이동한다. 아내 혜주의 영정 사진/

노년의 영한, 혜주, 아들 내외, 손자가 다 같이 찍은 가족사진/

손자 박준서의 경찰 임용식 사진(손자와 뒤의 젊은 영한은 동일 인물)./

1992년 종남경찰서장 퇴임식 사진에는 중년의 김·조·남형사

와 함께다.

영한의 주름진 손이 무테안경을 천으로 꼼꼼히 닦고 착용한다.

책상에 놓인 빳빳한 종이봉투를 들고 방을 나서는 영한.

[2] 호랭이떡집 앞 (D)

[70년 전통 호랭이떡집] 간판 아래로 줄 선 사람들.

영한이 그 앞으로 다가가자 떡집사장이 발견하고 얼른 반긴다.

떡집사장	오셨어요? (떡 봉투 건네며) 주문하신 밥알떡입니다. 방금 나왔습니다.
영한	(받아 만져보고) 아유 따뜻하니 맛있겠네. 고마워.

[3] 종남경찰서 근처 거리 (D)

종이봉투와 떡을 들고 미소 지으며 천천히 걸어가는 영한.

[4] 종남경찰서 정문 (D)

정문으로 들어가는 영한.

S#2.   종남경찰서 강력팀 안 (D)

영한, 들어서면, 방검복 입고 우르르 뛰어나가는 형사들.

형사1　(인사하며 지나치고) 선배님 오셨습니까?
형사2　(인사하며 지나치고) 안녕하십니까, 선배님!

영한, 손으로 화답하며 들어선다.
방검복 차림으로 다급히 허리에 테이저건을 차는 손자 준서가
보인다.

영한　박형사.
준서　(다급하고) 오셨어요? 저 지금 출동해야 해서요.
영한　(책상에 종이봉투와 떡을 놓으며) 정호철이 그 자식 나타난 거야?
준서　예, 낙선동 피씨방에 있다고 신고가 들어왔어요.
영한　잠복할 땐 그렇게 안 기어 나오더니. (종이봉투에서 양말 꺼내며) 양
　　　말이나 얼른 갈아신고 가.
준서　(밝게) 잡고 와서 신겠습니다. 충성! (경례하고 달려 나가고)
영한　(가는 뒤에다) 조심해, 다치지 말고. 테이저건 적절히 쓰고.

걱정의 한숨과 함께 손수건을 꺼내 이마의 땀을 닦는 영한.

S#3.   종남경찰서 복도 (D)

벽면을 장식한 '종남경찰서의 역사' 게시판.
종남서 경찰들의 활약상을 기리는 사진들이 붙어 있고.

그중 '1962년 전설의 형사들'이라고 적힌 흑백사진 한 장.

젊은 시절의 영한, 김·조·서형사, 봉순경, 남순경이 수사반 안에서 찍힌 자연스러운 스냅샷이다. 청년 영한의 얼굴, 손자 준서와 똑같다.

사진을 보는 영한, 감회에 젖어 미소 짓고. 이 위로, 소 울음소리. '음메~'

S#4. 경기도 황천시 어느 우시장 (D)

소 울음소리 이어지며, 비 내린 직후의 어느 우시장 전경.

화면에 꽉 찬 자막으로 '1958년 경기도 황천'이 박히고.

우시장 중앙을 건들거리며 걸어가는 거지의 뒷모습.

거지는 [빈대떡 신사]를 흥얼거리며 간다.

거지 앞모습을 보면 거지 모자를 푹 눌러쓰고 바가지를 든 청년 영한.

영한 주위로 왁자지껄 솟값을 흥정하는 사람들.

막걸리와 국밥 파는 난전들이 보인다.

영한, 계속 노래를 흥얼거리며 전을 파는 난전 앞을 지나간다.

영한   돈 없으면 우시장 와서 배추전이나 훔쳐 먹지~♬ (난전에 있는 배추전 얼른 집어 먹으며 도망가고)

전집아줌마 (뒤집개 들고 나와 버럭) 야 이 거지새끼야!

영한   (도망가며) 한 푼 없는 거지가 요릿집이 무어냐 기생집이 무어냐~♬

S#5. 황천 우시장 다른 한편 (D)

솟값을 흥정하는 사내 한 명과 '소도둑단' 우두머리.

사내에게 돈을 받고 세어보는 우두머리.

우두머리 옆을 걸렁걸렁 지나가며 관찰하는 영한.

포마드를 잔뜩 바른 올백 머리/ 큰 칼라의 하얀 남방/ 뾰족한 백 구두.

관찰 후 입꼬리가 씨익 올라가는 영한.

소를 데리고 가는 사내. 그러자 소도둑2, 3이 우두머리에게 다가와 돈을 보며 함께 웃는다. 이내 자리를 뜨는 이들.

빈대떡 신사를 흥얼거리며 이들을 슬쩍 따라가는 영한.

S#6. 황천 우시장 어느 창고 앞 (D)

허름한 어느 창고 앞에서 실랑이를 벌이는 문지기와 영한.

문지기	가라고, 이 거지새끼야!
영한	(거지 말투로) 나 돈 있어, 돈 많다고.
문지기	거지새끼가 돈이 어딨어?
영한	(옷 속에서 돈 잔뜩 꺼내고) 이거 봐봐 이거. 돈 많잖아.
문지기	(넌지시 바라보며) 이 새낀 구걸을 얼마나 한 거야? 딱 한 판만이다. 한 판만 하고 가! (돌아서 앞장서고)

영한, 좋아하며 문지기를 따라간다. 가면서 스윽- 뒤를 바라보면 영한의 뒤를 따라 창고로 다가오는 세 명의 사내들. 형사1, 2, 3 이다.

S#7.   황천 우시장 어느 창고 안 (D)

창고 안에서는 한창 투전판이 벌어지고 있다.

소도둑 우두머리와 노름꾼 서너 명이 둘러앉아 투전 중이고,

소도둑2, 3은 다른 한쪽에서 막걸리를 마시고 있다.

영한   (모자 푹 눌러쓰고 의자에 팍 앉으며) 아이구 좋다, 아우~

우두머리와 노름꾼들 모두 악취에 인상을 쓴다.

영한   나도 한 판 낍시다.

노름꾼1   (밖에 대고) 야! 거지새끼를 들여보내면 어떡해?

영한   나 돈 많아. 봐봐. (돈 한 다발 보여주고)

노름꾼2   (살짝 구역질) 어우 냄새! 한 판만 하고 얼른 꺼져.

영한   (고개 숙이고 우두머리를 향해) 근데 흰 양복아저씨는 이 동네 사람 아닌 것 같은데. 멀리서 소 팔러 오셨나 봐.

우두머리   개소리 하지 말고 패나 받어, 새끼야.

영한   (우두머리 판돈 보고) 이야~ 값을 제대로 받았나 보네. 혹시 눈탱이? 근데 머리는 기생오라비처럼 해갖고 소 농사는 해봤나 몰라.

우두머리   (발끈) 뭐?!

영한   에이~ 안 해봤네. 소 농사짓는 사람이 뭔 뾰족구두를 신어?

영한이 슬쩍 아래를 보면 보이는 우두머리의 뾰족 백구두.

우두머리   이 거지새끼가 뭐라는 거야?!

영한   근데 소 농사 안 지어본 사람이 소를 팔았으면 그 소가 어디서 났을까? 하늘에서 뚝 떨어졌나? 아님… 어디서 훔쳤나? (흐흥-

웃고)

우두머리	이게 처돌았나?
영한	아니다. 여기 기생오라비가 우두머리고, 훔친 건 저 두 놈이네. (보며)
소도둑2/3	(놀라 영한 바라보고)
영한	니들 손에 줄 자국 난 거 봐.

벌건 줄 자국이 나 있는 소도둑2, 3의 손.

영한	주인이 아닌 놈이 줄을 땡기니까 그렇게 됐지. 소가 안 따라갈라 고 죽어라 버텨서.
우두머리	(뭔가 느낌 이상하고) 너 뭐야, 이 새끼야?
영한	(고개 들고 모자 벗으며) 내 얼굴 몰라? 신문에서 못 봤어?
우두머리	(귀신을 본 듯 놀라며) 화화화 황천 포도대장?!!
영한	(씨익 웃으며) 소도둑이 눈썰미가 젬뱅이냐?
우두머리	(공범들 쪽 보고) 아이구 포도대장을 여기서 다 뵙네. (갑자기) 튀어!!!

판을 확 엎고 도망치는 우두머리.
따라 도망치는 소도둑2, 3. 일순간 투전판은 엉망이 되고.

영한	(여유 있게 일어서며) 야 인마, 판돈은 챙겨가야지~

S#8. 황천 우시장 어느 창고 앞 (D)

우르르 도망쳐 나오는 우두머리와 소도둑2, 3.
형사1, 2, 3이 대기했다가 소도둑들을 잡는다.

형사와 소도둑들이 엉겨 붙어 실랑이를 벌인다.

이때 우두머리, 형사1을 짱돌로 가격하고 냅다 도망친다.

영한   (밖으로 나오며) 야야, 저걸 놓치면 어떡해? (냅다 쫓기 시작하고)

S#9.   황천 우시장 다른 한편 (D)

사람들을 헤치고 도망가는 우두머리.

소들이 몇 마리 있는, 소똥투성이 진흙밭으로 들어가는 우두머리. 그러나 발이 푹 빠져 속도가 늦어진다. 이때 소똥이 날아와 우두머리의 얼굴에 정통으로 맞는다.

우두머리   아이 씨, 뭐야! (뱉으며) 퉤퉤!

이때 부웅 날아 우두머리를 덮치는 영한.

소똥밭에 구르는 영한과 우두머리. 엉겨 붙어 막싸움하는 이들.

영한, 우두머리 위에 올라타 주먹으로 두어 대 때린다.

영한   야 이 새끼야. 그 소가 어떤 손줄 알아?
우두머리   내가 어떻게 알아?
영한   만득이네 어머니 수술비다!

우두머리에게 수갑 채우고 일어나는 지친 영한.

영한   소를 훔치는 건 남의 인생을 훔치는 거야. 알았어? (돌아서 가며)
       아우 힘들어. 따라와. 드러워 못 잡겠다.

이때, 뭔가 싸한 느낌에 뒤를 돌아보면
우두머리, 소 엉덩이 바로 앞에서 일어나며 발목에 숨겨둔 칼을
빼 든다.

영한   (귀찮은 듯 귀에서 소똥 파내며) 뭐? 왜? 소라도 잡을라고?
우두머리   소 말고 너 잡을란다.
영한   (번쩍 놀라며) 야! 너 가만있어. 큰 소리 내지 마.

소, 소도둑 뒤에서 엉덩이를 씰룩거리고.

우두머리   큰 소리 낼 거다, 왜? (지른다) 야 이 개새끼야!!

소리에 놀라 툭- 뒷발질하는 소.
소 뒷발에 픽- 낭심을 맞고, 두 손으로 부여잡으며 주저앉는 우
두머리.

영한   (인상 쓰고) 어유 야… 혹시 너 몇 대 독자 그런 거 아니지? (파하-
       웃고)

S#10.   황천지서 안 (N)
——————————————————————

       INS ▸ [경기도 북부 경찰서 황천지서] 외경.
       우두머리와 소도둑2, 3을 끌고 들어오는 영한과 황천지서 형사
       1, 2, 3.
       우두머리는 수갑 찬 두 손으로 낭심을 부여잡고 들어온다.

황천반장	저 새긴 왜 저렇게 남사스럽게 들어와?
영한	(힘들고) 소도둑 집안 대 끊어질 뻔했거든요.
황천반장	(웃으며) 어우 냄새, 하다 하다 거지꼴을 하고 범인을 잡냐?
영한	(짜증) 내가 뭐 거지꼴 하고 싶어서 했어요? 지서장님이 맨날 내 얼굴 신문에 내니까 그렇지. 범인새끼들 다 알아보게. (옆 순경에게 우두머리 인계하며) 가서 넣어놔.
황천순경1	예. (받아서 데려가려 하자)
우두머리	너무 아파요. 뭐 하나가 멀리 떨어져 나간 기분이에요.
영한	나한테 얘기하지 말고 소한테 따져. (순경에게) 데려가.

[검거 현황표] 박영한 칸에 96번째 正(바를 정) 표시를 하는 튼실한 여경.

황천여경	(신나서) 박영한형사님께서 드디어 96번째 소 절도범을 검거하셨습니다!
일동	(박수)
영한	(뻐기며) 아이구 됐어, 남들 다 잡는 거 뭐 대단하다고.
황천여경	경기도 소 절도범 검거율 3년 연속 1위! 올해도 경기 신문에 우리 잘생긴 박영한형사님 기사가 또 나겠네요. (하트 뿅뿅)
황천반장	(아쉬운 표정) 근데 올해는 신문에 나도 회식은 못 하겠네.
황천형사1	(아쉬운 표정) 형님, 오늘이 정말 마지막이죠?
일동	(시무룩)
영한	(아쉬움을 달래듯) 뭘 또 마지막이야. (짧은 숨 내쉬고) 마지막이지.
황천반장	자자- 큰일 하러 가는 우리 박영한형사. 송별회나 하러 가자.
영한	가시죠. 오늘은 제가 다 내겠습니다.
황천반장	너 고아원 담벼락 무너진 거 다시 세워준다고 월급 가불받았잖아.
영한	아 그치. 그럼 반장님 돈으로 먹죠.

황천형사1	에이~ 양조장 큰도련님께서 마지막으로 한번 거하게 사셔야죠.
영한	(단호하게) 양조장은 내 게 아니라 우리 아버지 거지! (급 태세 전환) 그러니까 아버지 앞으로 달아놓고 신나게 먹자! 가자!!
일동	(우렁차게) 가자!! (영한 따르고)

S#11. 불암양조장 외경 (아침)

고즈넉한 [불암양조장] 외경.
양조장 직원들, 막걸리 담은 나무통을 자전거에 매고 배달 나간다.

S#12. 불암양조장 사장실 안 (아침)

한옥 방 안에 익어가는 술통들이 쭈욱 줄지어 있다.
영한, 무릎을 꿇은 채 아버지와 마주 앉아 있다.

영한父	(넌지시) 어제 도대체 몇 명이 먹은 거냐?
영한	저희 서 사람들 여덟 명 정도….
영한父	(헛기침) 난 기백 명이 먹은 줄 알았다.
영한	죄송합니다, 아버지. 저희 황천지서 식구들이 워낙 먹성이 좋아서.
영한父	그래. 큰일 하러 가는데 당연히 한턱내야지. 무릇 세상이라는 게 술 빚는 거랑 같아서 불순물을 잘 걷어내야 맑은 술이 나오는 법이다. 난 네가 맑은 술 같은 세상을 만드는 데 보탬이 됐으면 한다.
영한	(미소 짓고) 예, 아버지.
영한父	세상사가 쉽진 않겠지만 난 내 아들을 믿는다.
영한	감사합니다. 쇠뿔처럼 단단하게 키워주셔서.

영한父	쇠뿔이라도 몸 살피면서 일해라. 다치지 말고.
영한	(미소로 화답) 거기 가서도 최고의, 아니 부끄럽지 않은 경찰이 되겠습니다.

S#13. 황천지서 정문 앞 (아침)

황천지서 형사들, 아쉬운 표정으로 영한을 배웅한다.
영한을 짝사랑해왔던 튼실한 여경, 구석에서 소리 죽여 하염없이 운다.
황천반장, 짐가방을 들고 서 있는 영한의 어깨를 두드려주고.

황천반장	영한아, 큰 세상 가서 큰 놈들 잡아야 된다.
영한	예. 진짜 큰 범인들 잡아서 서울 신문에도 날게요.
황천형사1	서울은 이정재랑 임화수랑 깡패새끼들 천지래요. 다 때려잡아요.
영한	그래. 내가 다 처넣을게.
황천형사2	소똥 냄새 그리우면 돌아오시구요, 형님.
영한	(웃으며) 소똥 냄샌 안 그리울 거야. 근데 김순경은 왜 울어?
황천여경	(더 흐느끼며) 바보, 멍충이! (입틀막)
황천반장	너 몰랐냐? 너한테 시집갈라고 몇 년을 기다렸는데?
영한	(놀라고) 어? 차 시간 다 됐다. 저 가보겠습니다! (급하게 가고)
황천반장	종남서 가서도 1등 먹어라, 박영한!

영한, 의기양양 걸어가며 손을 흔들어 보인다.

S#14. 시외 비포장도로 (D)

INS ▸ 비포장도로를 달리는 버스 한 대.
딸컹거리는 버스 안에서 삶은 달걀을 먹으며 밖을 내다보는 영한.
한껏 기대에 부풀어 있다. 그러다 목이 막혀 캑캑거린다.

S#15.　종남경찰서 근처 도심 (D)
─────────

INS ▸ 서울 도심 전경.
전차가 서고, 가방을 든 영한이 내린다. 그리고 주위를 둘러본다.
도로를 지나다니는 많은 자동차/ 세련된 옷차림의 사람들/
백화점 건물/ 양장점 안의 마네킹/ 멋진 기마 순경들 등…
바라보며 신기한 영한, 그러다 어디선가 크게 들려오는 소리.

선전소리　(FT) 썩은 정치 바로잡자! (반복)

영한, 멈추고 옆을 바라본다.
시청에 위풍당당하게 걸려 있는 태극기.

S#16.　종남경찰서 외경 (D)
─────────

위풍당당한 [종남경찰서] 외경.
현판을 바라보는 영한, 자신감 가득한 표정으로 종남서 안으로
들어간다.

영한　(V.O) 안녕하십니까, 반장님.

S#17.　종남경찰서 수사반 안 (D)

손톱을 깎으며 성의 없이 맞이하는 유반장.

영한　　　경기도 황천지서에서 부름을 받고 온 박영한형사입니다.

유반장　　(손톱 깎으며 무덤덤하게) 어디서 왔다고?

영한　　　황천에서 왔습니다.

유반장　　(손톱 깎다 슬쩍 보고) 저승사자냐?

영한　　　뭐 거기선 범인들이 절 그렇게 봅니다.

유반장　　(다 깎고 손 털며) 경기도 소 절도범 검거율 1위. 황천지서 포도대장.

영한　　　아우 서울까지 소문이 다 나버렸네요. 참 빨러. (어깨 으쓱)

유반장　　경기도 신문 보니까 얼굴이 대문짝만하게 났더만.

INS ▶ 표창장을 든 정복 차림의 영한의 사진과 기사.

영한　　　(허세) 한 번이면 족한데 왜 자꾸 나는지….

유반장　　근데 넌 왜 소도둑만 죽어라 잡았냐?

영한　　　(갑자기 정색) 소도둑이 정말 나쁜 새끼들이거든요. 왜냐? 애지중
　　　　　지 키운 식구를 훔쳐가는 거거든. (살짝 흥분하기 시작)

유반장　　(가만히 듣고)

영한　　　(흥분) 소가 말입니다, 경수네는 대학교 학비고, 만득이네는 죽
　　　　　을병 수술비고, 옥분이네는 딸내미 시집갈 돈이에요. (완전 흥분)
　　　　　그런 소를 훔치는 건 한 가족 인생을 망치는, (하는데)

유반장　　(무시하고 하품하며) 지금 몇 시냐?

영한　　　(시계 보고) 오전 11시 47분입니다.

유반장　　딱 좋네. 술이나 한잔하러 가자. (일어나고)

영한　　　(멈칫) 그럴까요? (따라가고)

S#18. 어느 선술집 안 (D)

영한이 막걸리를 건배하려 하자 그냥 마시는 유반장.
영한도 그냥 마시고.

영한   (마시고 인상 쓰고) 에헤이~ 고두밥을 설 지었네. 아우 텁텁해.

유반장   입맛이 까다로우셔, 우리 황천형사님.

영한   (자랑스레) 우리 동네서 탁주 이렇게 만들면 귓방맹이 맞아요.

유반장   박형사, 내가 널 왜 오라 그런 것 같냐? 황천 저~ 구석에 있는
         양반을.

영한   (안주 먹으며) 자리가 남아서요.

유반장   서울 제~일 중심에 있는 종남선데 자리가 남는다고? 전국 팔도
         형사들이 여기 올라고 용들을 쓰는데?

영한   (박수 탁- 치고) 알았다. 반장님이 못살게 구시나 부다. 그래서 맨
         날 공석.

유반장   촌놈이 눈치는 빠르네.

영한   뭘 그렇게 못살게 구시는데요?

유반장   맨날 깡패들 잡아오라고 내보내니까.

영한   그게 왜 못살게 구는 거예요? 깡패 잡는 게 우리 일인데.

유반장   (피식 웃고) 첫 출근 땐 하나같이 말만 뻔지르르. (냉소적으로) 하기
         사 깡패 잡으라고 시키는 게 왜 괴롭히는 건지, 곧 알게 되겠지.

영한   (살짝 기분 상하고) 말만 뻔지르르하는 놈인데 왜 뽑으셨어요?

유반장   난 널 뽑은 게 아니라 망태기에 넣은 거야. 넝마주이가 폐품 모
         으듯이.

영한   (어이없고)

유반장   폐품이 쓸 만한 거면 계속 쓰는 거고, 쓰레기면 가차 없이 버리
         는 거고.

영한	이야~ 졸지에 제가 빈 병이 됐네요. (웃고)
유반장	빈 병이면 양반이지. 엿이라도 바꿔 먹게. (또 혼자 마시고)
영한	(뭔가 기분 나쁘지만 근성이 생겨 원샷하고)

S#19.   종남경찰서 수사반 안 (D)

안쪽으로 들어오는 영한과 유반장.

유반장	(자리 가리키며) 저쪽이 니 자리야. 가서 앉아봐.
영한	예, 반장님.

자리로 가 앉는 영한, 짐을 툭 내려놓고 뒤로 기대본다.

영한	(의자 뒤로 흔들어보며) 서울은 의자도 좋네. (흔들흔들)

이때 황형사, 오형사가 영한 쪽으로 다가온다.

황형사	(영한 보고) 아이구 소도둑씨! 명성은 익히 들었습니다. 나 수사2반 황수만이요. 얘는 우리 막내.
오형사	(절도 있게 꾸벅) 안녕하십니까! 오지섭형삽니다.
황형사	대통령 왔어? 뭘 그렇게 깍듯하게 그래? 가.
오형사	예! (가고)
영한	(웃으며) 아 근데 황형, 나 소도둑이 아니고 소도둑 잡은 형산데.
황형사	그거나 그거나. 참, 어디서 왔다 그랬더라? 저승이라 그랬나?
영한	(가만 바라보고)
황형사	아 맞다, 황천! 지도에 겨우 나오는 황천.

영한	요샌 교과서에도 나오는데? 육쪽마늘 명산지로.
황형사	(무시하고) 저기요, 서울은 깡촌하고 달라요. 그니까 월급 타면 옷도 좀 사 입고 격을 좀 갖춥시다. 예?
영한	황형은 그거 사 입은 거예요?
황형사	왜, 이상해?
영한	난 미군이 버린 옷 주워 입은 줄 알았지. (픕 웃고)
황형사	뭐? 아니, 초면에 말을 (하는데)
영한	어?! 황형 이빨에 상추 꼈어.
황형사	(얼른 입 가리고 가며) 이게 얼마짜리 옷인데….

이때 들리는 소리, "아이고." 영한이 돌아보면,
종남시장 포목점주인이 부인에게 부축받아 들어오고 있다.
온통 맞아 얼굴이 상처투성이인 50대 후반의 포목점주인.

유반장	(놀라 일어나며) 오씨! (영한에게) 박형사, 부축 좀 해드려.
영한	(얼른 가 부축하고) 아유 심하게 상하셨네.
포목점부인	반장님, 어떻게 좀 해주세요. 무서워서 살 수가 없어요.
영한	누구세요?
유반장	여기 종남시장 포목점주인.
영한	(가만히 상황 보고)
유반장	누가 이랬어요, 누가?
포목점부인	동대문파요. 온 놈들 이름이 뭐랬더라… 뱀 이름이었어요.
유반장	(딱 감 오고) 살모사? 방울뱀?
포목점부인	살모사, 방울뱀 둘 다요.
영한	이름만 들어도 그냥 딱 깡패새끼네. (유반장에게) 잡아올까요?
유반장	그러든가. (크게 신뢰하는 눈빛 아니고)
영한	(오기 생기고) 다녀오겠습니다. (당당하게 일어나 가고)

유반장   어쭈? 아주 마실 가듯 가네. (가는 뒤에다) 어딘 줄은 알고 가야지.

S#20. 종남시장 안 (D)

살모사가 있는 곳이 적힌 종이를 들고 두리번거리며 걸어가는 영한.
가면서 시장 사람들에게 종이를 보여주고 길을 묻는다. 이 위로,

유반장   (V.O) 동대문 이정재라고 들어봤지?

영한   (V.O) 조선 천지에 이정재 모르는 사람이 어딨어요?

유반장   (V.O) 그놈 부하들이 종남시장 차지하겠다고 난리야. 그래서 상인들 건드리고 있는 거고. 일단 적혀 있는 데로 가봐. 아 참, 거기 한 30명 있다네.

영한   (걸어가며) 50명도 안 되는구만. (살짝 겁나 울상) 1초에 한 명씩 쓰러트리면 되겠네. 30초면 끝나겠네. (사실 낭패고) 에이 씨.

뚜벅뚜벅 걸어가며 왼쪽으로 프레임 아웃하는 영한.
잠시 후, 뒷걸음으로 프레임 인하며 들어와 왼편을 바라본다.
'뱀탕 전문' 글귀가 적힌 [종남건강원].
순간 알 수 없는 미소를 짓는 영한.

S#21. 종남경찰서 수사반 안 (D)

손톱을 물고 조바심 어린 표정으로 앉아 있는 유반장.

이때, 수사2반 반장 변대식이 다가온다.

변반장 어이 유반장, 새로 오자마자 또 사지로 내몰았다며?
유반장 사지는 무슨. 깡패새끼들 소굴이지.
변반장 맨날 그놈의 소굴 갔다가 뚜드려 맞고 피똥 싸고 오잖아.
유반장 피똥 안 싸고 피똥 싸게 만들면 어떡할 건데?
변반장 살살 좀 해~ 오는 놈들 맨날 내빼게 하지 말고.
유반장 내가 내빼게 했나? 지들이 지 발로 나갔지.
변반장 독야청청 그만하고, 동대문이랑 사이좋게 지내봐. 서로 트고 지내면 얼마나 좋아? 생각만 해도 마음이 따수워지네.
유반장 동대문이 뭐 내 죽마고우냐? 트고 지내게?
변반장 아이구 몰라, 마음대로 해. (휙 가고)

S#22. 동대문 중식당 안 (D)

동대문파 건달 30명이 긴 테이블에 도열해 앉아 있다.
살모사가 테이블 중앙에 폼 잡고 서 있고,
양옆으로 오른팔 방울뱀과 왼팔 백사가 서 있다.

방울뱀 어제부로 동대문파의 기둥 살모사형님께서 종남시장의 관리를 맡으셨다. 한 말씀 하시죠, 형님.
살모사 (거만하게) 나 용문산 살모사, 이정재형님을 모시고 이 자리까지 왔다. 동대문의 기세를 몰아 종남구도 우리 구역으로 만들자! 건배!!
일동 건배!!

이때 끼익 문 열리는 소리가 들린다.

일동 마시려다 말고 일제히 문 쪽을 보면.

두툼한 포대 자루를 어깨에 지고 힘겹게 들어서는 영한.

영한   (종이 보고) 여기가 일심관 맞나? (둘러보고) 어 맞나 보다.

일동   (뭔가 싶어 빤히 바라보고)

영한   (자루 주둥이를 쥔 채 바닥에 내려놓고) 아우 되다. 아 땀나.

옆에 서 있는 웨이터 가슴팍의 손수건을 톡 뽑아서 땀 닦는 영한,

다시 원래 위치에 꽂아놓으면. 웨이터, 황당하고.

살모사   (저건 뭔가 싶고, 무게 있게) 어이, 어떻게 오셨는가?

영한   (살모사에게) 똥 가오 잡는 거 보니까 맞네. 어삼룡씨!

살모사   (주위 눈치 살피고 버럭) 삼룡이라니, 나 용문산 살모사야!

영한   그니까 용문산 어삼룡씨, 나 종남서 수사1반 박영한입니다.

살모사   박영한? (누군가 싶고)

영한   나 오늘 첫 출근인데, 포목점주인장을 팼다면서요? 그래서! 어
       삼룡씨를 폭행 혐의로 구속합니다. (수갑 획 던지고) 알아서 차.

일동   (박장대소) 하하하.

영한   (같이 웃고) 서울은 구속될 때 되게 행복해하는구나.

살모사   (기가 차고) 이 양반이 첫 출근이라 뭘 모르네. 여기서 이러면 클
       나. 내가 이정재형님 오른… 팔은 아니고 오른발이거든.

영한   (시치미 떼고) 이정재? 그게 누군데?

살모사   (이해가 안 되고) 너 이천 장사 이정재형님 몰라?

영한   어, 진짜 못 들어봤는데.

살모사   (답답) 넌 깜방이나 절간에서 나왔니? 화전민이니?

영한   나 황천에서 왔는데.

살모사	저승에서 왔다고?
영한	아니, 경기도 황천. 육쪽마늘 명산지.
살모사	(답답) 경기도 황천에서도 모를 수／가 없지. 전국군데 우리 형님이.
영한	(미소 지으며 강하게) 너 빨리 그거 안 차면… 술 담가버린다.
살모사	(멈칫 놀라고) 나… 날 담근다고? 저런 야만적인 새끼. (부하들에게) 야! 황천형사님 피똥 좀 싸게 해드려라.

동대문 건달들, 사나운 기세로 영한을 둘러싸면!

영한	한 발짝만 움직이면 니네가 피똥 싸.
살모사	(뭔 말인가 싶고)
영한	이 자루 안에 독사 30마리가 있거든? 덤비면 다 풀어버린다.
살모사	(안 믿고) 저거 형사 아니라 땅꾼이네. (약 올리듯) 까봐, 까봐.
영한	(딴소리) 근데 서울 물가 왜 이렇게 비싸? 외상 엄청 때려 박았잖아. 황천에선 쌀 두 말 값이면 뱀 30마리 사거든.
살모사	쳐!

일동 달려드는 순간, 영한이 자루 주둥이를 두 손으로 잡고 슬쩍 벌리면 꿈틀대며 사악- 기어 나오는 뱀 한 마리!
뱀 나가자, 다시 두 손으로 주둥이를 오므리고.

살모사	아아악!!!
방울뱀	(식겁해 도망치고) 형님! 지… 진짜 독삽니다, 진짜 독사!!

뱀이 부하들 사이를 마구 지나가자, 소리 지르며 피하는 부하들.

영한	어삼룡이. 순순히 안 따라오면 진짜 다 풀어버린다. (씨익 웃고)
살모사	(겁먹고) 에잇 잔인한 새끼. (수갑 주워 차고) 따라갈 테니까 풀지 마. (쭐레쭐레 영한 옆으로 가고)
영한	(살모사 어깨동무하고 걸어가며 부하들에게) 나 따라와도 뱀 푼다.
일동	(꿈쩍하지 않고 있고)

문 앞에 다다른 영한과 살모사의 뒷모습. 나가려는 찰나!
순간 밑부분이 푸드득- 터지는 포대 자루.
터진 자루에서 뱀이 와르르 쏟아져 내린다. 일동 비명 지르고,

영한	(돌아보고) 어우! (뻔뻔하게) 얘네들 튼튼한 자루에 담아라.

황급히 자루를 던지고, 살모사를 끌고 도망치듯 문밖으로 나가
는 영한.

S#23. 한식당 어느 방 안 (D)

테이블에 식사가 정갈하게 차려져 있고.
정복 차림의 종남경찰서 최서장, 맞은편에 앉은 이정재에게 술
을 따른다.

최서장	(너스레 떨며) 주먹 세계를 제패하셨으니 이젠 더 큰일 하셔야죠. 얼른 국회도 입성하시구요. 대통령각하께서도 우리 이정재회장 님께 기대가 크시다고 들었습니다.
정재	별말씀을요. 전 자유당 평당원으로서 대통령각하께 충성할 뿐 입니다.

| 최서장 | (감탄) 이 겸손과 겸양. 회장님이야말로 진정한 애국자십니다. |
| 정재 | 과찬이십니다, 서장님. 참, (아래에서 작은 상자 들어서 탁자 위에 올리고) |

최서장, 뭔가 싶어 열어 보면 현금다발들이 들어 있다.

최서장	(놀라고) 아니 회장님, 이게…?
정재	제가 봐도 경찰 봉급 너무 박합니다. 이렇게 치안을 위해 불철주야 애들 쓰시는데 말입니다. 부디 위로가 되었으면 합니다.
최서장	(감격) 감사합니다, 회장님! 전 이미 위로받았습니다. (가슴 벅차고)

S#24.　종남경찰서 수사반 안 (D)

영한, 살모사를 취조한다.

영한	(인자하게) 자 똑바로 얘기하자. 포목점주인장 때렸어, 안 때렸어?
살모사	(세상 당당하게) 때린 게 아니라 쥐팼다 왜?
영한	자백 시원하네. 근데 왜 쥐팼냐?
살모사	일단 자릿세를 안 냈고. 감히 나한테 지랄까지 했거든.
영한	아~ 근데 종남시장이 니 땅이야?
살모사	당연히 내 구역이지.
영한	그럼 땅문서 있음 갖구 와봐.
살모사	그딴 거 필요 없어. 침 발르면 내 땅이지.
영한	아 그래? 잠깐만. (하고 책상 위 뭔가를 주섬주섬 찾고)
살모사	(뭐 찾나 싶고)

영한, 옆자리에 있는 작은 등나무 베개를 집어 들어 살모사 후려치고.

살모사	(아파서) 아!
황/변	(화들짝 놀라고)
유반장	(놀라며 웃고)
영한	한 대론 부족한 감이 있네. (한 대 더 후려치고)
살모사	(더 아프고) 아! 아니 뭐 이런 새끼가 다 있어?
영한	(시골 어른이 혼내듯) 에라 이 뻔뻔한 새끼야. 면상에 쏘련 탱크 철판을 깔았나. 이게 땅따먹기냐? 금 그면 다 니 땅이게? 이런 순~ 양아치새끼.
황형사	(얼른 다가와) 어이 형. 이쪽 분들한테 말 함부로 하면 안 돼.
영한	(무시하고 더 화나) 그리고 이 쌍노무시키야. 너 몇 살이야?
살모사	서른넷이다, 왜?
영한	포목점사장님은 쉰이다, 쉰. 어디 삼촌뻘 되는 사람을 이 자식아. 넌 집에 삼촌도 없냐? 넌 내 조카였으면 인마, 다듬이 방망이로 죽을 때까지 처맞았어.
살모사	그러는 너는 몇 살이냐?
영한	(뻔뻔하게) 스물일곱.
살모사	아니 나보다 어린노무새끼가.
영한	너 같은 새끼들은 백 살을 처먹어도 나한텐 애새끼다, 왜?
최서장	(V.O) 지금 뭣 하는 거야?
영한	(보면)
최서장	(화난 얼굴로 서 있고) 니가 박영한이야?
영한	예. 황천에서 온 박영한입니다.
최서장	이런 미친 새끼. 니가 형사야? 어디 시민들한테 뱀을 풀어?
영한	시민들이 아니라 깡패새끼들이었구요. 뱀은 불가피한 검거 도구였습니다.
최서장	야 이 새끼야, 지금 병원에 난리가 났어! 뱀에 물린 환자가 21명이야!

영한	아홉 명은 안 물렸구나. (살모사 보고) 그래도 병원비 좀 나가겠다.
최서장	(죽일 듯) 잔말 말고 풀어드려.
영한	이 자식을 왜 풀어줍니까?
유반장	(다가와) 서장님, 이미 폭행 자백까지 했습니다.
최서장	폭행은 무슨. 이웃사촌끼리 살짝 실랑이한 거 가지고.
영한	(어이없고) 혹시 이정재 꼬붕이라서 풀어주라는 겁니까?
살모사	(놀라며 배신감 느낀 표정으로) 우리 형님을 아네.
최서장	이 새끼가 어디서 버릇없이. 황천에서 이렇게 가르쳤어?
영한	예, 이렇게 배웠는데요. 혐의가 입증되면 확실히 처넣으라구요.
최서장	(어이없고) 허-! (고개 돌려) 야 황형사! 살모사 풀어줘.
황형사	예. (얼른 다가와 살모사 수갑 풀어주려 하자)
영한	(황형사 손을 확 잡고) 손 뗍시다, 황형. 풀어주면 댁도 공범이야.
황형사	(멈칫 놀라고)
유반장	(다가와 영한의 팔 잡아끌며) 됐어. 이리 와.
영한	잠깐 놔봐요, 반장님. 시골 깡촌 지서에서도 이렇게 안 해요.
유반장	알았으니까 빨리 와. (끌고 가고)
황형사	(이 틈을 타 살모사 풀어주고)
살모사	(수갑 풀리고) 너 이 씨 황천. 진짜 황천 갈 줄 알아.
영한	(살모사에게 다가가며) 그래~ 지금 보내. 보내봐, 이 새끼야.
유반장	(말리고) 빨리 가자니까. (끌고 가고)
영한	(분에 겨워하며 따라가고)

S#25. 종남경찰서 밖 뒤편 (D)

영한을 끌고 나온 유반장. 영한은 잔뜩 화가 나 있고.

유반장	이제 알겠냐? 종남에서 깡패새끼들 잡는 게 얼마나 고역인지?
영한	아니 무슨 서장까지 벌벌 매요? 그것도 이정재 꼬붕새끼한테?!
유반장	이정재 위세가 그 정도다.
영한	우리 황천에서는 꿈도 못 꿔요! 우리 서에선 깡패들 (한 발 허우적 거리며) 이렇게 발로 막 갖고 논다구요. 오야붕도 경찰서 잡혀오면 대가리 박아요.
유반장	거긴 경찰 할 맛 나겠네. (씁쓸)
영한	여긴 첫날부터 입맛 딱- 떨어졌습니다.
유반장	그럼 황천 돌아갈래?
영한	(잠시 갈등) 아니… 계속 이러면 형사 짓을 어떻게 해먹어요?
유반장	(바로 안 돌아갈 것 같고) 나랑 어디 좀 가자. (스윽 가고)
영한	어딜요?

S#26. 종남서림 안 (D)

INS ▶ 고풍스러운 느낌의 종남서림 외경.
새로 들어온 책 정리를 하는 서점주인 혜주.
미소를 머금고 목록을 체크하며 정리한다. 너무나 풋풋하고 예쁜 모습.
책들을 고르는 척하며, 힐끔힐끔 혜주를 보는 한주대생 호정.
혜주, 정리하다 호정을 살짝 보면!
눈이 마주치며 놀라 시선을 피하는 호정.

혜주	(미소로) 찾으시는 거 있으세요?
호정	아닙니다. 그냥 이것저것 훑어보려고….
혜주	예, 편히 보세요. (다시 정리하고)

호정, 다시 책 뒤적거리고… 그러다 마음먹은 듯 (고백하려) 심호흡.

호정   (작은 소리로) 저기… (하는데 땡- 입구 벨소리) 흡. (말문 닫히고)

안으로 들어오는 교복 차림의 고1 학생 봉난실(→6회부터 봉순경).

난실   언니!
혜주   (반색) 어, 왔어?
호정   (고백 실패, 급히 돌아서 나가고)
난실   (호정에게 아는 척) 안녕하세요.
호정   아 예. (혜주에게 꾸벅) 안녕히 계세요. (후다닥 나가고)
난실   (보고) 한주대오라버니 자주 오시네. 혹시 언니 좋아하나?
혜주   설마. 참고로 내 이상형은 아니야.
난실   언니 이상형은 뭔데요?
혜주   나? 분위기 있고 세련된 남자. 그리고 기품 있게 생겼는데 힘은
          엄청 세서 어디 가서 맞고 다니지도 쫓겨 다니지도 않는 남자.
난실   (알쏭달쏭) 쉽지 않네요. 참!《범인의 그림자》들어왔어요?
혜주   어떡하지. 출판사 사정 때문에 입점이 며칠 연기됐어.
난실   (아쉽고) 아~ 그것만 기다렸는데….
혜주   우리 추리소설 애독자 아가씨, 조금만 기다리세요. (머리 쓰다듬고)
난실   (울상) 예. (그러다) 참 언니 그 소식 들었어요?
혜주   뭐?
난실   오늘요, 어떤 형사가 깡패들 잡으려고 독사 100마리를 풀었대요.
혜주   (놀라고) 진짜? 형사가 아니라 미친놈 아니니?

S#27. 종남라사 안 (D)

INS ▶ 근사한 양복점 분위기의 종남라사 외경.

거울 앞에서 영한의 몸 치수를 재는 양복사, 어색한 표정의 영한.

앉아서 커피를 홀홀 마시며 바라보는 유반장.

영한	(뭔가 꺼림칙) 저 못 도망가게 하려고 해주시는 거죠?
유반장	아니. 얼마 전에 공돈이 생겼는데 쓸데도 없고 해서.
영한	서울 반장님들은 그릇이 크시네요. 공돈 생기면 부하들한테 쓰시고.
유반장	(넌지시) 너 정말 황천 돌아갈 생각 있는 거야?
영한	(다소 진지) 다시 생각해보니까 여기 있어야 할 이유가 떠올라서요.
유반장	이유가 뭔데?
영한	뭐 그런 게 있습니다.
유반장	알았다. 먼저 가니까 마저 재고 나와. (나가려는데)
영한	잠깐만요, 반장님.
유반장	(돌아보고) 왜?
영한	(뻔뻔하게) 샤쓰 하나만 더 할게요. 빨고 갈아입고 할라면.
유반장	(웃고) 그래 해라 해. (가고)
영한	감사합니다. (양복사에게) 어르신, 양복에 이름도 새겨주죠?

S#28. 동대문 근처 어느 골목길 (D)

흙먼지가 자욱하게 일어나는 가운데…

동대문 건달 다섯 명이 둘러서서 뭔가를 마구 걷어차며 짓밟고 있다.

동대문1	아우 힘들어! 야 그만 그만. 어우 발등 아파 씨.

숨이 차 헐떡이는 건달들, 뒤로 슥 물러서면, 사람이 보인다!
길바닥에 무릎을 꿇은 채 몸을 웅크리고 있는 김상순형사.

동대문3	종남서새끼가 어디 동대문까지 와서 순사질이야? (발로 툭 차면)
상순	(미동조차 없고)
동대문1	(살짝 놀라고) 죽었나?
동대문3	죽었나 본데요.
동대문1	야 가서 봐봐.

다가가 웅크린 상순을 발로 톡톡 건드려보는 동대문3.
이때 갑자기 벌떡 일어서는 상순, 얼굴은 온통 피투성이다.

일동	(화들짝 놀라고)
상순	(입안에 피와 침을 모아서 퉤! 뱉고) 오늘따라 피 맛이 달다. (쩝) (건달들 향해) 다 때렸냐?
동대문1	얼추?

순간 잽싸게 동대문3을 박치기로 쓰러트리는 상순.
동대문2, 4가 달려들자 빠르게 제압하고,
동대문5가 달려들자 바닥에 있던 벽돌을 들어 던져 이마를 맞춘다.
겁에 질린 동대문1이 도망가자 쫓아가 뛰어들어 업히고 귀를 물어뜯는다.
고통스러운 비명을 지르는 동대문1. 더 물어뜯는 상순.

S#29. 종남경찰서 수사반 안 (D)

양복을 맞추고 신나는 영한, 수사반 안으로 들어선다. 이때,

변반장   (V.O) 야 김상순!!

번쩍 놀란 영한, 수사2반 쪽을 보면.
동대문1~5, 초주검 상태로 의자에 앉아 있다.
변반장, 달걀로 얼굴을 문지르는 상순을 윽박지르고 있다.

변반장   야 인마, 너는 관할이란 뜻을 모르냐?
상순   (태연하게) 주관할 관. 다스릴 할.
변반장   그걸 아는 새끼가 동대문까지 넘어가서 사람을 물어뜯어?
상순   (짜증) 이 깡패새끼들이 먼저 종남으로 넘어왔다니까요.
변반장   깡패가 아니라 '동부 대호단' 아냐, '동부 대호단'! 동쪽의 큰 호
         랑이! 부랑자 선도에 힘쓰는 이정재회장님의 별동대.
상순   별 똥~ 같은 소리 하고 계시네. 선도? 이 새끼들이 우리 종남교
         꼬마 앵벌이들 개 패듯 팼다구요! 구걸한 돈 안 내놓는다고!
변반장   돈이야 선도 차원에서 회수한 거지. 빨리 사과드려.
상순   (손에 힘 들어가 달걀 팍 터지고) 에?
변반장   아, 사과론 좀 모자랄 것 같다. 무릎 꿇어.
상순   (깨진 달걀 조각 바닥에 패대기치며) 내가 왜 꿇어요?
변반장   (상순에게 바짝 다가가 작게) 니가 안 꿇으면 자식 셋 있는 내가 짤
         려. 니 형수 불쌍하지도 않냐?
상순   (마음 약해지고) 아이….

머뭇거리는 상순, 천천히 한쪽 무릎을 굽히며 꿇을까 말까 하는데,
한편에서 가만히 이 상황을 지켜보는 영한.
상순의 무릎이 천천히 바닥으로 내려가는 그때,

동대문1   (실눈으로 힐끔 보며 다 죽어가는 목소리로) 빨리 꿇어….

순간 눈 돌아가는 상순, 꿇는 척하다가 그대로 추진력을 얻으며
도약해 니킥으로 동대문1을 빠악- 찍어버린다.

변반장   (울상) 야 인마….
상순   (허공에다) 형수님 죄송합니다. (가고)

거칠게 걸어 나오는 상순, 영한과 부딪칠 듯 가까워지면.
옆으로 홱 비켜주는 영한.
가다가 마주친 오형사 옷에 달걀 묻은 손 닦고 가는 상순.

영한   (유반장에게 다가가며) 뭐예요, 저놈?
유반장   어 미친개 김상순이. 종남서에서 유일하게 길이 안 든 놈.
영한   (어이없는 웃음) 무슨 들짐승도 아니고 길이 안 들어요?
유반장   저 자식, 사람까지 문다니까. 범인을 물어뜯으면서 잡아. 오죽하
         면 동대문파에서도 안 건들까.
영한   (가당찮은 듯) 우리 황천에는 저런 놈 쌨어요. 미친개 천지라니까.
유반장   거기서 끝나는 게 아니야. 김상순이는 도사견도 물어.
영한   (슬쩍 놀라고) 그런… 놈은 황천에도 없는데. 들짐승 맞네.

S#30. 종남시장 쌀가게 앞 (D)
───────────────────────────

수레 위에 먼지를 일으키며 팍- 놓이는 쌀 한 가마니.
상체 근육 터질 듯한 거구의 경환, 팔 걷어붙이고 쌀가마니를 옮
기고 있다.

쌀 한 가마니를 마치 지푸라기 더미 옮기듯 가볍게 옮기는 경환.
건너편에는 채소를 다듬는 채소가겟집 딸, 앳된 금옥이가 있다.
쌀을 옮기며 슬쩍 금옥이를 의식하는 경환.

쌀집주인	내가 뭔 복이래. 이런 천하장사가 우리 집에 오고. 안 무거워?
경환	(우직하게) 이 정돈 팔에 기별도 안 갑니다. 솜이불 같아요.
쌀집주인	(감탄) 자넨 보통 인간이 아니야. 임꺽정의 환생이라고나 할까?
경환	(웃으며) 임꺽정은 도둑이잖아요. 전 도둑은 싫습니다~! (이때)
방울뱀	(V.O) 어이 임꺽정이~
경환	(보고 표정 굳고) 우리 엊그제 보지 않았나?
방울뱀	(부하들과 함께 다가오며) 내가 또 온다 그랬잖아.
경환	또 오면 혼쭐난다 그랬을 텐데.
방울뱀	에헤이. 살모사형님께서 밥 한 끼 하자 그러시네. 이천 쌀밥으루다.
경환	난 깡패새끼랑 겸상 안 한다. 가라.
방울뱀	자꾸 형님 말 거역하면 시장 생활 곱게 못 하지.

경환, 가볍게 쌀가마니 집어 방울뱀 쪽으로 확 던지면!
충격에 쓰러지는 방울뱀과 부하들, 고통스러워하고.

경환	마지막 경고다. 한 번만 더 오면, 팔다리 다 뽑아버린다.

S#31. 영한의 하숙집 마당 (해 질 녘)

INS ▶ 나지막한 한옥 주택가의 하숙집 외경과 함께,

파주댁	(V.O) 아이구 어서 와요.

반갑게 맞이하는 하숙집주인 파주댁(여/50대).
짐을 들고 하숙집 안을 둘러보는 영한.

파주댁	아유 난 이렇게 잘생긴 경찰은 처음 보네. 아이구 곱다.
영한	(넉살 좋게) 어?! 아주머니도 엄앵란 닮으셨네.
파주댁	(까르르 웃고) 어쩜 보는 눈들이 다 똑같애.
영한	여사님, 제 방은 어디예요?
파주댁	(신나서) 조오~기! 따라와요. (계속 좋아서 까르르)

S#32.   영한의 하숙방 안 (해 질 녘)

파주댁과 함께 들어서는 영한, 짐가방을 내려놓고 둘러본다.
남포등 불빛이 방을 비춘다. 좌식 책상과 나무 수납장, 펼쳐둔
이부자리가 전부인 좁지만 아늑한 방.

파주댁	이 방이 여름엔 덥구 겨울엔 시원해.
영한	그럼 여름엔 쩌 죽고 겨울엔 얼어 죽겠네요.
파주댁	어머나, 아니다 아니다. 여름엔 시원하고 겨울엔 따뜻하다고.
영한	(넉살 좋게) 근데 밥은 언제 먹어요?
파주댁	이제 먹을라고. 다른 하숙생들도 같이 먹으니까. 인사도 나누구.

S#33.   영한의 하숙집 마루 (N)

밥상 앞에 어색하게 둘러앉아 있는 영한, 금은동(남/28), 정국진
(남/26).

뿔테안경 쓴 금은동과 부스스한 모습의 정국진.
파주댁이 한 명 한 명 소개한다. 그러면서 한 명씩 얼굴 보인다.

파주댁   이짝은 그 유명한 고려은행 직원 은동총각. 이짝은 판검사 시험
          준비하는 국진총각. 이짝은 미남 형사 영한총각. 인사들 해요.

일동   (서로 꾸벅 인사) 안녕하세요.

영한   여긴 대단하신 분들이 하숙생이시네. 잘 부탁합니다.

은동   (밝게) 저도 잘 부탁합니다.

국진   (말없이 까딱) 저도….

파주댁   (국진 등판 때리며) 아유 우리 국진총각은 숫기가 좀 없어서.

은동   (친절하게) 형사님, 여쭤볼 게 있는데요.

영한   말씀하세요.

은동   혹시 적금 든 거 있으세요? 공무원들한테 딱 맞는 게 하나 있어
          서요.

파주댁   아유 또 저런다. 형사들 월급 쥐꼬린 거 몰라?

영한   (웃으며) 들으셨죠?

은동   (굴하지 않고) 그래도 쌈짓돈 모으셔서, (하는데)

국진   (옆에서 갑자기 머리를 디밀고 훅 들어오며) 저기 형사님.

영한   (놀라서) 예?

국진   (진지) 나중에 총 한번 구경시켜주면 안 돼요?

영한   (웬지 답 없는 놈으로 느껴지고) 뭐 까짓거 그럽시다. 보여드릴게.

국진   (밥 먹으며 작은 소리로) 만세.

S#34. 대폿집 안 (N)

INS ▶ 유난히 크게 떠 있는 보름달.

홀로 막걸리를 마시고 있는 상순. 약간 취기가 올라 있다.

상순 이모 (주전자 흔들어 보이며) 하나 더.

이모 취했음 빨리 가~ 괜히 사달 내지 말고.

상순 나 안 취했어. 오늘 많이 쥐터져서 정신이 맑어.

이때 쪼르르 다가오는 대폿집 강아지 순남.

상순 (맞이하며) 순남아, 어디 갔었어? 한참 찾았잖아.

순남 (꼬리 흔들고)

상순 내 친구 순남이, 배고프지? (고기 조각 먹이고)

이모 (주전자 상순 앞에 놓고) 그 귀한 걸 강아지 새끼 왜 줘? (가고)

상순 얘네도 가끔 좋은 거 먹고 싶다잖아. 개들 마음을 몰라.

이모 개들 마음 알아 좋겠다. 하긴, 지도 개니까 개 마음을 알겠지.

상순 (순남 쓰다듬으며) 그래. 마음 통하는 건 너랑 나랑 둘뿐이다. (그러다 고개 돌리면)

창밖으로 보이는 유난히 큰 보름달.

상순 달도 대빵 큰데 뭐 하나 빌어볼까? (잠시 생각, 그러다 순남이 들어 안으며) 우리 순남이 사람 되게 해주세요.

밤하늘의 보름달, 서서히 [F.O]되며 완전 어둠이 된다.

S#35. 함평 산골짜기 (D): 영한의 악몽

위 씬에 이어 적막한 어둠.

아기 울음소리가 들리고 화면 밝아지면!

몽환적이고 스산한 안개가 뿌옇게 덮여 있다.

그사이로 검은 연기가 매캐하게 치솟고.

피로 물든 교복 차림의 학도병 영한(19세)이 총을 들고 선 채 벌벌 떤다.

다친 손목의 상처에서는 피가 흐르고.

영한, 연기가 솟는 흙구덩이 속을 내려다보면.

갑자기 안개가 사악- 걷히며 불에 그을린 수백 구의 시체들이 보이고!

S#36. 영한의 하숙방 안 (아침)

스르르 눈을 뜨는 영한, 일어나 앉아 괴로운 듯 손 세수 한다.

손목에 오래된 흉터가 보이고. 이 위로,

황형사   (V.O) 내 이럴 줄 알았다.

S#37. 종남경찰서 수사반 안 (아침)

영한과 유반장을 향해 신나게 말하는 황형사.

황형사   우리 황천형사 덕분에 뱀탕집 아주 경사 났네.
유반장   뭔 말이야?
황형사   (영한에게) 빨리 가보기나 해~

영한	(뭔가 느낌이 좋지 않고)
유반장	(걱정되고) 얼렁 가봐.

S#38. 종남시장 뱀탕집 안 (D)

안으로 확 들어서는 영한, 이내 놀라고.
살모사 패거리가 다 때려 부숴 엉망이 된 광경.
뱀탕집주인 역시 얻어터진 얼굴로 가게 안을 정리 중이다.

영한	(다가가고) 아저씨.
뱀탕주인	(식겁하고) 안 팔아, 안 팔아. 다신 우리 집 오지 마요.
영한	살모사 부하들이 이랬어요?
뱀탕주인	(사정하고) 아 그냥 제발 좀 가. 난 됐고, 포목점 오씨한테나 가봐.
영한	(이건 또 뭔 일인가 싶고)
성칠	(V.O) 배달 가오!

S#39. 종남시장 호랭이떡집 앞 (D)

성칠, 묵직한 떡 보자기 들고 밖으로 나오면.
문 앞에 서서 기웃대던 금옥, 깜짝 놀라며 얼른 등 뒤로 손을 숨기고.

금옥	성칠오빠!
성칠	어 금옥아. 떡 사러 왔니?
금옥	그게 아니구, (뒤에 숨긴 사과 내밀고) 이거 먹어요, 오빠.

성칠	(의아, 일단 받고) 이거이 왜 날 주니?
금옥	(수줍) 올해 처음 나온 사과예요.
성칠	(더 모르겠고) 처음 나온 거이 왜 날 주니?
금옥	(우물쭈물하다) 몰라요! (뛰어가고)
성칠	(금옥 뒷모습 보고 알쏭달쏭) …?

S#40. 종남시장 국숫집 앞 (D)

시장 상인들, 노점처럼 바깥에 마련된 의자에 모여 앉아 국수를
먹는다.
성칠, 떡값을 들고 발걸음 가볍게 지나가는데.
영한, 국수댁과 대화 중이고.

영한	(놀라며) 예? 떠나요?
국수댁	포목점 다 때려 부쉈는데 장사를 어떻게 해요? 그러게 그놈의 뱀새끼들은 왜 풀어가지고.
성칠	(멈칫, 돌아와서 가만히 듣고)
풀빵아재	뱀 푼 것도 지들끼리 짜고 한 거 아니야?
국밥댁	맞네. 깡패랑 한통속으로 안 보일라고.
영한	(황당해 말이 안 나오고)
금옥父	시장 오면 그냥 쌈짓돈이나 챙기셔. 괜히 일 벌이지 말고.
영한	(답답하고) 저 그런 형사 아닙니다.
국수댁	아니긴 뭐가 아니야. 순사놈들 돈이나 밝히고 깡패들이랑 다 한 통속이면서.
영한	(속 터져 미치겠고) 아니, 아줌마. 말을 그렇게 하면 안 되지.
국수댁	됐고. 이거나 한 그릇 먹고 꺼지쇼. (국수를 말고)

영한	(답답하고 기분 상해 자리 뜨고)
성칠	(사과 던졌다 받으며, 가는 영한을 유심히 바라보고)

S#41. 종남시장 호랭이떡집 앞 (D)

화난 표정으로 걸어가며 구시렁대는 영한.

영한	얼마나 등을 처먹고 다녔길래 경찰을 다 도둑 취급해? (갑자기 우렁차게 꼬르륵 소리) 아 배고파. 아침도 못 먹고 씨.
성칠	(V.O) 형사아지바이.
영한	(돌아보면)
성칠	(웃으며) 우리 집 가서 먹기오.
영한	우리 집이 어딘데?
성칠	(가리키며) 가깝소.
영한	(보면)

호(랭이)할매 얼굴을 본떠 그린 엉성한 간판 [호랭이떡집].

S#42. 종남시장 호랭이떡집 안 (D)

나란히 앉은 영한과 성칠을 가만히 바라보는 떡집주인, 경상도 호할매.
마구 떡을 먹는 영한. 성칠은 그 옆에 앉아 아삭- 사과를 베어 물고.

호할매	(성칠에게) 이 여름에 사과가 웬 기고?

성칠	금옥이가 대뜸 주잖소.
호할매	여시 같은 가스나… (영한을 턱 보고) 니가 뱀 푼 순사 맞나?
영한	예. (캑캑거리고)
성칠	(영한에게 식혜 건네주며) 천천히 드오. 근데 깡패 간나새끼들한테 독사 풀 생각은 어찌 했소?
영한	독사 아니야. 진짜 죽으면 어떡할라고?
성칠	그거 참 아깝소. 나라믄 진짜 독사를 풀었지비.
호할매	실없는 소리들 한다, 이 자슥들. (영한에게) 니 계속 깡패들한테 그랄 끼가?
영한	그럼요. 뱀도 풀고 지네도 풀고 다 풀어야죠. (떡 먹고)
호할매	(어이없이 웃고) 미친 자슥. 혹여나 깡패한테 뚜드려맞고 배고프믄 일로 온나. 처맞아가 서러우면 배라도 불러야지.
영한	(따뜻함이 느껴지고) 예 할머니.
성칠	우리 형사아지바이 최고요! (엄지척)
호할매	처씨부리지 말고 퍼뜩 절구질이나 해라.
영한	(왠지 자기 편이 생긴 것 같아 기분 좋고)

S#43. 종남시장 채소가게 (D)

채소가게 딸 풋풋한 금옥, 서툰 솜씨로 배추를 다듬는다.
지게 위로 쌀 포대를 잔뜩 진 경환, 과묵하게 저벅저벅 다가오면.

금옥	(머리 위로 드리워진 그림자에 고개 들고) 엄마!!
경환	(점잖지만 느끼하게) 내가 너무 해를 많이 가렸나요?
금옥	(경계하며) 예, 좀 서늘하네요.
경환	배추가 참 많네요. 손질이 힘들지 않나?

금옥	안 힘들구요, 뭐 찾으세요?
경환	이따 국숫집 앞에 새 점 보러 안 갈래요?
금옥	(철벽) 저 새 무서워해요.
경환	어 나도 무서워해요, 어릴 때 이마를 쪼인 적 있어서. 어머님 도우러 나왔어요?
금옥	아뇨, 안 나오면 아버지가 때려죽인다 그래 갖구요.
경환	아버님이 딸을 많이 사랑하시는구나. (하는데)
방울뱀	(V.O) 아~ 비켜, 비켜!

경환이 돌아보면, 동대문 건달들을 대동하고 나타난 방울뱀.
표정 굳은 금옥과 상인들. 행인들은 얼른 자리를 피해가고.
동대문1, 방울뱀 앞으로 나와 빈 궤짝을 탕! 내려놓고 들어간다.

방울뱀	(살벌하게) 다들 들으셨죠? 앞으로 종남시장은 우리 동대문이 관리합니다. 자릿세들 놓고 갑시다.
상인들	(겁에 질려 눈치만 보고)
방울뱀	포목점가게 뺀 거 못 봤어? 자릿세 안 내면 다 그렇게 돼.
풀빵아재	이보쇼 방울뱀 양반, 갑자기 그 큰돈이 어디서 납니까?

심기 거슬린 방울뱀, 눈짓하면.
동대문1, 풀빵틀을 뒤집어엎고 풀빵아재에게 주먹을 퍼붓는다!
국수댁과 국밥댁, 놀라 비명을 지르고.
방울뱀이 쓰러진 풀빵아재를 밟으려는 순간!

경환	(참다못해) 야!!
방울뱀	(멈추고 보면)
경환	소란 피우지 말고 돌아들 가.

방울뱀	쌀집 임꺽정이는 그냥 가만있어. 이제 너 봐줄 일 없으니까.
경환	(분노의 미소가 머금어지고)
방울뱀	(금옥 발견하고) 어? 우리 채소집 딸내미. 지금 보니 김지미 닮았네?
금옥	(확 겁에 질리고)
방울뱀	채소집 딸내미가 이렇게 예뻤나? 어디 볼 좀 만져보자.

방울뱀이 금옥에게 손을 뻗는데,
경환이 방울뱀의 팔을 훅 낚아챈다!
팔 잡혀 공중으로 부웅 들린 방울뱀, 당황하고.

경환	(묵직) 니 볼 먼저 만져볼까?

경환, 방울뱀의 볼을 손바닥으로 후려갈기자 나가떨어지는 방울뱀!
동대문 건달들, 기겁해 경환을 쳐다보고!
조금 떨어진 곳에서 나란히 걸어오는 영한과 성칠.

영한	그래. 양할머니래도 잘 모셔. 보니까 너한테 친손자처럼 하시더만.
성칠	그런 걱정은 안 해도 되오. 내 공부 열심히 해서 울 할마이 호강을 제대로 시켜드릴 게오.

이때 와장창 소리 들려오고.

성칠	뭐야? 또 쌈 났재? (달려가고)
영한	(쫓아가고)

모여 있는 사람들을 헤치고 들어가는 영한과 성칠.

동대문 건달 다섯이 땅바닥에 처박혀 있고.

가운데 우뚝 선 경환, 악쓰며 채소와 궤짝을 마구 날리는 방울뱀 부하들의 공격에도 별 타격을 못 느끼는 듯 피하지 않고 퍽퍽 맞아주며 제압한다.

채소와 궤짝이 경환의 상체를 내리칠 때마다 바위에 부딪힌 듯 빠개지고.

성칠   (감탄) 저거이 몸이 조선인이오? 서양 오랑캐요?

영한   (신기한 듯 웃으며) 어 조랑인.

성칠   에?!

마지막으로 방울뱀에게 쌀가마니를 던지는 경환.

고통스러워하는 방울뱀. 쌀가마니 날아와 덮치고.

구경꾼들, 본인들이 아픈 듯 일제히 "오~" 소리 지르고.

성칠   보고만 있을 겜까, 형사성님?

영한   다 끝났네, 뭐. (유심히 보고)

모두 때려눕히고 두 주먹 불끈 쥔 채 숨을 몰아쉬는 경환.

S#44. 종남경찰서 서장실 안 (아침)

INS ▶ 종남경찰서 외경.

앉아 있는 최서장, 앞에 서 있는 유반장에게 서류봉투를 건넨다.

최서장   지금 바로 출장 좀 갔다 와.

유반장	(받아 들고) 이게 뭡니까?
최서장	기밀 사항이야. 오늘 내로 대전서 김서장한테 직접 전해. 알았어?
유반장	알겠습니다. (뭔가 매우 찜찜하고)

S#45. 전차 안 (아침)

INS ▶ 종남 거리. 느릿하게 달리는 전차의 모습.

좌석에 앉아 정면을 뚫어지게 주시하는 영한.

허우대 멀쩡한 성추행범, 옆에 선 여자의 엉덩이로 손을 뻗을락 말락 한다.

영한, '건들기만 해라' 하는 얼굴로 수갑을 꺼내 염주처럼 굴리고.

S#46. 종남경찰서 수사반 안 (D)

성추행범을 잡아 들어오는 영한.

송형사	(지나가며) 오늘은 또 뭐야?
영한	전차에서 여자 엉덩이를 만지고 있잖아요, 이 미친놈이.
성추행범	만진 게 아니라, 실밥 떼어주다가… (버벅) 내가 실을 잘 꼬매거든요. 나 한주대학교 의대생이에요.
영한	(얼척없고) 니 주둥이나 꼬매, 인마. (끌고 가)
송형사	아이고 황천에서 온 형사, 진짜 저승사자네. (프레임 아웃)

떨어진 거리에서 한데 모여 밀담을 나누는 변반장과 2반 형사들.

변반장	3반하고 조사계 쪽 애들하곤 얘기된 거지?
황형사	예. 다 준비됐습니다.
변반장	소도둑 저건 어떡하냐?
영한	(성추행범을 등나무 베개로 후려치며 취조 중이고)
송형사	(다가와 앉으며) 한번 데리고 가보죠, 뭐.
황형사	뱀도 푸는 놈인데 또 사고 치면요?
변반장	(곰곰이 생각하고)

S#47. 종남경찰서 유치장 앞 (D)

성추행범을 유치장 안에 넣는 영한.

영한	너 이 새끼야, 엉덩이 만지고 싶으면 니 엉덩이나 만져.
성추행범	(울상 되어) 예. (지 엉덩이 만지고)
변반장	(다가오며) 야 박영한이, 너 오늘 서류 정리 좀 해라.
영한	무슨 서류요?
변반장	종남서 2사분기 사건 기록 정리.
영한	그걸 제가 해요?
변반장	이건 원래 새로 온 사람이 하는 거야. 서 돌아가는 상황 알게.
영한	그냥 봐도 상황 알겠는데요?
변반장	잔말 말고 하라면 해. (확 가고)
영한	(못마땅한 표정, 이때)
유반장	(V.O) 박형사!
영한	(보면)
유반장	(따라 나오라는 손짓, 그리고 밖으로 나가고)
영한	(무슨 일인가 싶고)

S#48. 종남경찰서 뒤뜰 (D)

영한과 유반장, 심각하게 대화한다.

영한   그러니까 우릴 빼놓고 뭔가 할 것 같단 말씀이죠?

유반장   어. 서장은 나 대전 보내놓고, 변반장은 너 서류 정리시켜놓고.

영한   죄다 짬짜미네. 예전에도 그런 일 있었어요?

유반장   어. 이정재 생일날 경찰들 보초 세웠을 때. 이기붕 눈엣가시인
          홍명철의원 치러 갔을 때. 내가 그 자리에 있었으면 다 엎었을
          거거든.

영한   분위기를 보아하니 오늘도 비스무리한 일이 있을 거다?

유반장   그렇지. 근데 오늘은 뭔가 느낌이 더 안 좋아. 뭔 일 없나 잘 감
          시해.

영한   예, 감시는 하는데… 여쭤볼 게 하나 있습니다.

유반장   뭐?

영한   진작 여쭤보고 싶었는데 혼자 왜 이러시는 거예요? 이런다고 변
          하는 거 없잖아요?

유반장   (덤덤) 그래. 변하는 거 없지. 근데, 세상에 나 같은 놈 하나쯤 있
          어서 나쁠 건 없지 않냐? 너까지 두 놈이면 더 좋고. (미소 짓고)

영한   (간단한 이유지만 가슴에 와닿고)

유반장   나도 뭐 하나 물어보자.

영한   예.

유반장   양복점에서 그랬지? 여기 계속 있어야 할 이유가 있다고? 그게
          뭐냐?

영한   아 그거요. (아버지와 한 약속 떠오르고) 하숙집 월세 석 달 치를 미
          리 내놔서요.

유반장   (뜻밖의 말에) 응?

영한	환불도 안 된대요. (파하- 웃고)
유반장	(낯간지러운 나름의 뜻이 있구나 싶고) 그것만큼 절박한 게 없지. 간다. 잘 감시해. (가고)
영한	다녀오세요.
유반장	(걸어가며 웃으며 혼잣말) 미친놈.

S#49. 종남경찰서 회의실 안 (D)

서류 더미를 잔뜩 들고 들어서는 영한.

영한	어우 왜 이렇게 무거워. (탁자 위에 서류를 놓고)

이때 "크르렁!!" 우렁차게 코 고는 소리가 들린다.
영한이 놀라 돌아보면. 소리가 나는 쪽은 구석에 놓인 캐비닛이다.
영한, 캐비닛 앞에 다가가 노려보면 코 고는 소리 계속 나고…
문을 확 열면! 캐비닛 안에 쭈그려 자고 있던 상순이 놀라서 깬다.

영한	(어이없는 웃음 픽- 나오고) 난 또 누가 오도바이 타나 했네.
상순	(목 벅벅 긁으며) 제가 가끔 코로 탑니다. (코 한번 킁 하고)
영한	(더 어이없고) 너 나 누군지 알아?
상순	(실눈으로 영한 얼굴 슬쩍 보고) 예, 황천길이요.
영한	황천길이 아니라 황천에서 온 소 절도범 검거율 1위.
상순	1위. 좋으시겠다. 근데 저 쫌만 더 자면 안 될까요?
영한	코 골지 마, 일하는데 시끄러우니까.
상순	(손으로 코 막고 군인 말투) 예, 알겠습니다. (팍- 문 닫히고)

책상 앞에 자리 잡고 앉는 영한,
옆에 올려둔 서류를 하나씩 꺼내 집중하려는 찰나!
"크르렁!!" 허공에 울려 퍼지는 코골이 소리.

영한   (버럭) 야 인마!!

조용… 코 고는 소리, 딱 끊기고.
잠시 시간 경과 ▶ 해 질 녘.
밖에 귀를 기울이며 서류 정리 중인 영한. 이때.

황형사   (V.O) 퇴근하겠습니다!
영한   (뭔가 낌새채고)

S#50.   종남경찰서 수사반 안 (해 질 녘)

서류를 들고 수사반 쪽으로 나오는 영한. 재빨리 주위를 살피면.
2, 3반 형사들이 거의 다 빠진 상태다.

송형사   저도 가보겠습니다. (일어나 가고)

송형사 바라보며 자리에 앉는 영한.
이때 마지막으로 일어나는 오형사.

오형사   (영한에게 꾸벅) 먼저 가보겠습니다.
영한   어디 가는데?
오형사   어 저기… (급조) 목욕탕 갑니다.

영한	아~ 그래? 때 박박 잘 밀고.
오형사	예. (인사하고 가고)
영한	(요거다 싶고)

S#51. 종남경찰서 화장실 안 (해 질 녘)

소변을 보는 오형사. 일을 다 보고 돌아서는 찰나 놀라고.
웃으며 입구를 막고 서 있는 영한.

영한	목욕 간다고?
오형사	예.
영한	화요일은 전국적으로 목욕탕이 쉬는데?
오형사	(당황하고) 아 예… 집에서 물 받아놓고 할라구.
영한	내가 황천에서 뭐였다고?
오형사	(약간 쫄고) 소 절도범 검거율 1위.
영한	그래, 오형사. 지금 니 눈빛이 딱 소도둑 눈빛이야.
오형사	아니 그게 무슨 말씀….
영한	(코앞으로 확 다가) 다들 뭐 하러 간 거야?
오형사	(시치미) 예? 뭐 하러 가다뇨?
영한	(웃지만 위압적으로) 야 우리 황천은 있잖아. 구라치는 놈들을 어떻게 불게 하는 줄 알아? 똥간에 대가리를 5초만 박았다 빼면 다 불어.
오형사	(뒷걸음치며) 왜 이러십니까….
영한	불고 나서도 뭐가 더 큰 일인 줄 아냐? 얼굴에 똥독이 올라서 며칠간 얼굴이 엄청 화끈거려요. 냄새도 안 빠져서 파리들 맨날 얼굴에 붙고.

오형사	(완전 겁먹고) 저 가보겠습니다! (도망치려 하면)
영한	가긴 어딜 가~!

오형사를 잡아채 끌고 와 똥간 문을 확- 여는 영한.

S#52.　종남경찰서 화장실 똥간 안 (해 질 녘)

오형사의 뒤통수를 잡고 대가리를 똥간에 처박으려는 영한.
오형사, 몸부림치지만 소용없다.

영한	어 닿는다, 닿는다, 닿는다, 빨리 말해.
오형사	(울먹) 진짜 모릅니다….
영한	어 저기 굵은 거 있다. 저기가 명당이네. 이야!! (손에 힘주고)
오형사	아아악!!!!!! (에코)

S#53.　종남경찰서 회의실 안 (해 질 녘)

쾅-! 캐비닛 열리면 계속 자고 있는 상순.

영한	야 일어나봐.
상순	(부스스 깨며) 언젠 또 자라매요.
영한	지금 출동해야 돼.
상순	어딜요?
영한	밀수범 잡으러!
상순	(목 긁으며) 밀수범이면 용산 이정범이에요? 동두천 박상사예요?

영한	이정범이. 이정재 사돈의 팔촌.
상순	(지긋지긋) 아 이정재 이 새낀 마당발이 아니라 광장발이네, 광장발.
영한	그리고 공범도 있어.
상순	어떤 새끼요?

S#54. 달리는 경찰차 안 (저녁)

INS ▶ 도로 위를 달리는 경찰차.
운전석의 영한과 조수석의 상순.

영한	너 내 이름은 아냐?
상순	박영한이요. 제 이름은 아세요?
영한	도사견도 물어뜯는 김상순.
상순	뭘 또 앞에 갖다 붙여요. 황천길 박영한형사님.
영한	근데 왜 군소리 없이 따라 나왔냐?
상순	(아구 풀며) 아우, 오래 잤더니 아구가 뻐근해서요. 아구 푸는 덴 나쁜 새끼들 물어뜯는 게 직빵이거든요.
영한	(역시 또라이고) 뭐 하나만 물어보자.
상순	뭐요?
영한	넌 왜 그렇게 사냐? 허구한 날 깡패들 물어뜯고 말은 죽어라 안 듣고.
상순	(덤덤하게) 세상천지에 나 같은 놈 하나 있어도 되잖아요.
영한	(유반장과 똑같은 말에 살짝 놀라 바라보고)
상순	(하품하고)
영한	셋.
상순	예?

| 영한 | 하나가 아니라 셋이라고. (웃고) |

S#55.   밀수창고 근처 (N)

밀수창고 앞. 조명들로 훤히 밝혀져 있다.
미제 밀수품 박스들을 창고 안으로 옮기는 이정범의 부하들.
허리에 총을 찬 종남서 경찰들, 미군 네 명이 주위를 살피고 있다.
담배를 문 이정범과 사이좋게 대화를 나누는 변반장, 황형사, 송
형사.
이정범, 군표 뭉치를 세어 변반장에게 건네주면 꾸벅 인사하는
변반장.
벽 뒤에서 이를 지켜보는 영한. 그 옆에 상순.

상순	나 빼고 구린 짓 하는 건 알았는데 이 정도일 줄은 몰랐네. 이런 순남이만도 못 한 새끼들.
영한	저걸 어떻게 하면 좋겠냐?
상순	미군 헌병대에 신고하죠. 쪽수도 많은 데다 총까지 있잖아요.
영한	(웃으며 넌지시) 우리도 총 갖고 왔잖아.
상순	(싸하고) 그런 표정… 하지 마요. 아이~!

S#56.   밀수창고 안 (N)

작업이 거의 끝난 밀수창고 안.
미군들, 정범의 부하들, 종남서 형사들 다 들어와 있다.

정범	역시 종남서 경찰들이 있으니 든든하구만.
변반장	언제든 불러만 주십쇼. 완전 무장하고 달려올 테니까.
미군1(톰)	굿 잡 보이즈.
황형사	나 보이 아니야. 맨이야, 맨. 으른, 인마. (이때)
영한	(V.O) 우릴 빼면 어떡해?

일동 보면! 권총을 겨누며 들어오는 영한과 상순.
당황한 종남서 형사들과 미군들도 황급히 총 뽑고.

변반장	이 새끼들, 여긴 어떻게 알고 왔어?
영한	구린내 따라왔지. 도로에 냄새가 아주 진동을 해.
톰	(영어) 뭐야? 무슨 일이야?
영한	서울 깍쟁이들은 이게 문제야. 노나 먹을 줄을 몰라.
상순	(변반장에게) 난 반장님 새낀데 왜 빼고 와요?
변반장	니가 반장이면 널 뎃고 오겠냐?
상순	당연히 안 뎃고 오지.
영한	자~ 훔쳐온 장물들 다시 싣고 미군 부대로 돌아갑시다.
변반장	(달래듯) 야 박형사, 니네 몫 나눠줄 테니까 적당히 하자.
송형사	그래 박형사. 적당히. 응?
영한	무슨 변소 청소해? 뭘 적당히 해요? 빨랑 가자고.
톰	(날카로운 눈빛 되고)
변반장	야! 우리도 먹고 좀 살자. 나도 딸린 애가 셋에다 노모까지 있다.
영한	아무리 똥구녕이 찢어져도 경찰이 밀수범 돈 처먹으면 안 되지.
황형사	야. 이거 미군들한테 기별도 안 가. 이거 없어도 애네 안 망해.
영한	(호통) 야 이 새끼야! 부잣집 곳간은 털어도 되냐?
상순	(맞장단) 안 되지 그건. (총 든 팔 아파하며) 아우 팔 아퍼.
영한	시골 깡촌에서도 드러운 돈 안 받아 처먹어.

황형사	그럼 니네 동네로 가, 이 새끼야.
영한	못 가, 이 새끼야. 나 하숙비 석 달 치 내놨어. 환불도 안 돼.
상순	(갑자기 날카롭게 눈빛 변하고)
영한	(공이를 제끼며) 자– 안 돌아갈 거면 서로 쏴대고 다 죽든가.
일동	(긴장하고)
영한	(큰 소리로) 쏴! 쏘라고!

이때 부웅 날아오는 총 개머리판이 영한의 뒤통수를 강타한다.
바닥에 푹 쓰러지는 영한. 영한 뒤로 보이는 가격한 자의 두 다리.
내리친 총을 들고 영한을 차갑게 내려다보는 상순. 가격한 자는
상순이다!
일동, 놀라 바라보고.
혼절한 영한의 모습에서…!

수사반장
1958

2회

종남경찰서
꼴통1반

S#1.   밀수창고 안 (N)

1회에 이어서…

영한   (공이를 제끼며) 자- 안 돌아갈 거면 서로 쏴대고 다 죽자.

일동   (긴장하고)

영한   (큰 소리로) 쏴! 쏘라고!

이때 부웅 날아오는 총 개머리판이 영한의 뒤통수를 강타한다.
바닥에 푹 쓰러지는 영한. 영한 뒤로 보이는 가격한 자의 두 다리.
내리친 총을 들고 영한을 차갑게 내려다보는 상순. 가격한 자는
상순이다!
일동, 놀라 바라보면!
혼절해 있는 영한의 모습.

상순   아이~ 적당히 나눠 먹고 가면 되지, 뭘 그렇게 말이 많아.

송형사   그렇다고 까버리면 어떡해?

상순   난 얼마나 노나줄 거예요? (하는 순간)

각목이 날아와 상순의 뒤통수를 강타하고 상순은 기절한다.

변반장   (놀란) 같은 배 탄다는데 왜 때립니까?

정범   (각목 들고 분한 표정) 나 지금 생각났어. 이 새끼가 작년에, 내 동
생 흑곰 귀때기를 물어뜯었거든. 에라이 이 개 같은 놈.

S#2.   외진 공터 쓰레기장 (새벽)

쓰레기들이 널려 있는 외진 공터 흙바닥.
먼지와 흙을 뒤집어쓰고 혼절해 있는 영한, 눈을 뜨고 일어난다.
아픈 뒤통수 부여잡고 뒤를 보면, 역시나 뻗어 있는 상순.

영한	(상순 흔들어 깨우며) 야 일어나. 일어나라고.
상순	(고통스럽게 일어나고) 아⋯ 난 어떤 새끼가 깐 거야.
영한	내가 먼저 기절했으니까 모르지. 난 누가 깠냐?
상순	나요.
영한	뭐? (상순 멱살 잡고) 날 왜 까 인마!
상순	(멱살 손 치며) 선배님 나 아니었으면 진짜 황천 갈 뻔했어요.
영한	(무슨 말인가 싶고)

S#3. 밀수창고 안 (N): 1회 S#56 상황

영한	시골 깡촌에서도 드러운 돈 안 받아 처먹어.
황형사	그럼 니네 동네로 가 이 새끼야. (이하 대사들 V.O로 흐르고)

상순, 저 뒤쪽을 보면 미군 톰이 공이를 젖히며 영한을 정조준
한다.
놀라 바라보는 상순. 어찌할지 고민한다.

상순	(V.O) 미군 한 놈이 선배님 대가리 (하다가) 머리를 정조준하더라구요. 그래서 선배님 머리에 구멍 나기 전에 뒤통수를 빡-!

S#4. 외진 공터 쓰레기장 (새벽)

영한	(생각하니 아찔하고 안도의 한숨)
상순	보통 이런 상황일 땐 그렇게 표현들 하던데… 생명의 은인?
영한	(고맙다고 말하려니 쑥스럽고) 까지 말고 눈빛을 보내든지.
상순	아~ 황천에서는 배은망덕이 전통인가 보네.
영한	(쑥스럽지만 용기 내서) 고맙다.
상순	(더 진심으로 말하라는 손짓)
영한	정말 고맙다, 생명의 은인. (벌떡 일어나고)
상순	나한테 신세 한 번 세게 진 겁니다. (함께 일어나고)
영한	(화나 걸어가며) 이 새끼들을 어떻게 박살 내지?
상순	(영한과 나란히 걸어가며) 미군 헌병대에 꼰질러버려요.
영한	그래도 이정범 그 새끼는 빠져나간다고.
상순	그럼 어떡해요?

S#5. 종남경찰서 수사반 안 (아침)

거지꼴로 안으로 들어서는 영한과 상순. 화기애애한 웃음소리.
수사2반 형사들, 팔자 좋게 인삼차를 들이켜고 있고, 책상들 위
에는 센베이가 있다. 형사들 옆에는 진한 화장의 다방 레지아가
씨가 앉아 있다. 이때,

영한	(V.O) 누가 보면 잔칫날인 줄 알겠네.
황형사	(영한 쪽 보고) 어? 뒤통수들은 괜찮냐?
상순	맞았더니 더 딴딴해졌어요. 근데 난 누가 깠어요?
황형사	누굴~까? 누군지 알아맞히면 20환 줄게.
상순	(발끈) 20환 필요 없고, 누군진 모르지만 그 인간 귀때기는 내 겁니다.

송형사	자자- 살아왔으니 됐다. 기분들 풀고 인삼차 한잔씩들 해.
변반장	경찰 일 하다 보면 이런 험한 일이 한두 번이야? 마셔들.
영한	(기가 막히고) 반장님도 얼굴에 쏘련 탱크 철판 까셨네.
변반장	뭐야, 인마?
상순	(자리에 앉아 책상 위에 있는 센베이 와드득와드득 먹고)
영한	우리 아버지께서 그러십디다. "부끄러움을 모르는 인간이 세상에서 제일 잡놈의 새끼다."
상순	(품- 웃으며 센베이 뿜고)
황형사	훈장질하지 말고, 말 좀 가려서 해라. 이 양반들 니 선배야.
영한	내가 살모사한테 한 말 기억 안 나? 나쁜 놈들은 백 살을 처먹어도 나한텐 애새끼라고.
변반장	너 인마, 자꾸 그따구로 할 거야? 유반장이나 저거나 지들만 잘났지.
송형사	(달래듯) 박형사 그냥 가만히 있어. 그럼 서로 다 편하잖아.
영한	가만 안 있으면 어떡할 건데요?
황형사	그래 봤자 너만 손해야. 우린 손해 볼 거 아무것도 없어.
영한	(웃으며) 진짜?
황형사	지금 니 꼬라지를 봐라. 누가 개피 봤나.
영한	막판에 누가 개피를 뒤집어쓸진, 끝까지 봐야지. 김형사 우리 목욕이나 가자. (상순이 든 센베이 뺏어 먹으며 가고)
상순	(뺏기고) 먹던 건데. (일어서며) 2년 만에 때나 밀어야겠다. (가고)
변반장	(살짝 걱정) 설마 미군한테 꼰지른 거 아니겠지?
황형사	꼰질렀음 벌써 양키들 들이닥쳤죠. 저 촌노무새끼 허세는.

S#6.   종남경찰서 밖 (아침)

입구에서 나와 터벅터벅 걸어가는 영한과 상순.

영한	나한테 등 밀어달라고 하지 마. 국수 뽑기 싫다.
상순	잔치국수라 얇을 거예요. (목 뒤로 손 넣어 등 벅벅 긁고)
유반장	(V.O) 박형사!
영한	오셨어요?
유반장	(다급히 다가오며) 아무 일 없었어?
영한	(유반장의 빈손 보고) 대전에 그 유명한 빵집에서 빵이라도 좀 사 오시지.
유반장	몰골들 보니까 뭔 일 있었네.
상순	아주 그냥 큰 잔치가 있었습니다.
유반장	(걱정스러운 표정으로 무슨 일인가 싶고)

S#7.　종남경찰서 수사반 안 (D)

똥독이 올라 얼굴이 벌겋게 된 오형사, 허겁지겁 뛰어 들어온다.

오형사	반장님, 큰일 났습니다!
변반장	(앉아서 서류 보며 센베이 먹다가) 왜? 무슨 일인데?
오형사	이정범 창고 말입니다. 지금 빨리 가보셔야 될 것 같습니다.
변반장	(뭔가 불길하고)

S#8.　밀수창고 앞 (D)

활짝 열린 창고 문.

[미군 물자 기부 행사]라고 쓴 전지가 붙어 있고.
동네이장, 바쁘게 다니며 주민들에게 밀수품을 챙겨준다.
신난 주민들이 초콜릿, 화장품 등 온갖 밀수품을 양팔 가득 들고
나오고.

여주민1   난 미제 쪼꼬렛이 최고여~ 이것만 먹으면 피가 돈다니께.
여주민2   나랑 하나 바꿔. 루즈 하나 줄게.

부하들을 뒤로하고 망연자실 이를 바라보는 이정범.

정범   이게 어떻게 된 거야….

이때 도착하는 변반장, 송형사, 황형사, 오형사.

변반장   아니 사장님. 이게 무슨 일입니까?
정범   내가 어떻게 알아?! 도대체 누가 이런 일을 저질렀어? 어?!
형사일동   (누구 짓인 줄 알지만 말 안 나오고)

S#9.   목욕탕 안 (D)
_____

탕 안에 나란히 늘어지게 앉아 있는 영한. 콧노래가 절로 나오고.

상순   (잠수했다가 수면으로 나오며) 지금쯤 난리 났겠죠?
영한   (파하- 웃고)
상순   (파하- 따라 웃고)
영한   (미소 띤 얼굴로 아침 일 생각하고)

S#10. 외진 공터 쓰레기장 (새벽): S#4 상황에 이어서

상순 (영한과 나란히 걸어가며) 미군 헌병대에 꼰질러버려요.

영한 그래도 이정범 그 새끼는 빠져나간다고.

상순 그럼 어떡해요?

영한 (가다 서고, 반대 방향으로 가고)

상순 어디 가요? 경찰서 저쪽인데.

영한 (입은 웃지만 눈은 독기 품고) 우리도 잔치 한번 벌이자.

상순 (싸우는 줄 알고) 예~! (아구 풀며) 다 물어뜯을 거야.

영한 뜯긴 뭘 물어뜯어? 진짜 동네잔치 하자고.

S#11. 밀수창고 앞 (새벽): 회상

창고 앞을 지키고 서 있는 이정범의 부하1, 2.
영한과 상순, 뒤에서 튀어나와 순식간에 부하들을 제압한다.

S#12. 밀수창고 뒤편 (새벽): 회상

이미 두 명의 부하들이 묶인 채 재갈이 물려 있고.
부하1, 2를 질질 끌고 들어오는 영한과 상순.

S#13. 밀수창고 안 (새벽): 회상

전지에 무언가를 쓰고 들어 올려보는 영한.

옆에 있는 상순과 함께 미소 짓고.

S#14. 밀수창고 앞 (새벽): 회상

창고 문에 전지를 붙이는 상순. 옆에서 바라보는 영한.
전지 속 문구 [미군 물자 기부 행사]. 이 위로,

동네이장 (V.O) 미군 물자 드립니다!

시간 경과 ▶ 아침이 된 창고 앞.
신난 동네이장, 밀수품 상자를 잔뜩 펼쳐놓고 주민들에게 나눠
준다.
주민들 마구 모여들고.

동네이장 공짜래요, 공짜! 미군이 우리 용학리에 주는 선물이래요! 전주댁!
가져가서 애기 우유 멕여. (학생에게) 야 덕구야, 캔디도 갖구 가!

멀찍이 선 영한과 상순, 그 모습을 흐뭇하게 바라보고.

S#15. 목욕탕 탈의실 안 (D)

영한과 상순, 뽀송한 얼굴과 대충 말린 머리로 옷을 주워 입고.

영한 아 맞다, 캔디! 캔디 좀 챙길걸 그랬다.
상순 (아쉬운 표정으로) 그러게, 왕창 챙길걸. 너무 커서 (점퍼 속에서 주

먼만 한 막대사탕 두 개 꺼내며) 두 개밖에 못 챙겼네.

영한   (은은한 미소 지으며) 난 니가 정말 자랑스럽다, 김형사.

S#16. 종남경찰서 수사반 안 (D)

도열해 서 있는 유반장, 변반장, 황형사, 송형사, 오형사, 그 외
형사들.
격노한 최서장, 부하들에게 퍼붓는다.

최서장   이런 망신살이 있나. 내가 이정재회장님을 무슨 낯으로 보냐고?!
일동   (유반장 외 모두 고개 숙이고)
최서장   박영한이랑 김상순이 한 거 확실해?
변반장   예 서장님. 결박돼 있던 이정범 부하들이 똑똑히 말했습니다.
최서장   두 반장새끼들, 부하 관리를 도대체 어떻게 하는 거야?
변반장   죽을죄를 졌습니다.
유반장   밀수범 창고 적발한 건데 그게 잘못한 겁니까?
최서장   닥쳐! 이 새끼들 지금 어딨어?

이때 캔디를 빨아 먹으며 들어오는 영한과 상순.
일동, 노려보고. 유반장, 입 모양만으로 "가, 가."

최서장   박영한, 김상순!
영한/상순 (캔디 든 채로 경례) 충성.
최서장   미군 창고 니들이 한 짓이라며?
영한   (뻔뻔하게) 예. 주민들이 아주 기뻐했습니다.
최서장   니들 지금 심각한 범죄를 저지른 거야. 알아?

상순	범죄가 아니라 우리 종남서를 구한 건데요?
최서장	뭐야?
영한	다들 고마운 줄 아세요. 미군 특수 수사대에 신고할라 그랬는데 여러분 처자식이 아른거려서 차마 못 했네.
상순	우리가 신고했어봐요. 서장님 이하 여기 계신 모든 분들, 미군 영창 갔지.
최서장	(분하지만 말문 막히고) 저 새끼들….
영한	이런 경우에 세상 사람들이 보통 그렇게 말하던데요. 생명의 은 인…?

S#17.　종남서림 안 (D)

INS▶ 종남서림 외경.

신간들을 정리하는 혜주. 정리하다 머리가 거추장스러운지 머리카락을 연필로 시원하게 틀어 묶는다. 이때, 딸랑- 출입문 풍경 소리 들리고.

난실	(V.O) 언니!!
혜주	(난실 보고 울상) 난실아….
난실	(혜주 표정 보고 울상)《범인의 그림자》오늘도 안 들어왔어요?
혜주	미안. 2주 또 연기됐어.
난실	(실망) 너무 설레서 어제 잠도 못 잤는데….
혜주	너 추리소설이 그렇게나 좋아?
난실	얼마나 재밌어요? 하나하나 증거 밝혀서 범인 잡는 거요. (신나서) 저요, 커서 경찰 될 거예요.
혜주	(귀엽고) 와~ 정말? 우리 난실이 셜록 홈즈처럼 되는 거 아니야?

난실	그 양반은 탐정이구요. 저는 대한민국 경.찰.
혜주	(웃고) 알았어. 내가 출판사에 매일매일 독촉할게. (근처 책장에서 한 권 꺼내주며) 자, 오늘은 이거 갖고 가. 이것도 엄청 재밌다.
난실	저 돈 없는데. 《범인의 그림자》 사려면 아껴놔야 해서요.
혜주	갖고 가. 단골에게 드리는 특별 사은품.
난실	(놀라고) 진짜요?
혜주	사실은 (실눈 뜨며 익살맞게) 미래의 경찰관한테 주는 뇌물.
난실	(맞장구치며) 원래 이런 거 안 받지만, 이번 한 번만 봐드릴게요.
혜주/난실	(웃고)

S#18. 이정재의 집 거실 (D)

정재, 정범, 살모사, 심각하게 대화 나눈다.

정범	(눈물 맺혀) 손해가 이만저만이 아닙니다. 돈은 둘째치고 미군 쪽 이랑 완전히 틀어졌습니다.
정재	황천에서 소도둑 잡던 놈이라며? 전에 뱀 푼 것도 그놈이고?
살모사	예, 형님. 처음부터 초다듬이했어야 하는 놈입니다.
정재	유반장이 조용한가 싶었더니 아랫놈이 난리구나. 죽이지만 마라.
살모사	예, 분부대로 하겠습니다. (눈빛 날카로워지고)

S#19. 한주대 어느 건물 앞 (D)

INS ▶ 한주대 전경.
이승만 독재 규탄 문구들이 가득한 담벼락.

서류를 들고 그 앞을 지나는 우울한 서호정(→뒷부분 서형사).

서류를 들어보면, 영어로 된 편입서류.

한숨을 내쉬는 호정. 그 앞으로 지나가는 대학생1, 2.

대학생1   야, 저기 후문 옆 구석탱이에서 경찰 모집하는 거 봤어?

대학생2   미친 거 아냐? 누가 한주대 나와서 순사 짓을 한다고.

호정   (듣자마자 발걸음 빨라지고)

S#20. 한주대 후문 옆 (D)

뛰어오는 호정, 숨 고르며 보면.

현수막 [1958년 종남경찰서 경찰 특채 모집].

구석진 자리에 누추한 천막을 쳐놓고 앉아 무협지《천하검》을
읽는 공무원. 지원자는 아무도 없고.

호정   (후 숨 고르고 가서) 저기….

공무원   (반색하며) 아 예, 지원하시려고요?

호정   (머뭇, 보고만 있고)

공무원   경찰 지원하실 거냐구요?

호정   (막상 엄두가 안 나고, 엉뚱한 말)《천하검》2권 나왔나요?

공무원   (황당하고) 아, 예.

호정   (꾸벅) 수고하세요. (지원서 한 장 슬쩍 가져가고)

공무원   (가는 호정 뒤에다) 지원할 것도 아닌데 왜 갖고 가?

S#21. 종남경찰서 수사반 안 (N)

두리번거리며 상순을 찾는 영한.

유반장   (다가오며) 뭐 찾냐?
영한   김상순이요. 고생해서 육고기나 먹일려구요.
유반장   육고긴 나중에 멕여야겠다. (이때 빡- 빠따질 소리)
영한   (소리 나는 쪽 보면)

엎드려뻗쳐 한 채 변반장에게 각목으로 무지하게 맞고 있는 상순.

변반장   너 이 새끼, 자꾸 나 엿 먹일 거면 처나가라고!
상순   (별로 고통스럽지 않게 고개 들고) 몇 대 남았어요? (빽-! 맞고)
영한   (뭔가 미안한 마음이 들고)

S#22.   종남경찰서 앞 거리 (N)

종남서 앞 거리로 걸어 나오는 영한, 상순에게 계속 미안한 마음
이고.
이때 멀리서 영한을 바라보는 뒤통수들.
연장을 들고 영한을 노려보는 살모사의 부하 세 명, 쫓기 시작
하고.
걸어가는 영한, 뭔가 뒤쪽에 낌새를 알아차린다.

S#23.   어느 길가 (N)

어느 골목으로 확 돌아서 들어가는 영한.

얼른 따라 들어가는 살모사의 부하들.

S#24. 골목 안 (N)

골목 안으로 들어서는 살모사의 부하들. 둘러보면 아무도 없다.
이때,

영한	(뒤쪽에서) 대낮에 오든가. 꼭 해 지고 지랄들이야.
부하들	(휙 돌아보고)
영한	우리 황천에선 해 떨어지면 경찰이나 깡패나 다 쉬어. 사람이 쉬어야 건강해지고 쌈박질도 잘하는 거야. 가서들 쉬어. (가고)

우르르 달려드는 부하들. 가다가 바닥에 있던 연탄재를 집어 던
지는 영한.
픽-! 맞고 아파하는 부하1. 부하2, 3 달려들어 연장 휘두르고.

영한	(피하며) 아이구 이노무새끼. 뻴 뻔했네. (또 피하며) 오, 진심이네?

부하2, 3을 연달아 제압하는 영한.
연탄재 때문에 눈이 따가운 부하1.
영한은 앞을 제대로 보지 못하는 부하1을 주먹으로 강타한다.

S#25. 골목 밖 거리 (N)

영한	(골목 밖으로 손 털고 나오며 의기양양) 뭐 이렇게 부실한 놈들을 보내.

영한, 앞을 보고 멈칫.
앞에는 열댓 명의 부하들이 연장을 들고 서 있다.

영한	(당당) 후회할 짓들 하지 말고, 전부 집으로 가!
부하들	(천천히 영한에게 다가가고)
영한	안 가? 그럼 내가 먼저 간다. (냅다 도망치고)
부하들	(맹렬히 쫓아가고)

S#26. 종남 어느 거리 (N)

도망치는 영한. 바짝 따라오는 부하들 두세 명과 격투를 벌이고,
부하 한 명에게 머리를 각목으로 강타당한다. 쓰러지는 영한.
뒤이어 우르르 몰려오는 부하들. 부하 한 명을 발로 걸어 넘어트
리고, 재빨리 일어서서 도망치는 영한. 맹렬히 영한을 쫓아가는
부하들.

S#27. 종남서림 안 (N)

장부 정리를 하고 있는 혜주.
오늘도 책을 고르는 척하며 혜주를 바라보고 있는 호정. 이 위로,

| 호정 | (V.O) 그래. 오늘은 꼭 고백하는 거야. "오랫동안 지켜봐왔습니다, 혜주씨." (심호흡) 셋에 고백하자. 하나, 두울, (하는데) |

쾅-! 문 열리는 소리와 함께 말문이 콱- 막히는 호정. 놀라 뒤를

보면! 서점 안으로 도망쳐 들어온 영한.

영한   (허겁지겁 숨을 곳을 찾으며) 뭐가 이렇게 숨을 틈이 없어.

혜주   (놀라 계산대 쪽으로 나오며) 무슨 일이세요?

영한   저 경찰인데요. 깡패들이 쫓아와서요. 저 좀 숨겨주세요.

혜주   (똑부러지게) 댁이 경찰인지 깡팬지 제가 어떻게 알아요?

영한   (혜주에게 다가가 다급히 경찰증 꺼내 보여주고)

혜주   (가만히 들여다보고 천천히) 종.남.경.찰. (하는데)

영한   아 빨리요, 빨리!

혜주   좀 힘들 것 같은데요.

영한   (맘 급하고) 왜, 왜요?!

혜주   숨겨준 거 들켜서 제가 죽으면 어떡해요?

영한   제가 최대한 안 들키게 (몸 움츠리는 포즈) 이렇게 꽈배기처럼 몸
을 꼬부리고 있을게요. 숨겨주시면 제가 꼭 은혜 갚겠습니다.

혜주   어떻게 갚을 건데요?

영한   (다급, 간절하고) 잘! 최선을 다해서 갚을게요!

서점 뒤편 사다리를 옆으로 밀고 바닥에 있는 쇠고리를 잡아당
기는 혜주. 나무판자 문이 열리며 작은 자투리 공간이 나온다.

혜주   얼른 들어가세요.

영한   (후다닥 들어가고)

나무 문을 닫는 혜주, 그 위로 책 꾸러미들과 사다리를 올려 가린다.
혜주, 호정에게 쉿- 제스처하면 호정, 끄덕끄덕한다.
이때 팍-! 문 열리는 소리 들리고. 살모사 부하들이 들이닥친다.
안을 마구 훑어보고.

부하4	야! 여기 젊은 사내놈 하나 안 들어왔어?
호정	(겁나지만 티 내지 않고 책 찾으며) 안 들어왔는데요.
부하4	똑바로 보고 말해. 진짜 안 들어왔냐고?
혜주	(이때 책 가지고 나오며) 찾았다. (호정에게) 이거 맞죠?
호정	예?
혜주	(어금니 꽉 깨문 미소) 이거 찾던 거 맞잖아요?
호정	(이제야 눈치채고) 아 예.
혜주	(책 주며) 미리 계산하셨죠? (얼른 가라는 눈빛) 안녕히 가세요.
호정	(눈치 없이) 더 찾아볼 게 있는데.
혜주	(맑.눈.광으로) 안녕히 가시라구요.
호정	(이제 알아차리고) 아 예… 가야죠. (나가고)
부하4	(혜주에게) 넌 못 봤어?
혜주	누구요?
부하4	도망 들어온 놈 못 봤냐고?
혜주	누가 도망 들어와요?
부하4	(느낌이 맞고) 여기 맞는 거 같은데?
혜주	어서 나가주세요. 문 닫아야 돼요.
부하4	다 뒤져!
일동	(뒤지기 시작하고)
혜주	왜들 이러세요? 아무도 없다니까요!

S#28. 종남서림 안 자투리 공간 (N)

꽈배기처럼 몸을 틀고 숨어 있는 영한, 조마조마하고.

S#29.   종남서림 안 (N)

영한이 숨은 자투리 공간 쪽으로 다가오는 부하들.

혜주   그쪽으로 가면 안 돼요. 잘못하면 책들 무너져요.

부하4, 아랑곳하지 않고 자투리 공간까지 접근하고.
혜주, 안 되겠다 싶어서 쌓인 책을 몰래 무릎으로 툭 친다.
우르르 무너져 부하들을 덮치는 책.

혜주   제가 뭐라 그랬어요?! 무너진다 그랬잖아요! (앉아서 책 들어보고)
어머, 책들 상한 거 봐. 이거 다 물어내고 가세요. 일본 원서들이
라 엄청 비싸단 말이에요!
부하들   (난처하고)
부하4   (책값 걱정돼) 상하긴 뭘 상해? 먼지만 털어내면 되겠구만. 가자!
부하들   (우르르 나가고)
혜주   그냥 가면 어떡해요? 물어내고 가야죠! 야 이 깡패들아!

부하들이 나가고 문이 닫히는 순간,
긴장이 풀려 자리에 털썩 주저앉는 혜주, 떨리는 호흡을 가다듬
는다.

S#30.   종남서림 건너편 (N)

건너편에서 지켜보는 호정, 부하들이 사라지자 안도의 한숨 내
쉬고.

S#31. 종남서림 안 (N)

혜주, 영한이 숨어 있던 바닥 자투리 공간의 문을 열어준다.

혜주   나오세요, 다 갔어요.

영한   (밖으로 나와 한숨 내쉬고) 고맙습니다.

혜주   (빤히 보고) 깡패들이 왜 이렇게 쫓아와요? 반대여야 맞는 거 아니에요?

영한   원래는 반댄데, 제가 뱀도 풀고 창고도 털고 그래서요.

혜주   (놀라고) 어? 깡패들한테 뱀 푼 게 형사님이세요?

영한   (우쭐해 머리 넘기며) 알고 계셨군요? 소문 참… 예, 접니다.

혜주   저 정말 궁금했거든요. 누가 그런 미친 짓을 하나.

영한   예? (발끈) 그건 미친 짓이 아니라, (갑자기 이마에서 피가 주륵!)

혜주   어, 피. (다급히 손수건을 꺼내 상처를 막아주고)

영한   아! (살짝 아파서 인상 쓰고)

혜주   뱀 푸는 실력보다 싸움 실력을 더 키우셔야겠는데요?

영한   (억울) 저 싸움도 잘합니다. 오늘은 17대 1이라 살짝 맞은 거지.

혜주   (웃고) 알았어요. 그렇다고 치죠, 뭐.

가까운 혜주의 얼굴을 빤히 바라보는 영한, 뭔가 기분이 이상하고.
그런 영한의 피를 닦아주는 해맑은 표정의 혜주.
그렇게 두 사람이 딱 붙어 서 있는 모습에서….

S#32. 영한의 하숙방 안 (N)

이마에 거즈를 붙인 채 책상 앞에 앉는 영한, 미소 지어지고.

INS ▶ 영한 이마 상처 위에 거즈를 붙여주는 혜주. (뽀샤시)
혜주를 떠올리며 이마에 붙인 거즈에 손을 가져다 대는 영한.
따끔한 통증에 찡긋 인상을 찌푸리지만 뭔가 설레는 기분이다.
이때 쾅쾅-! 문 두드리는 소리.

유반장	(V.O) 박형사. 영한아!
영한	(얼른 문 열면)
유반장	(보고) 괜찮은 거야? 많이 안 다쳤어?
영한	살짝 긁힌 정도예요. 근데 어떻게 알고 오셨어요?
유반장	살모사새끼가 나한테 전화를 했어. 너 오늘 조상 덕에 살았지만 담번엔 조상이고 나발이고 없다고.
영한	이런 뻔뻔한 새끼.
유반장	(한숨 내쉬고) 몸 성했으니 됐다. 내일 보자. (가고)
영한	저 걱정돼서 오신 거예요?
유반장	(서고) 석 달 월세, 팽개치고 도망갔나 해서 왔다. 왜?
영한	저 하나 여쭤볼 게 있습니다.
유반장	뭐?
영한	제 양복, 공돈 생겨서 해주신 거 아니죠?
유반장	나 같은 놈이 무슨 공돈이 생기겠냐.
영한	없는 돈에 왜 해주신 건데요?
유반장	망태기에 있는 놈, 꺼내보니까 꽤 쓸 만한 물건이라서. 그래서 광 한번 내준 거야.
영한	(웃고) 광 안 내주셔도 되는데.
유반장	난 추레해도 내 식구 추레한 꼴은 못 본다. 내일 보자. (가고)
영한	살펴 가세요. (유반장과 한 식구가 된 것 같아 뿌듯하고)

S#33. 호정의 집 주방 (아침)

INS ▶ 큰 양옥집 외경.

식탁에 둘러앉아 밥을 먹는 호정, 호정父, 호정母.

호정父   유학 준비는 다 된 거지?

호정   (표정 어둡고) 예, 아버지.

호정父   서류들 빠짐없이 챙겼고?

호정母   우리 호정이가 얼마나 꼼꼼한데요. 이미 다 챙겼죠.

호정   (묵묵히 밥 먹고)

호정父   (호정 슬쩍 보고) 혹시… 아직도 경찰에 미련을 두고 있는 건 아니지?

호정   (멈칫)

호정母   아유 무슨 말씀이세요. 그 꿈 접은 지가 언젠데요.

호정父   그래. 순사 짓 따위가 무슨 대수라고. 그래 봤자 권력의 머슴일
         뿐이다. 사내가 큰 세상 가서 큰 공부를 해가지고 그 권력을 잡
         을 생각을 해야지.

호정   (마음 어둡고)

S#34. 호정의 방 안 (아침)

책상 위에 놓은 경찰 지원서.

호정, 책상 앞에 앉아 지원서를 내려다보며 고민 중이다.

책상 밑에서 큼직한 상자를 꺼내 열어보면,

미국 보안관 '프랭크 해머'의 사진과 '보니와 클라이드'에 관한
자료들.

그중 'Frank Hamer'가 새겨진 경찰 배지 모형을 집어 드는 호정,

가만히 들여다보다가 고개 돌리면,

침대 아래, 텅 빈 채 열려 있는 이민 가방.

호정, 푹 한숨을 내쉬고.

S#35. 종남경찰서 수사반 안 (D)

이마에 거즈를 붙인 채 안으로 들어서는 영한.

황형사	(다가오며) 어우 이마에 흰 거 붙이니까 멋있네~.
영한	(웃으며) 멋있게 보이면 황형도 마빡에 빵구 내줄까?
황형사	난 사양할래. 아무쪼록 만수무강합시다. 모난 돌 그만하고. (가고)
영한	(노려보고)

잠시 후, 유반장 앞쪽에 앉는 영한, 화가 올라와 있고.

영한	아니 같은 경찰이 쥐터졌는데 나몰라라네. 반장님 우리 황천에서는,
유반장	(말 막으며) 야 황천 얘긴 그만하고 이대론 안 되겠다. 너 이제 혼자 다니지 말고, 나랑 같이 다니자.
영한	(가만히 보고) 됐어요. 반장님이 힘이나 쓰시겠어요?
유반장	뭐 인마? 내가 이래 뵈도 인마, 소싯적에 마포 쇠망치였어.
영한	망치는 못 박는 데 쓰시구요. 우리 반 쪽수 좀 채우자구요. 보니까 2, 3반은 너댓 명인데 우린 나 하나 달랑이잖아요.
유반장	쪽수 채워볼라 그랬지. 근데 겨~우 찾은 게 너 하나라니까.
영한	(한숨) 우리 황천에선 내가 엄지만 들면 수십 명이 붙는데.
반장	그럼 엄지를 들어보든가.

영한   (번뜩) 아 맞다. 한 놈 있어요.

S#36. 종남경찰서 회의실 안 (D)

확-! 캐비닛 문이 열리면,
상순, 안에서 손전등을 켜고 사건 서류를 보고 있다.

영한   (어이없고) 뭐 하냐?
상순   (서류 보며) 종남사거리 유성 금은방 절도 사건, 기록 보고 있습
         니다.
영한   (하는 짓이 웃기고) 그걸 왜 여기서 봐? 나와서 밝은 데서 보지.
상순   여기도 대낮입니다~.
영한   잠깐 따라 나와. (가고)
상순   (뭔가 싶고)

S#37. 종남경찰서 뒤뜰 (D)

영한   (가다 돌아서며) 너 우리 반으로 와라.
상순   (심드렁) 내가 왜요?
영한   넌 니네 반이 좋냐?
상순   좋겠어요?
영한   그러니까 오라고.
상순   그니까 왜요?
영한   맨날 컴컴한 데 들어가 있는 거보단 낫잖아? 근데 거긴 왜 맨날
         들어가 있는 건데?

상순	개가 개집에 들어가 있는데 왜요?
영한	놓치지 말고 똑바로 얘기해봐.
상순	(덤덤하게) 반장이고 뭐고 다 꼴 보기 싫어서요. 같이 앉아 있다 간 언젠간 다 패 죽일 것 같거든요.
영한	(공감) 나도 그래. 그런 사람끼리 같이 일하자고. 우리 같은 인간들은 모여 있어야 돼.
상순	(싫지 않고) 미친개 짓 한다고 난리 칠 거면서.
영한	난리 안 쳐 인마. 그리고 나랑 일하면, 깡패한테 사과 안 해도 돼.
상순	(마음 넘어가고) 그럼 나쁜 놈들 계속 물어도 돼요?
영한	돼. 되는데… 귀는 붙어 있게 해봐. 떼내지 말고.
상순	(결심하고) 노력은 해볼게요. 맘처럼 힘 조절은 안 되지만.
영한	됐어. 그럼 오늘부터 형님이라고 불러.
상순	종남서는 위계 때문에 형님이라 부르면 혼나요.
영한	(어깨동무 탁 해서 데려가고) 야, 우리 황천에선 다 형님이라고 불러.
상순	근데 형님. 자꾸 들으니까 황천이 좀 지겨워질라 그러는데요?

영한과 상순, 멀리 걸어가는 뒷모습.

상순	(V.O) 근데 우리 둘 갖고 돼요? 힘쓰는 놈도 필요한데?
영한	(V.O) 힘… 하나 있긴 하지.

S#38. 종남시장 쌀가게 앞 (D)

쌀가마니를 가벼운 솜이불처럼 수레에 옮겨 싣는 경환.
쌀가게주인, 오늘도 좋아라 하며 보고 있다.
건너편에서 이 광경을 바라보는 영한과 상순.

상순	(놀라 바라보며) 쌀가마니 안에 솜 든 거 아니야? 저게 말이 돼요?
영한	저 정도 팔 힘이면 장정 열댓 명은 그냥 메다꽂지.
상순	근데 저 어깨로 탐문은 다닐 수 있겠어요? 대문 입구부터 걸려서 못 들어갈 것 같은데.
영한	탐문이야 니가 하면 되잖아. (가고)
상순	그럼 내가 다 하는 건데? (쫓아가고)

경환에게 다가가는 영한과 상순.

영한	잠깐 얘기 좀 합시다.

쌀가마니를 턱! 쌓아놓고, 거친 숨을 후- 내쉬는 경환.

상순	어우 콧바람 되게 세시네.
경환	동대문놈들 같진 않고… 뭡니까?
영한	혹시 다른 일 해볼 생각 없어요?
경환	(표정 굳으며) 다른 파에서 왔나? 빨리들 꺼져.
영한	경찰 한번 안 해볼래요?
경환	경찰? (상순의 멱살을 확 들고) 이 자식들이 어디 농을 걸어?!
상순	(숨 막히고) 컥- 노… 농 아닌데….
경환	아니긴 뭐가 아니야?! 이렇게 꼬시면 넘어갈 줄 알아?
영한	(얼른 경찰증 꺼내 보여주며) 우리 진짜 경찰이에요.
경환	(경찰증 보고 상순을 툭 내려주고)
상순	(목 부여잡고 고통스럽게) 왜 내 목을 잡아….
영한	생각 있어요?
경환	생각 없습니다~. (수레 끌고 출발하고)
영한	어이 형씨!

상순	(아직도 목 아프고) 근데 힘은 오지게 세네… 아우 울대 아파.
영한	(한숨 내쉬고)

S#39. 호정의 방 안 (D)

힘없는 표정으로 바닥에 앉아 짐을 싸는 호정. 마음이 무겁다.
침대 위에는 검은 정장이 모양대로 펼쳐져 있다.
바닥에 있던 Frank Hamer의 모조품 배지를 들어서 보는 호정.

호정	보안관님, 이제 이별을 고해야 할 것 같습니다. 안녕히 가십쇼.

일어서서 창가로 다가가는 호정. 창밖으로 배지를 힘껏 던진다.
그러나! 창밖으로 나가지 않고 창 주위 벽에 맞아 핑- 뒤로 튀
는 배지.
호정은 시선으로 따라간다. 어디론가 툭- 떨어지는 배지.
호정, 떨어진 곳 바라보며 놀란다.
정장 재킷 왼쪽 가슴 위에 올려져 있는 배지. 마치 가슴에 착용
한 것 같다.

호정	(계시를 느낀 듯 가슴 벅차) This is a miracle!!!

S#40. 한주대 후문 옆 (D)

호정, 숨을 헐떡이며 달려와 선다.
공무원, 모집 현수막 아래서 여전히 무협지를 읽고 있고.

호정	(숨 고르고) 저기요.
공무원	(호정 보고, 알아보고) 아 예, 《천하검》 3권 나왔어요. (3권 보여주고)
호정	아뇨, 그게 아니라… (숨 한 번 크게 내쉬고 결심한 듯) 저 경찰에 지원하려고요. (지원서 들어 보여주고)

S#41. 종남시장 다른 한편 (D)

굳은 표정으로 수레를 끌고 가는 경환.
계속 따라가는 영한과 힘든 상순.

경환	계속 쫓아올 겁니까?
영한	그러니까 한번 다시 생각해보라구요.
경환	(가다 서고) 저도 나랏일 한번 하고 싶지만 경찰은 싫습니다.
영한	왜 싫은데요?
경환	(수레 멈추고 서고) 몰라서 묻습니까? 경찰들 여기저기 돈이나 뜯고 깡패랑 한편이잖아요. 그게 나랏일입니까?
영한	우린 그런 경찰 아니에요. 깡패들 때려잡는 경찰이라고.
경환	구라치지 마십쇼. 다 똑같은 경찰이면서.
상순	멀쩡한 경찰도 가뭄에 콩 나듯 있다니까.
경환	있겠죠! 동대문파놈들한테 뱀 푼 형사 같은 분.
영한	(순간 환희에 차 몸을 움찔거리기 시작하고)
경환	(이 양반이 왜 이러나 싶고)
영한	(크게) 그게 바로 나야!! (경환 팔 한 번 팍-! 치고, 아프고)
경환	(놀라 보면)
영한	그게 바로 나라고, 이 사람아. 일심회관에 뱀 30마리 푼 사람이!
상순	그 미친놈이 (손가락으로 가리키며) 바로 이분이십니다.

경환	(믿기지 않고) 그 미친놈이 형사님이셨다니. (환하게 웃고) 제가 정말 형사님하고 일할 수 있단 말입니까?
영한	형씨만 마음먹으면 얼마든지. 근데 글은 쓸 줄 알아요?
경환	(아직도 믿기지 않고) 예. 저 중학교도 나왔고, 지금 고등학교 검정고시 준비 중입니다. 나중에 나랏일 하려구요.
상순	한글을 뗐구나. 몸에 글이 없어 보여서.
경환	(발끈) 아니 뭐 나처럼 힘 좋은 사람들은 다 무식한 줄 압니까?
상순	(바로 쫄고) 미안허이.
경환	(급 시무룩) 근데 힘센 것만으로 경찰이 될 수 있습니까?
상순	(뭔가 삐딱) 당연히 그것만으로는 될 수 없지….
경환	그럼 어떻게 경찰이 되죠?

S#42. 종남경찰서 안 도처 (D)

[1] 체력단련실 안 (D)
벽에 [종남경찰서 경찰 특채 체력 검사] 현수막 붙어 있다.
유도 도복 입은 경환을 둘러싸고 있는 유단자 여섯 명.
경환과 형사들 사이에 날카로운 긴장감이 흐른다.

[2] 면접장 안 (D)
서류를 넘겨 보고 있는 경찰 간부들.
호정, 간부들 앞에서 긴장된 표정으로 서 있다.

[3] 체력단련실 안 (D)
경환에게 달려드는 유단자. 유도 기술로 경환을 넘기려 하지만
미동조차 없는 경환. 그러다 옆으로 툭 던져버리고.

차례로 달려드는 유단자들. 경환, 잡아서 쌀가마니처럼 휙휙 던
져버린다.

| 심사관 | (놀라 일어서며) 합격, 합격! (너무 감탄해) 박수, 박수! |
| 경환 | (한 주먹 불끈 쥐어 영한 쪽 바라보고) |

멀리서 보고 있던 영한, 박수 친다.
그 옆에서 성의 없이 박수 치는 상순.

[4] 면접장 안 (D)
간부1의 손에 쥔 서류 묶음의 맨 첫 장.
모든 과목이 'A⁺'로 빼곡히 적힌 성적표와
타이트 샷으로 빡! 잡히는 글자 '한주대'.
놀라는 간부1, 얼른 합격 도장을 쾅-! 찍으며 "합격!"
호정, 환한 미소를 짓는다.

S#43. 대폿집 안 (N)

INS ▶ 상순이 단골인 대폿집 외경.
막걸리를 가져와 술상에 내려놓는 대폿집 이모.

이모	(놓으며 상순에게) 웬일이래? 맨날 혼자 오더니?
상순	(순남이 안은 채) 뭘 또 맨날 혼자 와. 빨리 놓고 가요~.
이모	(가며 영한에게) 얘가 사람은 좋아. 버리면 안 돼요.
영한	(주전자 들어 따르며) 자, 다들 한잔 받아. 외톨이도 한잔 받고.
상순	(술 받고) 아이 씨. 친구 있다니까. (순남이 보고) 그지?

경환	(예의 바르게 술 받고)
영한	조경환의 경찰 합격을 축하하며 건배.
상/경	건배. (마시고)
영한	(경환에게) 난 박영한이다. 고향은 경기도 황천. 올해 스물일곱. 대한민국에서 소도둑 제일 많이 잡은 형사.
상순	(경환에게) 난 스물다섯 김상순. 대한민국에서 제일 잘 물어뜯는 형사.
경환	(상순에게) 전 조경환, 고향은 경기도 여주구요. 스물넷입니다.
상순	내가 한 살 많네. (슬쩍 눈치 보며) 그럼 말 낮춰도 되겠지?
경환	(불만인 투로) 아니 뭐 한 살 갖고 말을 놓고 그럽니까?
상순	(급 태세 전환) 남자네, 남자야! 강호에서 한 살 차이가 뭐라고.
영한	경환아, 그래도 형은 형이고 너보다 계급도 위야. 예의 갖춰.
경환	말씀 낮추십쇼. (그래도 불만이 남아 살짝 노려보고)
상순	(슬쩍 눈치 보고) 뭐 그렇게 하지.
영한	우리가 할 일은 딱 두 가지밖에 없다. 약한 사람은 보호하고, 나쁜 놈들은 때려잡고!
상순	약한 사람들 때려잡고 나쁜 놈들 보호하면요?
영한	그럼 넌 황형사가 되는 거지.
상순	(정색) 아 왜 욕을 하고 그러세요?
경환	(상순에게) 황형사가 누굽니까, 형님?
상순	있어. 맨날 이빨에 상추 끼는 놈.
영한	(품- 먹던 안주 뿜으며 웃고)
상순	보셨구나, 형님도?
영한	(웃고, 이때)
대학생남	(V.O) 아!
영한	(소리 나는 쪽을 보면)

대학생 남녀 한 쌍이 술을 마시고 있다. 앞에는 돼지껍데기 불판.

여대생	(놀라고) 어머, 어떡해. 기름이 이마에 튀었네. 많이 뜨겁죠? (손수건 꺼내서 상처에 대주고)
경환	(부러운 듯 보며) 저 이마가 내 이마였으면.
영한	(연인 모습 보고 혜주 떠오르고)

S#44. 종남서림 앞 (N)

가게 문을 잠그는 혜주, 뒤돌아서다 번쩍 놀란다.
멀뚱히 서 있는 영한.

혜주	(안도하고) 놀랐잖아요.
영한	(당황하고) 아 죄송합니다.
혜주	다친 덴 괜찮으세요?
영한	거의 다 나았습니다. (살짝 미소)
혜주	(미소 띤 잘생긴 얼굴이 새삼 느껴지며 설레고)
영한	(혜주를 쑥스럽고 머쓱하게 바라보고)
혜주	책 사러 오신 건 아니죠?
영한	예. 제가 감사 인사를 제대로 못 드려서… 그땐 정말 감사했습니다.
혜주	(쿨하게) 까짓거 별일도 아닌데요, 뭐.
영한	별일 맞습니다. 그런 상황에서 남을 숨겨주는 거, 아무나 할 수 있는 일이 아니거든요.
혜주	제가 평소에 겁이 좀 없어서요. 어머니가 그러시는데 제 태몽이 호랑이를 물어 죽이는 강아지였대요.
영한	(놀라고) 아 예…. (뭔가 머뭇거리고)

혜주	하실 말씀 다 하셨으면 저 가볼게요. (가고)
영한	아 예… 들어가세요.
혜주	(걸어가며 작게) 더 할 말 없어? 더 할 말 없어? 더 할 말 없어?
영한	(V.O) 잠깐만요.
혜주	(기다렸다는 듯이 재빠르게 돌아서며) 네?
영한	사실 제가 온 이유는요, 은혜를 갚으려구요.
혜주	아 맞다. 어떻게 갚으시게요?
영한	(긴장) 영화 한 편 보여드리려구요. 많이들 보는 영화가 있다 그래서.
혜주	(좋지만 싫은 것처럼 정색하며) 예? 우리 둘이요?
영한	(당황) 불편하시면 친구분들 같이 오셔도 되구요.
혜주	혹시 표는 끊으셨어요?
영한	(표 꺼내고) 예, 여기 두 장 있습니다.
혜주	(한숨) 두 장이면 두 명밖에 못 보겠네요. 친구들 못 데려오겠다.
영한	제가 여쭤보고 예매를 했어야 했는데, 죄송합니다.
혜주	(넌지시) 근데… 무슨 영화예요?

가로등 불빛 아래에서 얘기 나누는 영한과 혜주. 연인 같은 모습이고.

S#45. 호정의 집 대문 앞 (아침)

INS ▶ 호정의 집 외경과 함께,

호정父	(V.O) 당장 나가!

대문 앞 바닥에 팽개쳐지는 이민 가방. 옷들 튀어나오고.
가방 뒤에 서서 고개를 숙이고 있는 호정.
격분한 호정父를 말리는 호정母.

호정父	내가 그렇게 반대했건만 애비 말을 거역해?! 그깟 순사 짓 하려고?
호정母	(호정에게) 빨리 관둔다고 말씀드려, 어서.
호정	죄송합니다. 저는 제가 결심한 길 가겠습니다.
호정父	그래. 니 마음대로 해. 하지만 내 아들로 살 생각은 하지 마라. 당신도 그냥 두고 들어와!

호정父, 호정母를 데리고 들어가 문을 쾅-! 닫고.
한숨 내쉬는 호정. 앉아서 옷가지들을 주섬주섬 담고.

S#46. 종남경찰서 수사반 안 (아침)

[1] 수사1반 쪽
유반장 앞에 서 있는 영한, 상순, 경환.

유반장	(내심 뿌듯하고) 유비, 관우, 장비가 따로 없네. 아니다, 너는 장비가 아니라 양킨데? (팔뚝 만져보고 놀라며) 이야- 몸이 미군 같다.
경환	(팔에 힘 빡 주고) 반장님 몸무게 정도면 저한텐 오재미 하나 정돕니다.
영한	여주 팔씨름 대회 장사래요.
상순	(흘겨보고) 너 관리 안 하면 나중에 멧돼지처럼 된다. 이거 다 살로 가.
경환	(가소롭다는 듯 픽 웃고) 그럴 일 없습니다.

유반장	진짜 물건들이 모였네. 근데 말이지.
영/상/경	(보면)
유반장	제갈량만 하나 더 있으면 진짜 완벽할 것 같은데.
영한	뭘 또 그렇게 바라세요? 이 정도면 충분하지.
최서장	(V.O) 자자 주목!
영/상/경/유	(보면)

[2] 수사2반 쪽

최서장, 변반장과 2반 형사들에게 신입 호정을 소개한다.
대학생 같은 복장으로 잔뜩 얼어 서 있는 호정.

최서장	우리 서에 보기 드문 인재가 들어와서 내가 친히 소개한다. 종남서 최초 한주대 출신! 서, (호정에게) 이름이 뭐랬지?
호정	서호정입니다.
최서장	어 그래, 서호정. 여기가 니가 속할 수사2반이다. 인사해라.
2반일동	(바라보고)
호정	안녕하십니까? 제18회 특채로 들어온 서호정입니다.
최서장	자 우리 종남서를 빛낼 인재에게 환영의 박수!
일동	(박수)
변반장	한주대 나왔으면 판검사를 하지 경찰은 왜 됐어?
최서장	왜 됐긴? 우리 경찰의 위상이 높아져서 그런 거지. (그러다 급 궁금) 근데 진짜 왜 들어왔냐?
호정	판검사보다 경찰이 훨씬 좋습니다.
황형사	(웃으며 작게) 젊은 놈이 꿈을 꾸었구나.
오형사	(이때 급히 다가오며) 혹시 영어 할 줄 아는 분 계십니까?
최서장	또 무슨 일이야?
오형사	미국인이 불심검문에 걸렸는데요. 다이너마이트를 소지하고 있

습니다. 근데 말이 안 통해서….

최서장　(번뜩) 한주대 신참. 너 영어 잘하지?

호정　(한국 발음의 영어) 저스트 어 리를?

최서장　이것 봐, 이것 봐. 뭐가 달라도 다르잖아. 빨리 가봐.

호정　옛썰. (오형사 따라가고)

최서장　(남은 형사들에게) 니들은 안 가냐? 가서 뭐라도 좀 배워.

일동　(우르르 쫓아가고)

[3] 수사1반 쪽

유반장　(부러운 듯 바라보며) 제갈량이 저기 있네.

상순　제갈량은 무슨 제갈량이에요? 양미리처럼 생겨가지고.

영한　양미리… (갸우뚱) 근데 왜 이렇게 낯이 익지?

상순　(이때 앞을 바라보며) 아이 씨, 우리한테 왜 오는 거야?

최서장　(다가와서) 유반장, 반원들 늘어났다더니 얘들이냐?

유반장　예. 각자 특기가 뛰어난 반원들입니다.

최서장　뱀 풀고, 물어뜯고, 산돼지 닮은 게 특기냐? (비웃고)

일동　(기분 팍 상하고)

영한　(멕인다) 우리한테 박살 난 놈들은 다 압니다, 이게 왜 특긴지.

최서장　(영한의 개김에 기분 상하고) 내가 잘나신 반원들을 못 알아봤네. 우리 잘나신 형사님들, 서울 시민들을 위해 대민 봉사 한번 나가지.

일동　(뭔가 찝찝)

최서장　(비릿한 미소) 오랜만에 유반장도 같이 나가고.

S#47.　종남경찰서 취조실 안 (아침)

책상에 놓인 가방. 열린 지퍼 사이로 잔뜩 든 다이너마이트가 보인다.

황형사, 송형사, 오형사 및 2반 형사들이 보는 가운데,

호정이 미국인 다이너남을 취조하고 있다.

호정	(영) (자신 있게) 이것 봐요. 이거 무허가 맞죠?
다이너남	(영) (억울한 듯) 나 광산에서 일해요. 다 허가받았다니까요.
호정	(영) 근데 왜 허가증이 없어요?
다이너남	(영) 말했잖아요. 깜박하고 집에 두고 왔다고.
황형사	이 자식 관상 보니까, 분명히 이거 이상한 데 쓸라는 거야.
호정	(영) (듣고) 솔직히 말해요. 이거 불법 사용하려고 그러는 거죠? 당장 말하지 않으면 바로 미군에 넘기겠습니다.
다이너남	(영) 알았어요. 얘기할 테니까 담배 한 대만 피웁시다.
호정	(형사들에게) 담배 한 대 피우고 말하겠다는데요?
송형사	안 돼. (다이너남에게) 노! 노 시가렛! 다이너마이트 쾅!
다이너남	(영) 진짜 딱 한 대만 피우고 자백한다구요. 너무 떨려서 그럽니다.
호정	너무 떨려서 딱 한 대만 피우고 자백하겠다는데요?
황형사	사시나무 같은 양놈새끼. (오형사에게) 가방 저리 치워.
오형사	(가방 옆으로 치우고)
황형사	(담배와 라이터 꺼내서 호정 주며) 야 불붙일 때 조심, (하는 찰나)

다이너남, 벌떡 일어나 빠르게 라이터를 확 뺏는다. 놀라는 호정.

다이너남, 형사들에게 책상을 발로 차면 구석으로 몰리는 형사들.

재빨리 다이너마이트를 하나 집고 라이터를 켜는 다이너남.

황형사	저 미친 새끼.
다이너남	(영) 저리 비켜! 안 비키면 터트려버린다!
호정	(당황) 쟤가 뭐라고 하냐면요….

송형사   저 정도면 눈치로 알아 인마. 니가 어떻게 좀 해봐.

호정   (냉정 찾고) 미국인들 생각보다 겁 많고 허세가 심합니다. 겉으로
         만 저러고 진짜론 안 합니다. (영) 그래, 터트려봐! 터트리면 너
         도 죽으니까!

다이너남 (겁먹으며 머뭇하는 표정)

황형사   표정 보니까 신참 말이 맞나 보네. (웃고)

호정   (영) (더 신나서) 터트려보라고, 이 머더 퍼커!

S#48. 종남경찰서 취조실 밖 (아침)

우르르 밖으로 도망 나오는 2반 형사들.
이때 변반장이 바지 지퍼 올리며 걸어오고.

변반장   (놀라고) 무슨 일이야?

황형사   빨리 피하십쇼, 반장님!

변반장   (따라 달리고) 무슨 일인데?! 어디 불이라도 났어? (이때)

호정   (V.O) (외치는 소리) 돈 두 댓!

변반장   (놀라 보면)

심지에 불이 붙은 다이너마이트를 함께 부여잡은 호정과 다이
너남.
둘은 서로 차지하려 실랑이를 벌인다. 심지는 계속 타들어가고.

호정   플리즈 돈 두 댓. 위 올 다이~!

일동   (다이란 말에 놀라 일제히 도망가고)

드디어 다이너마이트를 뺏는 호정. 뺏어서 다행인지 속없이 웃고.
이 틈을 타 창문을 깨고 도주하는 다이너남.

황형사   (멀리 도망가 벽 뒤에서) 던져!!!!!!!

S#49. 종남경찰서 밖 (아침)

종남서 건물 창문 밖으로 획- 날아 나오는 다이너마이트.
때마침 기사와 함께 자신의 차로 다가가는 최서장.
이때 최서장의 차 위로 떨어지는 다이너마이트.
쾅- 터지며 차도 함께 터진다! 놀라 뒤로 자빠지는 최서장.

S#50. 어느 창고 안 (D)

음침한 창고 안. 쾅-! 문을 열고 들어오는 사내들.
영한, 상순, 경환, 유반장이 권총을 들고 들어온다.

유반장   (옛날 영화 톤) 박형사, 이게 어찌 된 일인가?
영한   (옛날 영화 톤) 저희가 한발 늦은 것 같습니다. 분하다.
상순   (옛날 영화 톤/유난히 오버) 이 자식들, 지옥으로 꼭 보내주마.
경환   (대사 없이 분한 멧돼지 숨소리) 후- 후- (이때)
사내1   (V.O) 쳐라!

갑자기 몽둥이를 들고 나타나는 십여 명의 깡패들.
사정없이 형사들을 패기 시작하고. 형사들은 넘어져 고통스러

위한다.

거의 죽을 지경의 형사들. 이때,

감독   (V.O) 컷-!

화면 넓어지면 영화 촬영장이다.

깡패들은 패는 액팅을 멈추고 형사들은 너무나 고통스러워한다.

영한   (너무 아프고) 진짜 때리면 어떡해….
상순   (경환 보고) 너도 아플 때가 있냐?
경환   제가 뭐 마비됐습니까? (반장에게) 근데 이게 무슨 대민 봉삽니까?
유반장 (가장 아파하고) 몰라 인마… 나도 이런 거 처음이야….
감독   (대본 팽개치며) 아니 진짜 형사들이 왜 이렇게 실감 나게 못 합니
       까? 제가 서장님께 특별히 연기 잘하는 분들로 보내달라고 했구
       만. 자 한 번 더!

S#51.   종남경찰서 앞 거리 (D)

인상 찌푸리며 걸어가는 영한, 상순, 경환, 유반장.

상순   대민 봉사 두 번 나갔다가는 송장 되겠어요.
경환   (애석하고) 여주인공이 엄앵란이라는데 보지도 못하고….
영한   (피식 웃고) 그나저나 우리 서장님 뒤끝이 삼천 리시네.
유반장 뒤끝만 삼천 리냐? 돈 밝히고 아부 떠는 건 오만 리다, 오만 리.
영한   근데 반장님. 궁금한 게 하나 있는데요.
유반장 뭐?

영한	종남서에서 반장님만 서장 눈엣가시던데 어떻게 안 짤리셨어요?
상순	(맞장구) 맞다. 저도 그게 진짜 궁금했어요.
영한	저 오기 전에 동대문파 맨날 때려잡았다면서요? 그럼 이정재가 반장님을 손봤든가 아님 서장이 반장님을 짤랐어야죠.
상순	혹시 대통령 조카 되세요?
유반장	아니야 인마. (의미심장한 웃음) 아무튼 그런 게 있어.
경환	그런 게 뭡니까?
유반장	때 되면 알게 돼. 물어보지 마. (이때)
상순	(앞쪽 보고) 어?

일동 보면! 불에 탄 최서장의 차.

영한	(의아하고) 무장 공비라도 왔다 갔나?

S#52. 종남경찰서 수사반 안 (D)

고개를 푹 숙이고 앉아 있는 호정.

변반장	도망간 놈은?
오형사	일단 종남구는 뜬 거 같습니다.
변반장	(호정 몰아붙이고) 양놈은 겁이 많대매? 근데 엄청 용감하잖아?
호정	(더 고개 숙이고)

이때 안으로 들어오는 영한, 상순, 경환, 유반장.

유반장	(놀라서 황형사에게) 야 무슨 폭격 맞았어?

황형사	(호정 보며) 종남서 최고의 인재가 서장님 차를 폭파했네요.
상순	뭐야, 한주대 신참이 무장 공비였어?
변반장	꺼져! 꼴도 보기 싫어!
호정	(힘없이 일어나 인사하고 자리 뜨고)
영한	(호정을 바라보고)

S#53. 대폿집 안 (N): 상순의 단골집

막걸리를 들이켜는 괴로운 호정. 다 마시고 이내 술을 또 따른다.
옆에서 바라보는 순남이.

이모	(요리하며) 우리 집엔 친구 없는 놈이 왜 이렇게 많이 와?

취기 올라 지갑을 꺼내는 호정. 안에서 뭔가를 빼서 본다.
보면, Frank Hamer의 배지다.

호정	(보며) 보안관님도 처음엔 이랬어요? 안 그랬죠? 처음부터 잘했죠?

S#54. 대폿집 밖 (N)

걸어가던 영한, 가다가 무심코 대폿집 쪽을 보고 멈춘다. 유심히
보면,
창 안으로 보이는 호정. 힘없이 배지를 보며 술을 들이켠다.
영한, 호정을 유심히 바라본다.

S#55. 함평 산골짜기 (D): 영한의 악몽

갑자기 칠흑 같은 어둠. 천천히 밝아지며 이하 슬로우 화면.
국군 수십 명이 소총을 난사하면. 총알 세례를 맞고 쓰러지는 양
민들.
구덩이 속으로 한 명씩 고꾸라져 들어간다. 쌓이는 시신들.
교복을 입고 있는 학도병 영한, 소총을 든 채 굳어서 벌벌 떨고
있고.
다친 손목의 상처에서는 피가 흐른다.
영한에게 마구 손짓하며 고함을 지르는 지휘관, 외치는 입만 보
인다.

지휘관   쏴!! 쏘라고, 이 머저리새끼야!!
영한   (차마 쏘지 못하고 벌벌 떨고 있고)

성큼성큼 영한에게 다가오는 지휘관. 목 아래만 보인다.
갑자기 화면 확 빨라지며 지휘관, 개머리판으로 영한의 머리를
후려친다.
털썩 쓰러지는 영한. 영한의 이마에 총구를 겨누는 지휘관.
지휘관을 보며 공포에 떠는 영한.
영한의 시점으로 보이는 총구. 탕-! 총구에서 불을 뿜고.

S#56. 영한의 하숙방 안 (N)

툭- 눈을 뜨는 영한. 조용히 자리에서 일어나 이마를 감싼다.
오늘따라 악몽이 힘에 겨워 살짝 눈물이 맺히는 영한.

이 위로, 와장창 부서지는 소리.

S#57. 종남시장 호랭이떡집 앞 (아침)

방울뱀, 백사와 부하들이 난전을 때려 부수고 있다.

방울뱀 야 말들을 안 들어? 월말엔 자릿세 내라 그랬잖아.

풀빵아재 죄송합니다. 돈이 없는 걸 어떡합니까.

방울뱀 어떡하긴 어떡해, 맞아야지. (하는데)

상순 (V.O) 야 야!

방울뱀 (보면)

호랭이떡집에서 떡을 먹으며 나오는 영한, 상순, 경환.
방울뱀과 부하들 놀라고.

상순 니들은 아침잠도 없냐? 식전 댓바람부터 지랄들이야?

방울뱀 (쫄고) 그쪽은 왜 아침부터….

경환 그쪽? 호칭이 단출하네, 이 깡패새끼가?

방울뱀 형사님들은 아침부터 왜….

영한 우리 매일 시장에서 아침 먹기로 했거든. 너희랑 아침 인사 할라고.

방울뱀 가자. (부하들과 함께 가고)

호할매 (나오며) 문디새끼들. 인자 아침마다 지랄 안 하겠다.

성칠 (따라 나오며) 아주 그냥 속이 다 시원하지 않소.

영한 (웃고) 점심은 어디서 먹지?

상순 종남극장 근처로 가죠. 거기 동대문새끼들 드글드글하거든요.

경환 학수오거리 쪽도 아주 널렸습니다. 그쪽은 제가 안내하겠습니다.

S#58. 경양식 레스토랑 안 (D)

백인 소위 톰(밀수창고에 있던 미군)이 백인미군1, 2와 떠들썩하게 맥주를 마시고 있다. 그러면서 슬쩍 옆으로 시선 주면, 동양인 중위 스티브가 같은 동양인미군1, 2와 식사하고 있다.

톰　　　　(영) (킁킁대며) 어디서 냄새나지 않아? 옐로우 몽키 냄새?

백인미군들　(웃고)

표정 굳는 스티브와 동양인미군들. 동양인미군1 벌떡 일어서면,

스티브　　　(영) (침착) 앉아.

동양인미군1 (화 삭이며 가만히 앉고)

스티브　　　(영) 거기 소위, 예의 좀 지키지.

톰　　　　(영) (일어서고) 와우~ 우리 중위님 화가 나셨나? 그러게 누가 옐로우 몽키로 태어나래?

스티브　　　(영) 계속 이러면 헌병대에 보고하겠다.

톰　　　　(영) (양손으로 눈 쫙 찢으며) 해봐, 이 새끼야.

스티브　　　(영) (일어서며) 소속을 대라. 명령이다.

스티브를 가격하는 톰. 맞고 테이블 위로 와장창 쓰러지는 스티브. 백인미군, 다 일어나 동양인미군들을 공격한다. 아수라장이 되는 실내.
동양인미군1이 톰을 공격하자, 톰은 발로 동양인미군을 차낸다. 아수라장이 되는 레스토랑 안.

S#59.   종남경찰서 수사반 안 (D)

네댓 명의 동대문 건달을 잡아 데려오는 영한, 상순, 경환.

유반장	뭐냐? 걔넨?
영한	무전취식이요.
상순	돈을 내고 처먹어, 이 거지새끼들아. (이때)

양손에 구두를 가득 들고 영한, 상순, 경환을 스쳐 지나가는 호정.
얼굴에 구두약 묻은 호정, 각 자리에 닦아온 구두들을 하나씩 놓
는다.

경환	어? 저거 한주대 아니야? 나는 구두닦인 줄 알았네.
영한	(바라보고)
변반장	야 인마, 광을 이따구로 내면 어떡해?
호정	죄송합니다. 제가 처음 해봐서.
변반장	앞으로는 딴 거 하지 말고 구두 광내는 것만 연습해. 알았어?
호정	(힘없이) 예, 알겠습니다.
영한	(그런 호정 바라보고)

이때 급히 들어오는 여경, 유반장에게 급히 가고.

여경	지금 청탑레스토랑에서 신고가 들어왔습니다. 미군들끼리 큰 싸움이 붙었답니다.
유반장	왜?
여경	주인 말로는 백인미군들이 동양인미군을 인종 비하했다고 합니다.

상순	아 이 양키새끼들이 또.
유반장	총기 여부는?
여경	현장 순경 보고로는 총기는 없다고 합니다.
유반장	미군 외 다른 사람들은?
여경	모두 내보내고 미군들뿐입니다.
유반장	동대문 애들 넣어놓고, 어서 가봐.
상순	우리 지금 바빠요. 2반한테 가라고 해요.
2반일동	(고개 피하며 외면하고)
유반장	저것들 미군 사건은 안 가. 콩고물 떨어질 거 없다고.
영한	(들으라는 듯이) 콩고물 필요 없는 우리가 가자.
경환	근데… 우리 영어도 못 하는데 미군 싸움을 어떻게 말려요?

영한, 이 말에 휙 돌아보면, 구두들을 들고 나가려는 호정.

영한	야 한주대!
호정	(영한을 보면)
영한	너 우리랑 같이 가서 영어 좀 해라.
호정	예?
황형사	(돌아보며) 안 돼, 얘 우리 구두 닦아야 돼.

영한, 가서 호정 구두들 뺏어서 옆으로 확 던져버리면,
부웅 날아오는 구두. 이마에 퍽 - 맞는 황형사.

영한	(황형사에게) 그걸 못 피하네. (호정에게) 빨리 가자. (가고)
호정	예…. (따라나서고)

S#60. 경양식 레스토랑 앞 (D)

경찰차가 좌악 들어와 서고, 영한, 상순, 경환, 호정이 내리면.
겁먹은 식당 주인, 순경들 곁에 서 있다.

영한   (순경1에게) 미군 헌병대는?

순경1   도착하는 데 시간이 좀 걸릴 것 같습니다.

상순   근데 안에서 뭣들 하는 거야? 아직도 쌈박질해?

순경1   싸움이 아니라 서로 총을 겨누며 대치하고 있습니다.

일동   (놀라고)

영한   총? 총 없다고 보고받았는데?

순경1   (아차) 죄송합니다. 제가 보고를 잘못한 것 같습니다.

상순   야이 씨. 이럴 줄 알았으면 우리도 총 갖고 왔지.

영한, 재빠르게 레스토랑 창문 쪽으로 이동하고. 일동, 따라간다.
창문으로 다가가는 영한, 안을 보면, 서로 총을 겨누고 대치 중
인 톰과 스티브. 동양인미군1도 톰 쪽으로 총을 겨누고 있다.
경환, 상순, 호정, 따라와 영한과 함께 창문 안을 바라본다.

상순   (보고 놀라) 어? 형님, 저기 백인이랑 뒤에 있는 새끼들 기억 안
           나요? 밀수창고 안에 있던 놈들이잖아요.

영한   저 새끼들 저건, 가는 데마다 저 지랄이네.

경환   들어갔다간 바로 총 맞겠는데요?

경환, 돌아서서 창문 벽에 기대어 앉자, 나머지도 똑같이 앉고.

상순   미군 일이니까 미군 헌병대 올 때까지 기다리죠.

영한	그러다 누구라도 죽으면?
경환	그건 지들 사정이죠. 누가 남의 나라에서 총질하래?
영한	난 있잖냐, 한국 사람이든 미국 사람이든 내 눈앞에서 애먼 사람 송장 되는 꼴은 못 본다. 내가 이 꼴 안 볼라고 경찰 된 거거든.
호정	(영한의 말에 살짝 감동이고)
상순	무슨 유엔도 아니고. 그냥 들어가지 말고 철판때기라도 하나 두르고 가죠.
호정	(대뜸) 제가 미군이랑 대화를 좀 나눠볼까요?
상순	너 구두닦이 된 이유 까먹었냐? 대화하다 망한 거 아냐?
호정	이번엔 자신 있습니다. 이런 대치 사례를 공부한 적 있습니다.
경환	책이랑 세상은 다르다네, 청년.
영한	공부한 거 얘기해봐.
호정	혹시 주방으로 통하는 뒷문이 있을까요?

S#61. 경양식 레스토랑 안 (D)

스티브	(영) 총 내려놔. 말썽 일으키지 않으면 없던 일로 하겠다.
톰	(영) 내가 옐로우 몽키를 뭘 믿고? 쏴봐. (문 열리는 소리에 보면)

주방 안에서 음식 카트를 끌고 나오는 요리사 차림의 호정과 경환.
호정은 주방장 모자를 쓰고 있고, 경환은 모자를 안 쓴 차림이다.
경환의 옷, 기장이 짧은 데다 특히 팔이 꽉 껴 터질 듯하고.
카트 위에는 덮개가 씌워진 요리.

스티브	(영) (총 겨누며) 뭐야!
호정	(영) 쏘지 마세요. 저는 여기 주방장이고, 이쪽은 제 조수입니다.

톰	(영) 너희들 왜 안 나갔어?
호정	(영) 요리를 마저 끝내느라 못 나갔습니다.
경환	(손가락으로 덮개 씌워진 요리 가리키고)
톰	(영) 빨리 꺼져!
호정	(영) 나가기 전에 부탁이 하나 있습니다.
톰	(영) 뭐?
호정	(영) 제가 내일 미군 요리사 시험이 있습니다. 그래서 아까 요리를 연습했는데 한 번만 맛봐주시지 않겠습니까? (이 위로, V.O) 일단 뜬금없는 주제로 화제를 돌립니다.
톰	(영) 무슨 개소리를 하는 거야?
호정	(영) 저는 백인들의 취향과 품격을 존중합니다. 전 제가 동양인인 게 싫습니다. 제발 부탁합니다. (이 위로, V.O) 그리고 우월감을 줘서 경계를 풀게 하는 겁니다.
경환	아메리카 (엄지척) 굿!
톰	(영) 그래. 먹어보지.
호정	(영) 감사합니다. (하며 스티브에게 살짝 눈짓하면)
스티브	(뭔가 이상한 낌새를 알아채고)

톰, 커버를 열어보면! 안에는 벌건 죽 같은 것이 담겨 있다.

호정	어서 드세요.

톰, 음식을 한 입 먹어보는데.
이 사이 창문으로 조용히 침투하는 영한과 상순.

톰	(영) (먹다 인상) 이게 뭐야?
경환	개밥.

톰	왓?
호정	도그 푸드!
톰	(영) 이 새끼들이!

톰이 호정에게 총을 겨눈 순간! 뒤에서 날아드는 영한, 톰을 잡고 구른다.
톰과 영한의 격투가 이어지고.
미군들과 상순, 경환, 호정까지 달려들어 난투가 벌어진다!
상순, 백인미군1의 총을 놓치게 한 후 귀를 물어뜯는다.
경환, 백인미군2를 들어 날려버린다.
이때 부왝! 터져버리는 경환의 요리사 옷 오른쪽 어깻죽지.
영한, 어렵사리 격투 벌이며 톰이 총을 놓치게 하는 이때!
일격을 당하는 영한. 톰, 의자를 들어서 영한을 내리치려는 찰나!
타앙- 총소리. 일동 놀라 바라보면,
스티브가 천장에 총을 쏜 후, 톰에게 겨눈다.

스티브	(영) 꼼짝 마!

톰, 하는 수 없이 양손 들고.
영한, 웃으며 호정에게 엄지 들면.
호정, 쌍코피 흘리며 숨을 몰아쉰다.
상순과 경환, 웃으며 바라보고. 이 위로, 미군 헌병대 사이렌 소리.

S#62. 경양식 레스토랑 앞 (D)

미군 헌병들, 톰과 백인미군1, 2를 지프차에 태운다.

동양인미군1, 2를 구급차에 태워 보낸 스티브, 호정에게 다가
온다.

스티브   (영) (손 내밀고) 제7보병사단 스티브 잭슨중위입니다. 구해주셔
     서 감사합니다.

호정   (영) (악수하고) 오늘 사건에 대한 증언이 필요하시면 연락 주십
     쇼. 아 그리고 밀수에 관한 범죄도 제 상관들이 증언할 겁니다.

스티브   (영) 좋습니다. 언제든 도움이 필요할 때 말씀하십쇼.

호기심 어린 표정으로 호정 쪽을 지켜보는 영한, 상순, 경환.

경환   (너덜거리는 소매를 부욱! 뜯고) 아우 피 안 통해. 근데 무슨 말 하는
     거야?

상순   구해줬으니까 땡큐라 그러는 거겠지.

호정, 스티브 보내고 영한 쪽으로 다가온다.

영한   (유심히 보다) 근데 너 예전에 나 본 적 있지 않냐?

호정   예. 깡패들에게 쫓겨서 종남서림에 도망 들어오셨을 때요.

경환   형님, 도망친 적 한 번도 없으시다면서요?

상순   형님 말 다 믿지 마. 촌사람들 원래 뻥이 좀 세.

영한   참, 아까 니가 말한 사례… 어느 책에 나온 거냐?

호정   그런 책 없습니다.

영한   (어이없어 웃음 나오고)

상순   그럼 너 구라친 거야?

호정   구라가 아니라 전략을 짠 건데….

영한   (정색) 넌 인마, 제일 잘하는 게 영어가 아니라 구라치는 거네.

호정	(혼난 줄 알고) 잘못했습니다. 용서하십쇼….
영한	(잠시 보고) 너 우리 반 올래?
호정	예?
영한	우리랑 같이 일하자고.
호정	(놀라고) 제가요?

미소 짓는 영한에서 〈수사반장〉 시그널이 흐르기 시작한다.
이어서 상순, 경환, 호정을 차례로 보여주고.
이들 넷이 서 있는 모습에서…!

3회

하이웨이맨

S#1. 수원 정일은행 앞 거리 (D)

수원 도심 한적한 길가에 자리 잡은 정일은행.
낡은 차 한 대가 와서 끼익 멈춰 선다.
조수석에서 내리는 군화와 허름한 검은 야상 차림의 강도1.
같은 차림새의 강도2, 3, 4 더플백을 들고 주위를 살피며 하차
한다.
운전 담당 강도5는 내리지 않고 차에 대기해 있다.
강도1, 2시 30분을 가리키는 손목시계를 확인하고 눈짓하면.
강도1~4, 일제히 복면을 쓰며 은행 건물 입구로 들어간다.

S#2. 수원 정일은행 안 (D)

은행직원들, 손님들, 경비 등이 각자 일을 보고 있다.
안으로 들어서는 4인의 강도단 일제히 더플백에서 M2 카빈 소
총을 꺼낸다.
강도1, 경비의 머리를 냅다 후려친 후, 허공에 탕! 공포탄을 쏜다.
직원과 손님들, 비명을 지르며 주저앉고!

강도1   (총 겨누고) 엎드려! 지금부터 입 벌리는 놈은 쏜다!
강도2   (총 겨누고) 움직이지 마! 다들 엎드려!

직원과 손님들, 공포에 떨며 입 꾹 다문다.
강도4, 더플백에서 꺼낸 [임시휴업] 팻말을 내걸고 정문 출입구
를 잠근다.
강도2, 재빨리 창구 안으로 들어가 나이 지긋한 지점장에게 총

구를 대고.

강도1	(다가오고) 니가 지점장이야?
지점장	(겁에 질려) 예, 예.
강도1	금고 열어.
지점장	예?
강도1	(머리를 총구로 꽉 떠밀고) 금고 열라고!

잠시 시간 경과 ▶ 금고 문이 열리면 안으로 들어가는 강도3, 4.

S#3.   수원 정일은행 금고 안 (D)

강도3, 4, 더플백에 돈을 쓸어 담는다. 강도2, 밖을 보며 서 있다.

S#4.   수원 정일은행 안 (D)

강도2, 3, 4, 가득 찬 더플백을 들고 금고에서 은행 객장 쪽으로
나온다.

강도1	(사람들에게) 머리 숙여! 움직이지 마!! (자리 뜨고)

강도1, 더플백을 하나 받고 정문 쪽으로 나간다. 따르는 강도단!
이때,

강도4	(돌아서며) 어이, 경비 일어서!

경비	(머리에 피를 흘리며 겁에 질려 일어서면)
강도4	따라오거나 신고하면 이렇게 된다.

강도4, 가차 없이 경비에게 총을 쏜다. 비명 지르는 사람들.
가슴에 총을 맞고 푹- 쓰러져 절명하는 경비.
강도4, 경비의 죽음을 확인하고 밖으로 빠르게 나간다.

S#5.   수원 정일은행 앞 (D)

급히 뛰어나오는 강도단. 대기해 있던 차에 빠르게 탄다.
운전석 강도5는 어느새 복면을 쓰고 있다. 빠르게 출발하는 차.
굉음을 내며 멀리 사라져가는 강도단의 차.

S#6.   종남경찰서 수사반 안 (D)

유반장 앞에 서 있는 영한, 상순, 경환, 호정.

유반장	(호정을 데려와 놀랍고) 어떻게 앨 데리고 왔냐? 똥반장이 보내주디?
영한	예. 계속 데리고 있으면 언젠가 화를 입을 것 같다구요. (호정 힐 끗 보고)
호정	(표정 굳어 있고)
유반장	(만족) 제갈량까지 우리 반에 들어왔으니 천군만마 부럽지 않네. 부모님께서 좋아하시지?
호정	그게… 집에서 쫓겨났습니다. 아버지께서 경찰 되는 걸 워낙 반 대하셔서….

상순	왜 반대하셔?
호정	경찰을 매우 부정적으로 생각하십니다.
영한	그럼 긍정적으로 생각하시도록 우리가 많이 노력하자.
유반장	그래. 서형사가 좋은 일 많이 해서 아버님 생각 바꿔드려. 알았지?
호정	예, 알겠습니다!
유반장	우리 조경환형사는 오늘따라 더 풍채가 빛나네.
경환	(감격스럽고) 이렇게 저희 반이 다 모이니까 우국충정이 절로 생깁니다.
유반장	그래. 나라 생각, 국민 생각은 진심으로 우러나야 하는 거지. 적어도 우린 누구처럼 주둥아리 애국자는 되지 말자. 알겠냐?
일동	예!
유반장	든든하다, 든든해. 내가 너희들은 믿는다. (이때)
최서장	(V.O) 믿는 도끼에 뭐 된다 그랬더라?
일동	(돌아보고)
최서장	(다가와 서고) 수사1반이 갖춰졌으니 첫 임무는 친히 내가 내려야지. 가장 중차대한 임무다. 종남시장 거지 떼 소탕 작전! 실시! (가고)
유반장	오늘은 그냥 넘어가나 했다. (화나고)
경환	(허탈) 내 첫 나랏일이 거지 떼 소탕이라니….
상순	내 첫 나랏일은 똥뚜간에 빠진 의원 마누라 반지 찾는 거였다.
영한	막내야. 가서 치약 좀 갖고 와봐.
호정	예? 치약은 왜…?

S#7.   종남경찰서 밖 (D)

경찰서 밖으로 나오는 영한, 상순, 경환, 호정.

코 아래 두 줄로 치약이 발려 있다.

상순	(치약 살짝 터치하며) 오호~ 이런 방법이 있었구나? 요걸 몰랐네.

상순　　(치약 살짝 터치하며) 오호~ 이런 방법이 있었구나? 요걸 몰랐네.

경환　　이걸 왜 바르는 겁니까? (만지고) 아 인중 따가워.

영한　　이따 자연스럽게 알게 된다.

경환　　경찰이 됐으면 체포술, 사격 그런 거 훈련해야 하는 거 아닙니까?

호정　　저도 사격훈련 엄청 기대하고 있었습니다.

영한　　그런 건 니들이 알아서 배워. 진짜 형사 일은 길바닥 구르면서 배우는 거야.

호정　　그래도 경찰한테 제일 중요한 것들 아닙니까?

영한　　(가다 서고, 힘주어) 경찰한테 제일 중요한 건 하나밖에 없어. '이 사건을 해결 못 하면 한 사람 인생이 작살날지도 모른다!' 생각하는 거. 이거 하나면, 아무리 뚜드려 맞아도 하나도 안 아프고 며칠 밤을 새도 정신이 아침 이슬처럼 맑다니까. (더 흥분해) 그뿐인 줄 알아? (하늘을 향해) 천지신명도 우릴 돕는다고! 알았어? (가고)

경환/호정　　(크게) 예, 알겠습니다!! (따라가고)

상순　　(영한 보며) 아무리 봐도 정상은 아닌 거 같아. (가고)

S#8.　종남시장 (D)

INS ▶ 사람들로 가득한 종남시장 전경.

각설이 타령을 하며 시장통을 걸어가는 거지 왕초 '왕빈대'와 부하 거지들.

거지들 지나가자 코 막으며 옆으로 피하는 사람들.

부하들에게 눈빛 주는 왕빈대. 눈빛 받아 행동 시작하는 부하 거지들.

난전에서 감자와 생선을 훔치고 흥정 중인 아낙의 과일을 훔치
는 거지들.

슥- 프레임 인하는 영한.

영한   (거지들에게) 거지 선생님들. 동작 그만!

거지일동, 놀라 보고 바로 도망친다.
영한팀, 쫓기 시작한다.

S#9.   청계천 판자촌 어귀 (D)

무릎 꿇고 손들고 있는 거지 왕초 왕빈대와 거지들.
이를 바라보고 있는 영한, 상순, 호정, 경환.

상순   손 똑바로 안 들어?
호정   치약 안 발랐으면 큰일 날 뻔했습니다. 어떻게 사람한테 이런 냄
         새가….
경환   어우 야. 발라도 머리가 띵하다.
영한   (엄하게) 야 이놈의 새끼들아! 정당하게 구걸을 해야지 도둑질
         을 해?
왕빈대   요새 인심이 야박해져서 타령을 해도 적선을 안 합니다.
상순   니 타령이 후져서 그런 거야. 연습을 해, 연습을!
영한   거지로 산다고 양심까지 거지로 살면 안 돼! 이것들을 확- 그냥!!
왕빈대   잘못했습니다… 용서해주십쇼….
영한   일어서!

거지들	(뭔가 싶어 보고)
영한	(하늘을 슬쩍 보고) 날도 좋고 해서 오늘은 딱 한 번 봐준다.
경환/호정	(놀라고)
왕빈대	정말이십니까?
영한	대신 훔친 거 주인들한테 다 돌려주고, 절 한번 하고 사죄드려. 알았어?
왕빈대	예, 알겠습니다! 감사합니다! 얘들아 뭐 하냐, 인사 안 드리고?
거지들	(인사하고) 감사합니다!
경환	(놀라고) 경찰서로 안 데려갑니까?
상순	쟤네보다 더 큰 죄 짓는 새끼들도 풀어주는 판에 얘널 왜 잡아가?
호정	서장님께서 격노하실 텐데요.
영한	하래지 뭐. (쿨하게) 가자. (돌아서 가고)
거지들	(우렁차게) 살펴가십쇼.

상순, 따라가고 경환과 호정은 이해가 안 되는 표정이다.

S#10. 단성사 극장 앞 (D)

날 좋은 일요일 정오. 예쁜 모습으로 단성사 앞에 도착하는 혜주.
젊은 남녀들이 극장 안으로 들어간다. 그러나 영화 제목 보이지
않고.
설레는 표정으로 서 있는 혜주.

S#11. 종남시장 호랭이떡집 안 (D)

둘러앉아 떡을 먹는 영한팀.

영한　　　(떡 먹으며) 거지들은 지들 편이 하나도 없어. 근데 우리 같은 사람들이 편들어주잖냐? 그럼 목숨 바쳐 의리 지킨다.

성칠　　　(와서 식혜를 놓으며) 역시 영한성님입니다. 불쌍한 거지들 아임까?

호할매　　(한편에서 떡 만들며) 그래도 또 도둑질하면, 고마 쎄리 잡아가뿌라.

상순　　　형님 말처럼 의리 지키느라 나쁜 짓 안 할 거예요.

영한　　　사실 용서해준 다른 이유도 있어.

경환　　　또 다른 이유요?

영한　　　소도둑 잡을 때 내가 누구 덕을 제일 많이 본 줄 아냐? 거지야, 거지.

호정　　　예를 들면 정보원 같은 존재들인가요?

영한　　　그렇지! 내 눈과 귀가 돼줬거든.

상순　　　거지들 눈썰미, 귀동냥, 기억력은 아무도 못 따라간다.

경환　　　(수긍하며) 역시 형님의 깊은 뜻이 있으셨군요. (마지막 남은 떡 집으면)

상순　　　(경환 툭 치며) 장유유서 몰라? 맛있는 건 형님한테 양보해야지.

경환　　　그런 게 어딨습니까? 먼저 집으면 임자지. (냠름 먹고)

상순　　　(약 오르고)

영한　　　(호정에게) 참, 집에서 쫓겨났으면 잠은 어디서 자?

호정　　　만약의 사태에 대비해서 어머니가 방 하날 마련해두셨습니다.

상순　　　어머님 아니었으면 길바닥에 나앉을 뻔했네. 근데 넌 아버님 뜻까지 거스르면서, 왜 경찰이 되고 싶었냐?

호정　　　(지갑에서 프랭크 해머 배지를 꺼내 보여주고)

상순　　　뭐야 이거? 표창이냐? 형사가 암수를 쓰면 안 되지.

호정　　　표창 아닙니다. 프랭크 해머. 미국에서 가장 전설적인 수사관의 배집니다.

경환	(궁금하고) 대단한 양반이야?
호정	그럼요. 미국에 보니랑 클라이드라는 악명 높은 은행강도가 있었는데요. 이 둘이 엄청 신출귀몰해서 아무도 잡지 못했습니다. 근데 이 둘을 잡은 분이 바로 프랭크 해머입니다.
영한	(호기심 생기고) 야 보니, 클라, 걔네가 어떤 놈들인데?
호정	(재미난 얘기하듯이) 보니랑 클라이드. 둘이 애인 사인데 말입니다.
상순	(놀라서) 애인? 그것들은 다방이나 가지, 강도질을.
경환	걔넨 그럼 헤어지지도 못하겠다.
영한	(빠져들고) 조용해봐, 재밌는 얘기 하는데. (호정에게) 그래서, 그래서?

S#12. 단성사 극장 앞 (D)

영화 [돌아오지 않는 남자]의 간판, 애절하게 마주 보는 연인의
그림이다.
혜주, 기다리다 지친 표정이다.
이때 정문에서 쏟아져나오는 관람객들, 주로 연인들이다.
화난 혜주, 자리를 뜬다.

S#13. 종남시장 호랭이떡집 밖 (D)

배 두드리며 밖으로 나오는 영한, 상순, 경환, 호정.

영한	와~ 진짜 존경할 만하네, 프랭크 그 양반. 은퇴했다가 딱- 돌아와서!

호정	저도 그렇게 큰 공을 세우고 싶습니다.
상순	야~ 큰 공 세울라면 큰일이 터져야 돼. 골치 아파. 꿈도 꾸지 마.
경환	여기가 서양도 아니고, 그런 사건이 있겠습니까? (이때)
호객꾼	(FT) 눈물 없인 볼 수 없는 영화.
일동	(고개 돌리면)
호객꾼	(앞에 포스터를 두르고) [돌아오지 않는 남자] 한 여자의 순정을 배신한 어느 개잡놈의 이야기! 단성사에서 절찬 상영 중.
영한	(보고 번뜩) 야, 나 먼저 간다! (뛰어가고)
일동	(뭔가 싶고)

S#14. 단성사 극장 앞 (해 질 녘)

영한, 정신없이 뛰어오며 주위를 살피는데 혜주의 모습은 보이
지 않는다.
영한의 표정, 망했다 싶고.

S#15. 종남서림 맞은편 (N)

멀리 보이는 종남서림. 유리창 안으로 책 정리하는 혜주가 보인다.
건너편에서 난감한 표정으로 바라보는 영한.
심호흡하고 종남서림 쪽으로 출발하는 영한.
그러다 갑자기 멈추고.
보면, 서점 안으로 들어가는 난실.
난실을 보고 계속 서 있는 영한.

난실   (V.O) 언니!

S#16.   종남서림 안 (N)

난실이 들어서면, 뚱한 표정으로 책을 정리하고 있는 혜주.

혜주   (살짝 언짢은 표정이지만 애써 웃으며) 왔어?
난실   네, 언니. (눈치 보니 기분 안 좋은 듯)《범인의 그림자》나왔어요?
혜주   어, 여기. (책 꺼내주며 애써 미소) 드디어 오늘 나왔네.
난실   (받아 들고 조심스레) 무슨 기분 안 좋은 일 있으셨어요?
혜주   (애써 부정) 아냐.
난실   세상 예쁜 옷을 차려입었는데 기분이 안 좋다… 바람 맞았죠?
혜주   (놀라고) 너 그걸 어떻게 알았어?
난실   이게 논리적인 추리라는 거죠. 누구예요?
혜주   나쁜 자식… (확 올라오고) 난실아, 넌 이게 이해가 되니? 그게 말
        이야….

S#17.   종남서림 맞은편 (N)

유리창 너머로 보이는 혜주, 난실에게 바람맞은 것을 얘기하는
듯 열났고.
"어머어머!" 공감하며 듣고 있는 난실.
서점을 보고 있는 영한, 발길이 안 떨어지는데.
한편에서 신문팔이소년, 석간신문 1부를 높이 치켜들고 홍보한다.

신문소년   신문 사세요, 신문!! 은행강도가 또 나타났어요!

영한도 신문을 사서 보면, 1면에 큼직한 한자로 쓰인 기사 제목.
[5인조 은행강도, 수원서 4차 범행] 그리고 이어, [부산에서 시
작, 대구, 대전, 수원까지 이동] 이와 함께 바닥에 피로 흥건한
은행 내부 사진.
유심히 기사를 바라보는 영한.

S#18. 어느 폐창고 안 (N)

INS ▶ 한적한 곳에 있는 폐창고 외경. 그 앞에 4도어 지프차가
서 있다.
강도1, 강도2~5에게 정확한 분배를 끝낸다.
돈 냄새를 맡고 환희에 찬 표정을 짓는 강도 2~5.

강도1   이제 마지막 한탕하고 이 나라 뜨는 거다. 미련들 없지?

강도2   (악에 받쳐) 그딴 거 없습니다. 소대장님!!

강도3   목숨 바쳐 싸운 군인들, 사형 선고 내리는 나라엔 더 있기 싫습
니다.

강도4   (분하고) 빨갱이 마을 죄다 쓸어버린 게 무슨 죄라고…! (상자 팍-
차고)

강도5   소대장님께서 탈옥 결심 안 하셨으면 저희 전부 개죽음당했을
겁니다.

강도1   최종 작전지에 대한 정보는?

강도2   예. 내일 15시, 화성극장 앞에서 김상사님께 전달받기로 했습니다.

강도1   좋아. 오늘 수원까지 훈련은 다 마쳤으니 진짜 작전을 준비한다.

S#19.   영한의 하숙집 마루 (N)

밥상 앞에 둘러앉아 밥 먹는 영한, 은동, 국진.
파주댁, 옆에 앉아 은행강도 발견 호외를 보고 있다.

파주댁	아우 쌍놈의 새끼들. 돈만 훔치지 애꿎은 경비원은 왜 죽여?
은동	그러게 말입니다. 우리나라 은행경비원들 총도 없는데.
파주댁	(번뜩) 근데, 요 새끼들 서울까지 오는 거 아니야?
은동	에이~ 설마 서울까지 오겠어요?
파주댁	올 수도 있다니까? (호외 보여주며) 부산에서 수원까지 왔대잖아.
	안 그래요, 우리 형사총각?
영한	올라오라 그래요. 내가 싹 다 잡아버릴 거니까.
파주댁	총으로 사람도 죽이는 놈들인데 괜찮겠어?
영한	나는 가만있나? 같이 쏴버리면 되죠. (이때)
국진	(영한 코앞에 얼굴 슥- 들이밀고) 저 형사님….
영한	(흠칫 놀라고)
국진	혹시 잊진 않으셨죠? 총은 언제쯤 구경시켜주시, (하는데)
영한	(씩 웃으며) 은행강도 서울로 쳐들어오면 보여줄게요.
국진	(힘없이) 알겠습니다. (슥- 멀어지고)

S#20.   영한의 자취방 안 (N)

S#17의 신문기사를 바라보는 영한. 뭔가 느낌이 심상치 않고.
이 위로,

영한	(V.O) 다음은 서울입니다.

S#21.   종남경찰서 회의실 안 (D)

탁자 위에 놓인 은행강도 사건 기사가 대문짝만하게 난 신문.
영한, 상순, 경환, 호정, 유반장, 신문을 가운데 두고 얘기 나눈다.

유반장   그치. 부산, 대구, 대전, 수원 찍었으면 다음은 서울일 공산이 크지.
상순   뭐 평양을 갈 리는 없잖아요.
영한   서울에 오긴 오는데 서울 어딜 오느냐가 문제지.
호정   (놀라고) 혹시 종남을 예상하시는 겁니까?
경환   에이 설마요. 아무리 간이 커도 여길 오겠습니까?
유반장   그래. 지방이야 인력도 없고 도망치기도 좋지. 종남은 깔린 게
        경찰에다 차도 많아 도주가 힘들어.
영한   기사에 나온 거 잘 보세요.
일동   (신문 보면)
영한   범인들은 5인조에 군화에 야상, 칼빈을 사용했어요. 이 말은, (하
        는데)
호정   범인들은 군 출신이란 의미입니다. 네 사건 모두 수법이 똑같고
        실수가 없었습니다. 마지막에 경비를 경고용으로 사살하는 것
        까지요.
유반장   넌 어떻게 그렇게 잘 알고 있어?
호정   사실… 부산 사건 때부터 계속 지켜봐왔습니다.
경환   이야 너 진짜 프랭크 거시기 그 사람 같다.
영한   그리고 중요한 것 하나, 범인들은 문 네 개짜리 지프차를 사용했어.
호정   네 개짜리는 뭡니까?
상순   군대 안 갔다 왔구나? 지프는 다 문이 두 개짜리야. 네 개짜리는
        개조했단 얘기지. 다섯 명이서 강도질 할라고.
호정   아~

유반장	종합하자면, 범인들은 총기와 차량을 완비한, 군 출신의 훈련된 강도들. 그렇다면 분명 크게 갈 수도 있단 얘기네?
경환	종남이 아니라 다른 큰 구로 갈 수도 있잖습니까?
영한	그럼 모든 구가 대비를 해야지.
유반장	(심각해지고) 가만있어 봐봐. 군 작전에서 제일 중요한 게 뭐냐?
상순	깡.
유반장	깡 말고!!
영한	훈련이죠. 반복된 훈련.
유반장	그렇지. 부산에서 수원까지가 훈련이었다면?
상순	서울이 진짜 작전인 거네.
경환	그럼 빨리 서장님께 보고드려야 하는 거 아닙니까?

이때, 노크 소리와 함께 오형사 들어온다.

오형사	서장님의 긴급 소집입니다. 다들 집합하시랍니다.

S#22. 종남경찰서 수사반 안 (D)

영한팀과 수사반 전원, 최서장의 긴급 지시 내용을 듣고 있다.

최서장	동대문파 이정재회장과 명동 이화룡이 다음 주 수요일 11시, 종남회관에서 회합을 갖는다. 지난번 종로 도끼 사건에 대한 시시비비를 가리는 자리라 충돌이 예상된다.
일동	(가만히 듣고)
최서장	그래서, 그날 종남서 전 인력이 종남회관으로 출동해야 한다. 또한 만약의 사태에 대비해 이정재회장을 보호해야 된다.

영한   (유반장에게 작게) 은행강도건 지금 얘기해야 하는 거 아닙니까?

유반장   (일어서며) 서장님?!

최서장   (보고) 할 말 있어?

유반장   어제 수원 은행강도 사건 말입니다.

최서장   갑자기 그건 왜?

유반장   다들 예상하시겠지만, 경로상 다음이 서울 같습니다. 범인들은 정황상 훈련받은 군 출신 같고, 더 큰 곳을 털 가능성이 큽니다.

최서장   그래서 하고 싶은 말이 뭐야?

유반장   대형 은행 있는 우리 구, 종로구, 중구는 대비를 해야 할 것 같습니다.

최서장   그 새끼들이 서울의 중심지를 털 거라고? 잡힐 거 뻔히 알면서?

변반장   친다 해도 변두리나 치겠지. 여기가 어디라고 와?

영한   (듣다 못해 일어서서) 안 치면 다행이지만 진짜 치면요?

황형사   아니 사서 걱정을 왜 하는 거야? 딱히 근거도 없이?

영한   소도둑 안 나타나도 외양간 손봐서 나쁠 거 없잖아?

최서장   또또 저놈의 소도둑 타령.

유반장   서장님, 큰 인력 필요 없고 저희만이라도 대비하게 해주십쇼.

최서장   닥쳐! 내가 니들 1반을 모를 줄 알아? 이정재회장 보호하라니까 배알이 꼴려서 일 벌이는 거잖아?

유반장   아닙니다, 서장님.

최서장   아니긴 뭐가 아니야? 앞으로 한 번만 더 은행강도 얘기 꺼내 봐!! 다른 반들은 1반이 딴짓하면 바로 나한테 보고해. 알았어?

다른 반원들 예.

유반장/영한 (답답하고)

S#23. 수원 화성극장 앞 (D)

동대문 김상사(남/40대 초)로부터 서류봉투 하나를 받는 강도2.
강도2, 현금이 든 봉투를 건넨 후 악수를 하고 헤어진다.

S#24. 어느 폐공장 안 (D)

라디오에서 수원 은행강도 사건 보도가 흘러나오는 가운데…
무기를 정비하는 강도3, 4. 차를 정비하는 강도5.
서류봉투에서 종이 두 장을 꺼내 바라보는 강도1. 바라보는 강
도2.
타이프로 적힌 문건. 종남구, 동대문구, 중구의 은행 목록들.
그리고 현금 보유에 대한 정보.

강도1   (읽다가 미소) 하늘이 우릴 돕네. 이런 큰 잔치가 다 있고.

타이프로 적힌 문서 문장.
…9월 24일 수요일 11시, 이정재와 이화룡 종남회관에서 회합.
종로 도끼 사건에 대한 합의. 종남경찰서 전 경찰 출동 예상…

강도2   그럼 목표는…?
강도1   어디를 털면 좋을까? 세 은행 중에? (날카롭게 눈 뜨고, 이 위로)
유반장   (V.O) 다들 잘 들어!

S#25. 종남경찰서 뒤뜰 (D)

쪼그려 앉아 밀담을 나누고 있는 유반장과 영한, 상순, 경환, 호정.

유반장	은행강도 파는 거 걸리면 안 돼. 당분간 눈들 피해서 회의다.
일동	예.
유반장	일단 서형사는 털린 은행들 사건 기록부터 모아봐.
호정	이미 다 모아뒀습니다. 더 정리해서 보여드리겠습니다.
영한	김형사랑 조형사는 서울 시내 털릴 만한 은행들 한번 훑어보고.
경환	은행을 어떻게 훑어봅니까?
상순	어디가 현금이 많은지, 어디가 경비가 허술한지 그걸 알아보면 돼.
영한	언제 쳐들어올지 모르니까 빨리 수사해야 돼. 자 그럼 해산!
일동	예!! (일어나 흩어지고)
유반장	아참참, 박형사.
영한	(돌아보고)
유반장	내가 깜박했다. 양복 찾아가라고 연락 왔었어.

S#26. 종남라사 안 (D)

멋들어지게 양복을 입고 나오는 영한, 거울 앞에 뻘쭘하게 선다.

양복사	아이구 배우가 따로 없네. 색시들이 그냥 한눈에 반하겠어요.
영한	(쑥스럽게 웃고)
양복사	혹시 교제하는 처자분이 있으신가요?
영한	교제는 아니고… (마음 무겁고) 사과해야 할 사람은 있습니다.
양복사	그래요? 근데 이렇게 멋진 모습으로 사과하면 다 받아줄 거예요.
영한	(살짝 용기 나고) 정말 그럴까요?

S#27. 종남서림 안 (D)

서점 한쪽에 책장이 부러졌는지 책들이 바닥에 쌓여 있고,
그 앞에 쪼그려 앉아 바닥에 쌓인 책들을 정리하는 혜주.
이때 문소리 들리고.

혜주   (일어서며) 어서 오세요! (하고 표정 굳고)

문 앞에 긴장한 채 서 있는 영한. 너무나도 멋진 차림이다.
혜주, 그런 영한의 모습에 잠시 호흡이 멎지만, 얼른 마음을 다
잡고.

혜주   (삐딱) 새 옷 장만하셨나 봐요. 월급날이세요?
영한   (양복이 역효과인가 싶어 당황하고) 아뇨, 저 사과드리러 왔습니다.
혜주   사과 안 하셔도 돼요. 혼자 영화 재밌게 봤어요. (강조해) 돌아오
          지 않는 나쁜 놈! 아니 나쁜 남자였나?
영한   정말 죄송합니다. 그날 급한 사건이 생기는 바람에….
혜주   (휙 앉아 정리하며) 바쁘시니까 일 보시구요, 다시 보는 일 없도록
          하죠.
영한   (잠시 머뭇거리다가 한다는 말이) …선처 바랍니다.
혜주   선처란 말, 보통 범인들이 하는 말 아닌가요?
영한   예. 근데 오늘은 제가 범인 같아서….

영한, 어떻게 사과할지 막막한데 부러진 책장이 눈에 들어온다.

영한   (저거다 싶고, 얼른 가며) 아 책장이 부러졌네요! 제가 고쳐드릴게
          요! (재킷 벗어 대충 던지고 두리번대며) 가만있어 보자… 망치랑 못
          이 있나요?
혜주   (눈길도 안 주고) 놔두세요. 내일 목수분 불러서 고칠 거예요. 이제

야 나타나서 뭘 어쩌겠다고 참….

영한, 어느새 뒤편에서 공구를 찾아 나온다.

영한   이거 잠깐 쓰겠습니다.

시간 경과 ▶ 와이셔츠 소매를 걷어 올리고 책장을 고치는 영한.

혜주   놔두시라니까요. 이제 다시 볼 사이도 아닌데….
영한   용서는 못 받아도 이건 제가 하게 해주십쇼. 제가 혜주씨 바람맞
         힌 뒤로 한숨도 못 자서… 조용히 고치고 가겠습니다.

훌륭한 솜씨는 아니지만 정성을 다해 낑낑대며 고치는 영한의
모습.
새 셔츠가 구겨지고 땀에 젖어가지만, 혜주의 눈엔 사랑스러워
보인다.
영한 팔목에 난 상처에 눈이 가는 혜주.

시간 경과 ▶ 다소 엉성하지만 다 고친 영한. 시원한 물을 건네는
혜주.

혜주   고생하셨네요.
영한   아닙니다. 오늘은 일단 임시방편으로 해둔 거구요. 제가 주말에
         와서 제대로 다시 손봐놓을게요. (한 입 마시고)
혜주   (놀리듯) 또 오신다구요?
영한   (당황하고) 네? 아… 저는 다른 게 아니라, 이건 제가 책임지고 해
         놓으려고 한 말이지 다른 뜻은 없습니다.

혜주	(알겠다는 듯 웃고) 그러세요. 그나저나 새 옷 다 상했는데 어떻게 하죠?
영한	(툭툭 털고) 옷이 대순가요. 혜주씨 맘 상하신 게 큰일이죠.
혜주	그렇게까지 말씀하시니 제가 화 풀지 않으면 나쁜 사람 될 거 같네요.
영한	(조심스럽게) 그럼 혹시 사과를 받아주시는 건가요?

혜주가 미소로 답하자, 그제야 마음 놓인다는 듯 웃음을 지어 보이는 영한.

S#28. 덕수궁 돌담길 (N)

나란히 걸으며 얘기 나누는 영한, 혜주.

혜주	원래부터 꿈이 형사였어요?
영한	11살 때부터요. 그때부터 소도둑 잡았거든요.
혜주	어떻게요?
영한	동네 형들, 삼촌들 눈빛만 봐도 알았어요. 누가 나쁜 짓을 했는지.
혜주	형사 말고 무당을 하시지 그랬어요?
영한	그랬으면 혜주씨 못 만났을 거잖아요.
혜주	예?
영한	(쑥스럽지만 용기 내서) 제가 원래 도망치고 그러는 사람이 아닌데, 그날 혜주씨 서점으로 도망친 건 잘한 일 같습니다.
혜주	(부끄러워 딴 데 보고)
영한	아, 혜주씨 꿈은 뭐였어요?
혜주	전 배우요. 중학교 때까지 배우 되려고 매일 극단에 살았어요.

　　　　　　버림받은 미친 여자 연기는 내가 최고였는데.

영한　　근데 왜 배우가 안 됐어요?

혜주　　어머니가 섬에 있는 절에 보낸다 그래서요.

영한　　잘못하면 무당이랑 비구니로 만날 뻔했네요.

혜주　　(힐끗 영한의 손목 보고) 손목은… 범인 잡다가 다치신 거예요?

영한　　(손목 매만지고) 아 예… 학도병 때 다친 거예요.

혜주　　학도병도 다녀오셨어요?

영한　　(표정 어두워지고) 예.

혜주　　(뒤돌아보더니) 잠시만요.

　　　　혜주, 길가에 있는 장신구 좌판으로 다가가고.
　　　　뭔가를 마구 고르는 혜주. 영한, 뭐 하나 싶고.
　　　　혜주, 실로 짠 팔찌를 하나 산다.
　　　　다가오는 혜주, 영한의 팔을 들어 팔찌를 묶어준다.
　　　　영한, 가만 바라보고.

혜주　　남자들이 하기엔 좀 그렇지만 잘 어울리네요. 상처 가리기도 좋
　　　　구요. 꼭 두르고 다니세요.

영한　　(뭔가 마음 설레고) 예. 꼭 두르고 다니겠습니다.

　　　　마주 보며 웃는 두 사람. 어느덧 한결 가까워진 느낌이다.

S#29.　어느 폐공장 안 (N)
────────────────

　　　　벽에 붙어 있는 어딘가의 지도.
　　　　이 앞을 왔다 갔다 하는 은행강도들.

CA, 지도로 점점 다가가면 종남구 지도이고, 어느 한 지점에 빨간 표시되어 있다. CA, 더 가까이 가면 고려은행이라고 쓰여 있다.

S#30. 영한의 하숙방 안 (N)

좁아터진 방 안에 수첩을 들고 둘러앉아 회의 중인 영한, 상순, 경환, 호정. 여기에 은동도 함께하고. 구석에서는 국진이 빈총을 만지작거리고 있다.

호정   모든 은행에서 수법이 동일합니다.

    INS ▶ 들어가자마자 손님들 제압하는 강도들.
    INS ▶ [임시휴업] 팻말을 거는 강도4의 손.

호정   (V.O) 휴업 팻말을 걸어 바깥 사람들이 못 들어가게 합니다.

    INS ▶ 돈을 훔쳐 밖으로 나가는 강도들. 나가다 경비에게 총을 쏘고. 경비는 쓰러진다.

호정   (V.O) 나갈 때까지 시간은 평균 8분이구요. 나가기 전 경비를 사살합니다.

영한   범행 시각 정리는?

호정   부산 창도은행은 10시, 대구 칠성은행은 1시, 대전 명도은행은 1시 15분, 수원 정일은행은 2시 30분입니다.

영한   (상순 향해) 은행 쪽은?

상순   아 예. (은동 툭 치며)

은동	서울시에서 현금이 제일 많은 곳은 한국은행, 새싹은행 본점, 겨레은행 본점, 그리고 저희 고려은행 종남지점입니다.
영한	고려은행은 왜 현금이 많아?
은동	종남구에 회사들이 많아서 월급 관리를 다 하고 있습니다.
영한	잠깐만… 오늘 며칠이지?
호정	(보고) 9월 18일입니다.
영한	회사 월급날이 보통 25일이니까… 만약에 고려은행을 턴다고 생각하면 일주일 이내야.
상순	잘못하면 종남구 월급쟁이들 이번 달 월급 없겠다.
경환	털 거면 한국은행을 털지 않겠습니까?
은동	거긴 경비도 많고 군인들이 지키고 있어서 불가능할 겁니다.
상순	새싹은행도 경찰서 앞이라서 쉽지 않을 텐데.
영한	겨레은행도 앞에 백화점이 있어서 사람들이 많으니까 선택하지 않을 거야. 그렇다면 고려은행, 여기다.
호정	근데 은행강도들은 이런 사실을 일일이 다 알까요?
영한	범인들은 군 출신이야. 분명히 정보통 하나쯤은 있을 거야.
상순	(국진 쪽 보고 짜증 투로) 아 이제 그만 좀 만져요.
국진	(결연한 표정으로) 저 진짜 결심했습니다. 여러분들이 힘들여 잡은 범인을 올바로 처벌하는 훌륭한 판검사가 되겠습니다.
일동	(빤히 보다 바로 무시)
영한	이번 작전에 중요한 원칙이 있어. 시민에게 절대 피해가 가지 않게 한다. 단 한 푼도 은행 밖으로 못 나가게 해야 한다.
상순	그럼 총기 사용도 못 하는 거예요?
영한	불가피하게 사용한다 해도 은행 내 총격전은 절대 안 돼. 그전에 강도들이 은행 안으로 절대 들어가지 못하게 해야 되고.
호정	너무 어렵지 않습니까?
영한	물론 어렵겠지만 철저하게 준비하면 돼. 일단 눈부터 깔아놓자.

지금부터 내가 하는 말 잘 들어.

S#31. VISION

---

[1] 겨레은행 (D)
겨레은행 앞에 자리를 잡고 구걸하는 왕빈대.

상순   (V.O) 눈이요? 설마 왕빈대?
영한   (V.O) 그렇지, 우리의 눈과 귀가 돼줄 거지 아우들!

[2] 새싹은행 (D)
새싹은행 앞에서 구걸을 하는 거지2.

영한   (V.O) 내일부터 그 친구들이 종남구에 있는 모든 은행에 한 명씩
가 있는 거야.

[3] 고려은행 (D)
술 취한 척 드러누워 있는 거지1.

영한   (V.O) 조형사는 우리 아우들이 뭘 해야 할지 잘 설명해주고.
경환   (V.O) 거기서 너희가 꼭 봐야 할 게 하나 있어.

S#32. 왕빈대의 거처 마당 (D)

모여 있는 왕빈대와 거지들. 경환, 4도어 지프차 그림이 그려진

종이를 들고 거지들에게 얘기한다.

경환   너네 이거 뭔지 알지? 지프차야, 지프차. 지프 몰라?

거지일동   (유심히 보고) 아~.

경환   잘 봐봐. 원래는 지프가 문이 한쪽에 하나야. 근데 여긴 몇 개
               야? 하나, 둘. 한쪽에 문이 두 개야. 양쪽으로 하면 둘 더하기 둘
               하면,

거지1   다섯!

경환   넷! 넷이라고 (손가락 펴면) 넷! 문 네 개 달린 지프차 보면 어디
               서 봤는지 바로 얘기해. 알았지?

S#33. 고려은행 종남지점 안 (D)

고려은행 내부 전경. 한창 영업 중이다.
은행 안을 둘러보는 상순. 한쪽으로 시선 주면,
지점장이 금고 입구로 들어간다. 바라보는 상순.

영한   (V.O) 그리고 김형사, 우리 금형이랑 같이 고려은행 내부를 샅샅
               이 살펴봐. 범행이 일어났을 때를 대비해서 조치할 수 있는 부분
               을 최대한 찾으라고.

               잠시 시간 경과 ▶ 창고에서 은동과 대화 나누는 상순.

상순   근데 금고는 어떻게 열어요?

은동   아 예. 비밀번호를 돌려서 맞추고요. 마지막에 열쇠로 엽니다.

상순   비밀번호는 누가 알고 있어요?

은동	저희 은행의 경우 지점장님만 알고 계십니다.
상순	그럼 지점장 말고는 금고를 못 열겠네?
은동	그렇죠.
상순	(뭔가 생각하고)

S#34.   종남경찰서 수사반 안 (N)

은행강도 사건 자료 훑어보는 호정.
적혀 있는 범행 시각들.
[오전 10시, 낮 1시, 낮 1시 15분, 낮 2시 30분]

영한	(V.O) 그리고 서형사는 지난번 사건 자료들 다시 한번 꼼꼼히 뒤져봐. 모든 범인은 자기들만의 범행 습관이 있어. 그걸 알아내면 어떤 규칙을 갖고 범행을 계획하는지 짐작할 수 있거든.
호정	오전 10시… 낮 1시… 낮 1시 15분… 낮 2시 30분… (뭔가 번뜩 떠오르고)

신문기사를 다시 꼼꼼히 읽어보는 영한.

호정	(급히 다가오며) 형님!!
영한	(놀라 보고) 어 뭐야, 뭐?
호정	소도둑들 말입니다. 날 밝을 땐 안 훔칩니까?
영한	날 밝을 때도 훔치지.
호정	날 밝을 땐 어떻게 훔칩니까? 안팎으로 사람들 있는데 말입니다.
영한	보통 주인 시선을 다른 데로 돌려. 뒷산에 불을 놓는다든지, 누가 부른다고 거짓말을 치든지.

호정	(뭔가 느낌 오고) 감사합니다! (획 자리 뜨고)
영한	(뜬금없이 뭔가 싶고)

S#35. VISION

[1] 종남경찰서 회의실 안 (D)

은행강도 사건 자료 훑어보는 호정. 스크랩된 신문을 본다.

신문기사. [부산항에 프랭클린 호 미군함 입항식].

골똘히 바라보는 호정.

[2] 사격 연습장 (D)

CA, 이동하며 호정, 경환, 상순의 사격 연습 장면을 보여준다.

익숙하지 않아 겁먹은 표정으로 사격하는 호정.

우직하게 사격하는 경환.

카우보이처럼 뒤춤에서 멋지게 총을 꺼내 사격하는 상순.

[3] 어느 한약방 안 (D)

한의사의 얘기를 듣는 상순. 한의사, 어떤 약초를 보여주고.

상순, 약초를 받으며 자세히 바라본다.

[4] ○○은행 앞 (D)

구걸하는 거지들에게 빵을 주는 경환. 주위를 살핀다.

[5] 이미지

하나씩 변해가는 달력의 날짜들. 며칠 흘러 23일이 된다.

[6] 고려은행 종남지점 앞 (D)

고려은행을 올려다보는 영한. 이 위로,

경환   (V.O) 형님! 드디어 걸렸습니다.

S#36. 종남시장 한편 공터 (D)

모여 있는 왕빈대와 거지들.
그 앞에 서서 거지들의 얘기를 듣고 있는 영한, 상순, 경환.

경환   본 사람 얘기해봐.
거지1   (일어나며) 좀 아까 고려은행 앞에서 봤습니다.
상순   (아뿔싸) 아… 결국은 고려은행…!

S#37. 고려은행 종남지점 앞 (D): 회상

고려은행 앞에 서는 4도어 지프. 안에서 내리는 구둣발.
강도1, 2가 정장 차림으로 차에서 내린다.
두리번거리며 고려은행 안으로 들어가는 강도1, 2.
보고 번뜩 놀라는 거지1, 얼른 지프로 다가가 살핀다.

거지1   하나, 둘, 셋, 다섯… (번뜩 놀라) 아니 아니 넷!

S#38. 종남시장 한편 공터 (D)

영한	몇 명이나 있디?
거지1	(손가락 세어보며) 두 명.
상순	기럭지하고 얼굴 생긴 건?
거지1	(꽤 큰 키 표시) 둘 다 기럭지는 이따만하구요, 모자를 눌러써서 얼굴은 잘 안 보였어요.
영한	그래 고생들 많았다. (상순, 경환에게 느닷없이) 너희들은 짱깸뽀 해.
상순	짱깸뽀는 왜요?
영한	(웃으며) 일단 해봐.
상/경	(각자 가위바위보 점 보고) 짱.깸.뽀. (상순 지고)
상순	(게임에 진 가위를 보며) 뭔가 불길해….
영한	(상순에게) 너 내일 고려은행 경비로 위장해.
상순	예?! 경비는 나중에 총 맞아 죽잖아요.
영한	(어깨 두드려주며) 너도 총 있으면 되지.
상순	걔넨 쪽수가 많잖아요.
경환	괜찮아요. 형님 쌍권총으로 쏘면 되잖아요.
상순	야이 씨….

S#39. 고려은행 종남지점 지점장실 안 (N)

INS ▶ 고려은행 전경과 함께,

영한	(V.O) 고려은행 종남 지점장님 되십니까?

놀란 지점장과 얘기 나누는 영한. 그 옆에 나라 잃은 표정의 상순.

고려지점장	예? 그게 사실입니까?

영한	아직까지는 추정입니다. 그래서 대비 차원에서 말씀드리는 겁니다.
고려지점장	이 정도 큰일인데 서장님께선 귀띔도 안 해주시고….
영한	듣기론 고관대작들과 유명 배우들의 예금이 많다고 하더군요.
상순	(울상) 그래서 서장님께서 비밀리에 작전을 수행하라고 명령하셨습니다.
고려지점장	역시 서장님께서는 사려가 깊으시군요.
영한	아 그리고, 내일 경비 대신 위장 잠복해 있을 김상순형삽니다.
상순	(울상) 잘 부탁드립니다.
고려지점장	(놀라며) 예? 신문을 보니, 강도놈들이 경비를 죽인다고 하던데요.
상순	예 그러대요.
고려지점장	(상순의 손 잡고 마구 흔들며) 감사합니다, 형사님. 죽음을 무릅쓰고….
상순	(더 울상으로) 살신성인이죠 뭐…. (이 위로)
호정	(V.O) 형님!

S#40. 영한의 하숙방 안 (N)

모여 있는 영한, 상순, 경환, 호정, 유반장. 악취에 코를 막고.
호정, 며칠 밤을 샌 듯 머리는 떡 지고, 얼굴은 꾀죄죄해 있다.

호정	범행 시각을 예측할 수 있을 것 같습니다.
경환	일단 목욕부터 하고 보고하면 안 될까?
호정	아닙니다. 지금 빨리 해야 합니다.
영한	얘기해봐.
호정	(서류 보며) 부산 창도은행 사건 당일, 근처 부산항에는 10시에

미군함 프랭클린 입항식이 있었습니다. 대구 칠성은행 사건 당
일에는 근처 광장에서 1시에 자유당 선거 유세가 있었고, 대전
명도은행 사건 당일, 1시 15분에 인근 조원대학 시국 시위가 있
었고, 수원 정일은행은 사건 당일, 2시 30분에 허위 간첩 신고가
있었습니다. 네 날의 공통점은….

영한   경찰들이 다 그리로 갔겠네.

호정   예 맞습니다.

유반장   그렇다면… 이정재 이화룡 회합, 내일 11시가 범행 예정 시간
           이야!

S#41. 어느 요정 뒤뜰 (N)

INS ▶ 풍악 소리가 울려 퍼지는 어느 요정 외경과 함께,

최서장   (V.O) 내가 은행강도 파지 말랬지?!

뒤뜰에서 유반장과 서류를 든 영한에게 긴급 보고를 받는 최서장.

유반장   범인들은 내일 이정재, 이화룡 회합 날을 노리고 있습니다.

영한   (보고서 보여주며) 근거는 확실합니다. 여기 저희 수사자료가, (하
           는데)

최서장   (보고서 잡아 날리고) 이것들이 이제 이런 식으로 나를 엿 먹일라
           그래?

영한   대비만 하게 해주시면, 추후 징계는 달게 받겠습니다.

최서장   그래. 은행강도들이 쳐들어온다 치자. 그래도 우리한텐 종남회
           관 회합이 더 대형 사건이야. 알았어?

영한	서장님, 시민들의 재산이 위태롭습니다. (이때)
요정사장	(다가오며) 김의원님께서 계속 찾으십니다.
최서장	어 그래. (가고)
유반장	서장님!
최서장	한 번만 더 은행강도 입에 올리면 1반 다 유치장 행이야. (가고)
유반장	(확 올라오고) 아니 깡패새끼들 모이는 게 뭐 대수라고… 아우!!
영한	예상한 거잖아요. 일단 계획대로 가시죠.

S#42. 고려은행 종남지점 밖 (D)

은행 문을 여는 은동. 주위를 힐끗 둘러보고.

S#43. 고려은행 종남지점 안 (D)

안으로 들어와 자리로 가는 은동, 누군가를 스쳐가면.
모자를 쓰고 경비 옷을 입은 상순.

S#44. 종남경찰서 수사반 안 (D)

경찰들을 모아놓고 조회하는 최서장.
이를 듣는 영한, 경환, 호정, 유반장, 2반 형사들.

| 최서장 | 지금부터 두 시간 뒤인 11시 종남회관에서 이정재회장과 이화
룡회장의 회합이다. 전 인력 출동하고 만약을 대비해 총기 소지 |
|---|---|

한다.

일동   예.

최서장 이화룡 쪽에서 도발 시에만 제압하고, 이정재회장 쪽에서 도발
      시는 관망하며 명령을 기다린다. 알겠나?

일동   예.

최서장 모두 출동!!!

유반장 (영한에게 눈짓하고)

영한   (알아차리고 자리 뜨고)

S#45. 어느 폐공장 안 (D)

강도단, 총을 점검하고 탄창을 끼운다.
더플백을 하나씩 잡고 밖으로 나가는 강도단.

S#46. 어느 폐공장 밖 (D)

4도어 지프에 올라타는 강도들. 폐공장을 떠나고.

S#47. 종남경찰서 밖 (D)

우르르 나오는 경찰들, 일사불란하게 차에 올라탄다.
설렁설렁 나와서 빈 차에 올라타는 유반장.

변반장 (이때 옆을 지나가며 차 안을 보고) 왜 아무도 없냐?

유반장	어. 이제 다들 나올 거야, 먼저들 가.
변반장	(뭔가 미심쩍고) 그래, 먼저 간다. (가고)
유반장	어. 이따 종남회관에서 봐.

S#48. 종남경찰서 수사반 안 (D)

각자의 자리에서 권총에 탄환 장전을 마치는 영한, 경환, 호정.

| 영한 | 계획대로 이동한다!! |

S#49. 종남경찰서 복도 (D)

빠르게 뒷문으로 향하는 영한, 경환, 호정.

S#50. 종남경찰서 건물 뒤편 밖 (D)

뒷문을 열고 나오는 영한, 경환, 호정.
나오자마자 일제히 놀라고. 보면,
황형사, 송형사, 오형사, 그 외 2반 형사들, 버티고 서 있다.

황형사	어딜 그렇게 급하게 가? 어디 전쟁 났냐?
영한	황형이 왜 여깄어?
황형사	서장님이 니네 사고 못 치게 막으래.
경환	누가 사골 친다고 이럽니까?

송형사	그만들 하고 우리 말 듣자.
영한	못 듣겠는데요. (경환, 호정에게) 가자. (이때)
황형사	동작 그만. (부하들에게 손가락 탁 튕기면)
2반 형사들	(일제히 총 겨누고)
황형사	불응 시 발포하라는 서장님 명령. 대신 죽이진 말래. (웃고)
영한	(미치겠고)

S#51. 종남경찰서 유치장 안 (D)

시계는 10시 52분을 가리킨다.
유치장 안에 갇힌 영한, 경환, 호정.
유치장 밖에는 김순경이 차렷 자세로 유치장을 등지고 서 있다.

호정	(불안해 왔다 갔다 하다 시계 보며) 이제 시간이 정말 없습니다.
영한	(부드럽게) 어이, 김순경.
김순경	(등진 채 묵묵부답)
영한	김순경?
김순경	아무 대답도 하지 말라는 서장님 명령이십니다.
경환	대답했으니 명령 불복종이네. 불복종한 김에 우리 풀어주면 안 될까?
김순경	안 됩니다.
경환	우리가 안 가면 고려은행이 털려. 사람도 여럿 죽는다고.
김순경	(아무 말 안 하고)
호정	(신파조로) 김순경. 그 은행엔 있잖습니까… 돈 많은 사람들 돈도 있지만 하루하루 나물 뜯어 파시는 어머니들 돈도 있고, 자식 공부 시킬라고 뼈 빠지게 일하시는 아버지들 돈도 있습니다.

김순경	(계속 듣고)
경환	(신파조로) 막말로 돈 많은 사람들이야 그 돈 털려도 상관없어. 근데 하루하루 먹고사는 사람들은 꿈과 인생을 도둑맞는 거야. 누군가의 자식은 학교도 못 가는 거고, 어느 집은 거지가 되겠지.
영한	(이것들 봐라, 하는 표정으로 경환과 호정을 보고)
호정	(오버해서) 우리 돈 많은 사람 돈 지킬려고 은행 가는 거 아닙니다. 인생이 털릴지 모르는 사람들 위해서 가는 거라구요!
영한	(신파조로) 이 자식들… 너희가 진정한 경찰이구나!
경환/호정	(눈물 맺히고) 형님…!
영한	에이 피도 눈물도 없는 자식… 경찰이 되기 전에 사람이 돼야지!
김순경	(스르르 돌아서면 눈물 맺혀 있고) 어머니….
일동	(바라보고)
김순경	(눈물 흐르며) 저희 어머니께서도… 삯바느질하시며 한 푼 두 푼 모아서… 저 경찰 되게 해주셨습니다… 어머니…!

S#52. 종남경찰서 건물 뒤편 (D)

차 앞으로 달려오는 영한, 경환, 호정.
운전석에 타는 경환. 옆에 타는 영한과 뒤에 타는 호정.
경환, 세차게 시동을 건다. 이때 옆에 서는 오토바이 경찰.
고글을 벗으면 김순경이다.

김순경	(용맹하게) 제가 앞장서겠습니다. (고글 쓰고 출발)
영한	우리도 빨리 출발!
경환	(액셀을 세게 밟고 출발하고)

S#53. 고려은행 종남지점 안 (D)

조용한 은행 내부. 손님들이 일을 보고 있다.
긴장된 표정으로 은행을 살피는 상순. 이 위로,

영한 (V.O) 우린 대기하고 있다가 차에서 강도들이 내리자마자 바로
제압할 거야.

S#54. 영한의 하숙방 안 (N): 회상

모여서 작전 회의 중인 영한, 상순, 경환, 호정, 유반장.

영한 만에 하나 강도들이 은행 안으로 들어갈 경우, 우린 계획대로 강
도들을 밖으로 유인해 처리한다. 잘 버텨라, 상순아.

S#55. 고려은행 종남지점 안 (D)

창밖을 바라보는 상순.

상순 (시계 보고) 대기한다며 왜 안 오는 거야?

S#56. 고려은행 종남지점 지점장실 안 (D)

지점장에게 따뜻한 차를 가져다주는 은동.

은동	저희 고향 형님께서 보내주신 귀한 차입니다.
고려지점장	아니 웬일로 우리 금군이 이런 걸 다?
은동	만수무강하십쇼, 지점장님.

S#57. 고려은행 종남지점 안 (D)

창구 앞으로 다가오는 혜주.

혜주	안녕하세요.
은동	(급히 자리에 앉으며) 아 예. 안녕하세요.
혜주	(서류 내밀며) 송금하려고요. 동경에 기타자와서점이요.
은동	고객님… 다음에 오시면 안 되나요? 오늘은 좀 오래 걸릴 것 같은데.
혜주	죄송해요. 오늘 안에 안 하면 안 돼서요.
은동	아 예…. (긴장돼 시계 보고)

S#58. 고려은행 종남지점 앞 (D)

INS ▶ 어느 대형 건물에 있는 시계. 11시를 가리킨다.
이때 지프차가 달려와 은행 앞에 선다.
각자 더플백을 멘 채 내리는 강도1~4.
강도5, 운전석에 앉아 주위를 살피며 대기한다.
강도1~4, 은행 정문을 향해 걸어간다.

S#59. 고려은행 종남지점 안 (D)

혜주　(송금증 받고) 감사합니다. (돌아서 가고)

이때 안으로 들어오는 강도들.

상순　(보자마자 느낌 빡 오고) 아이 씨…. (뒤춤으로 손 가고)

강도1의 수신호에 따라 일제히 카빈을 꺼내는 강도단.

강도1　(사람들에게 총 겨누며) 전부 엎드려!

손님들과 혜주, 비명을 지르며 엎드리고.
이때 강도4, 입구에 [임시휴업] 팻말을 건다.

강도2　직원들! 다 앞으로 나와 엎드려!

직원들, 일제히 앞으로 나와 엎드리고. 상순 역시 함께 엎드린다.

상순　(작은 소리로) 어떻게 된 거야….
강도2　다들 움직이지 마. 헛짓거리하면 다 죽어!
강도1　(은동에게 총 겨누고) 지점장 어딨어?!

S#60. 고려은행 종남지점 지점장실 안 (D)

문을 박차고 들어가는 강도2. 앞을 보면,

은동이 준 차를 앞에 놓고 의식을 잃고 자고 있는 고려지점장.

S#61.　달리는 영한의 경찰차 안 (D)

맹렬히 운전하는 경환. 브레이크를 밟는다.

경환　　　(먼 쪽 보고) 형님.

먼발치, 고려은행 앞에 있는 4도어 지프차.

호정　　　벌써 왔나 봅니다.
영한　　　어쩔 수 없다. 여기서 시작한다. (급히 내리고)
경환/호정　(얼른 따라 내리고)

S#62.　고려은행 종남지점 안 (D)

바닥에 大자로 기절해 있는 고려지점장, 양 볼이 발갛게 달아올
라 있다.

강도1　　도대체 어떻게 된 거야?
강도2　　(미치겠고) 아무리 따귀를 때려도 일어나질 않습니다.
강도3　　죽은 거 아냐?
강도2　　아니, 숨은 쉬고 있습니다.
은동　　　저기….
강도4　　뭐야?!

은동	지점장님 지병이 있으셨습니다. 한번 잠들면 못 일어나시는 병….
강도1	그런 병이 어딨어?! 더 때려봐!

이를 바라보는 은동. 찰싹찰싹 뺨 때리는 소리 위로,

| 상순 | (V.O) 금형. |

S#63. 영한의 하숙집 마루 (N): 회상

은동에게 약초를 건네는 상순.

| 상순 | 오래 잠들기만 하면 돼요. 아무리 깨워도 못 일어나게. |

S#64. 다시 고려은행 종남지점 안 (D)

은동, 울상이 되어 지점장의 뺨을 때리고.

S#65. 고려은행 종남지점 밖 (D)

운전석에 앉아 기다리는 강도5. 이때 똑똑 창문을 두드리는 소리. 옆을 돌아보면! 경환이 서 있다.

강도5	(창문 내리고) 뭐야?
경환	담뱃불 좀 빌립시다.

강도5	나 담배 안 펴. 꺼져.
경환	그럼 너 좀 빌리자. (손 확- 뻗고)

한편에서 오토바이를 탄 김순경과 대화하는 영한.

김순경	서장님 쪽 무전이 계속 불통입니다.
영한	그럼 직접 가서 알려.
김순경	예. (떠나고)
호정	(다가오며) 2번 계획대로 가는 겁니까?
영한	어. 일단 대기하고 서 있어.
경환	(V.O) 형님!
영한/호정	(소리 나는 쪽 보면)
경환	(기절한 강도5를 옆에 끼고) 여긴 준비됐습니다.

S#66. 고려은행 종남지점 안 (D)

강도4, 양동이에 물을 담아 고려지점장에게 뿌린다.
물을 맞고도 미동조차 하지 않는 고려지점장.

강도3	8분 다 돼갑니다. 빨리 나가야 합니다.
강도1	(미치겠고)

이때 멀리서 들려오는 사이렌 소리. 놀라는 강도들.

S#67. 고려은행 약간 떨어진 쪽 (D)

먼발치에 세워진 경찰차. 왕빈대가 수동식 사이렌 레버를 돌리고 있고.

S#68. 고려은행 종남지점 안 (D)

강도2   빨리 떠야 합니다.

강도1, 분한 표정이고. 이때 밖에서 유리문을 두드리는 소리. 보면!
복면을 쓴 강도5가 유리를 두드리며 빨리 나오라고 손짓.

강도1   모두 이동한다.

사람들을 살펴보는 강도1. 혜주의 머리채를 잡아 끌어올린다.

강도3   이 여잔 왜….
강도1   만약을 대비해 인질이 필요할지도 몰라.
상순   저기요.
강도3   (총 겨누며) 뭐야?
상순   제가 경비니까 절 인질로 잡아가세요.
강도1   넌 가만있어! (혜주 끌고 가고)
혜주   (겁에 질려 끌려 나가고)
상순   에이 씨….

강도1, 혜주를 인질로 데리고 나가고. 강도2, 3, 4도 따른다.
강도4, 따라 나가다 혼자 서고 돌아선다. 나머지는 문 쪽으로 가고.

강도4	그래도 할 건 해야지. (상순 향해) 경비 일어서!
상순	(겁에 떨며 일어서며) 살려주세요.
강도4	넌 죽어야 돼. 신문기사 안 봤어?
상순	(겁에 떨며) 신문기사 바뀔 거 같은데요?
강도4	뭐래는 거야, 이 새끼가?

강도4, 총을 겨누자 뒤춤에서 재빨리 총을 꺼내 강도4를 사격하는 상순.
강도4, 정확히 가슴에 맞고 쓰러진다.

상순	내가 바뀔 거랬잖아. (급히 자리 뜨고)

S#69. 고려은행 종남지점 앞 (D)

혜주를 끌고 나오는 강도1. 뒤를 따르는 강도2, 3. 이때!

경환	(V.O) 손들어!

강도들, 보면! 옆쪽에서 총을 들고 다가오는 경환.
다른 쪽에서 호정도 다가온다.
강도들, 반사적으로 형사들에게 총을 겨누고.
밖으로 나오는 상순, 총을 겨누며 다가오고.

상순	총 내려놔! 우린 경찰이다.
강도1	(혜주 머리에 총을 대고) 가까이 오면 쏴버린다.
강도5	(멍하니 혜주를 보고)

강도1   (강도5에게) 넌 왜 가만 서 있어?! 빨리 움직여! 빨리!

           급히 다가가는 강도5, 혜주 향해 손목 끈을 잠시 보여준다.
           혜주, 보고 놀라고(S#28에서 영한에게 선물한 끈) 영한임을 직감한다.
           강도들 몰래 사격하지 말라는 손 사인 보내고 차에 타는 강도5,
           영한.
           영한의 사인을 인지하는 상순, 경환, 호정.

강도1   허튼짓들 하면 이 여잔 죽어. 알았어?

           혜주를 끌고 차 쪽으로 가는 강도1.
           엄호하며 강도1을 따라가는 강도2, 3.

경환   어떡합니까, 형님?
상순   미치겠네, 씨….

           차에 모두 타는 강도1, 2, 3, 혜주.
           영한, 잠시 갈등하다가 차 출발시킨다.
           차마 쏘지 못하고 바라보는 상순, 경환, 호정.
           상순, 재빨리 자리 뜨고. 경환, 호정, 따른다.

S#70. 달리는 강도들의 차 (D)

           복면을 벗는 강도1, 2, 3.
           묵묵히 운전하고 있는 영한. 그 옆 조수석에는 강도3.
           뒷자리 혜주를 가운데 놓고 양쪽으로 앉아 있는 강도1, 2.

강도3	서울로 오는 게 아니었습니다.
강도2	뭐 이 새끼야? 지금 소대장님께 항명하는 거야?
혜주	(돌아가는 분위기 살피고)
강도3	용천이가 죽었잖습니까?!
강도1	작전 중에 얼마든지 일어날 수 있는 일이야!
강도3	작전 중이 아니라 강도질 아닙니까!
강도2	닥쳐, 이 새끼야!
강도1	다들 입 닥쳐! 빨리 서울 못 벗어나면 우리 다 끝이야.

이때 사이렌 소리. 일동 뒤쪽을 보면!
저 뒤쪽에 상순, 경환, 호정이 탄 경찰차가 쫓아오고 있다.

S#71. 달리는 경찰차 안 (D)

운전하고 있는 경환. 그 옆에 상순. 뒷자리에 호정.

호정	도대체 어디로 가시는 거죠?
경환	그러게? 예상 도주로가 아닌 것 같은데?
상순	예상 도주로는커녕 사대문 안으로 가잖아, 지금?

이때 총소리와 함께 차 보닛에 총 자국 나고, 일동 놀란다.

S#72. 도로 (D)

차창 밖으로 상체를 빼고 뒤로 사격하는 강도2.

요리조리 총을 피해가는 경찰차.

상순	옆으로 빠져!
경환	우리도 쏘자구요.
호정	(총 들며) 사격 준비됐습니다.
상순	야, 인질이 있잖아. 옆으로 빠지라고!
경환	(핸들 확 꺾고)

S#73. 달리는 강도들 차 안 (D)

강도2	허깨비 같은 경찰새끼들. (웃고)
강도1	(미심쩍은 표정으로 영한에게) 이 길 맞는 거야?
영한	(고개 끄덕이고)
강도3	(영한에게) 근데 아까부터 왜 말이 없냐?
영한	(목이 아픈 듯 목을 매만지고)
혜주	(긴장해 바라보고)
강도3	갑자기 목이 왜?
영한	(콜록거리고)
강도2	(창밖 보고) 진짜 이 길 맞는 거야? 왜 사람들이 더 많아져?
강도1	(뭔가 이상하고) 복면 벗어봐.
혜주	(놀라고)
영한	(가만히 있고)
강도1	빨리 벗어봐, 이 새끼야! (이때)
혜주	(V.O) (찢어질 듯한 비명) 꺄아악!
영한	(놀라고)
혜주	(광인이 되고) 안 돼. 이렇게 죽을 순 없어. 안 돼-!!!!

강도2	이년 이거 왜 이래? 조용히 못 해?!
혜주	(정말 미친년처럼) 나 죽일 거 아냐… 나 죽일 거지?! (미친 듯 웃고) 꺄르르… 나 죽으면 우리 홀어머니도 죽고 나는 구천에서 떠돌고 제삿밥도 못 얻어먹고 꺄르르….
강도1	왜 이러는 거야, 도대체?!
강도2	겁이 나서 미친 거 같습니다.
영한	(룸미러로 계속 바라보고)
혜주	(양 총부리 잡고) 오라버니들 우리 같이 죽자, 응? 같이 죽어서 구천을 떠도는 거야. 남의 집 제삿밥이나 훔쳐 먹자구요, 오라버니들. 꺄르르!
강도1	(당황하고) 이거 놔. 뭐 하는 거야, 지금?!
혜주	죽여, 죽여, 죽여. 빨리 죽여! 까르르르르….
강도2	(당황하고) 이거 좀 놔!

계속 실랑이를 벌이는 혜주, 강도1, 2.

| 강도3 | (창밖 보고 소리 지르고) 이거 진짜 어디로 가는 거야?! |

강도3, 영한 복면 확- 벗기자 놀라고.

| 영한 | (얼굴 드러나고) 깜빵! |

영한, 아래에서 총을 꺼내 강도3의 허벅지를 쏜다.
피가 튀며 고통스러워하는 강도3.
놀라는 강도1, 2, 영한에게 덤벼들고!
혜주, 다급히 강도2의 팔을 세차게 문다.
휘청대며 심하게 요동치는 차.

강도1, 2와 난투를 벌이는 영한, 이때 앞을 보고 놀란다.

보면, 차창 밖으로 길 건너는 여자가 보이고.

놀라는 영한, 급브레이크를 밟는다!

S#74. 모처 (D)
========

급정거하며 전봇대에 박는 강도들의 차!

하얀 연기에 휩싸이는 보닛.

앞 유리로 튀어나온 강도3, 피투성이가 되어 기절한다.

INS ▶ 강도들 차 안. 피 흘리는 영한, 앞 좌석으로 튕겨 나온 혜주를 소중히 감싸안고 있고.

인상 쓰며 차에서 기어 나오는 강도1, 2.

영한, 아직 정신이 혼미한 채로 따라 나와 강도1을 때려눕힌다.

강도1	뇌, 이 새끼야! (다시 덤비려 하면)
유반장	(V.O) 야, 은행강도!
강도1	(놀라 보면)

수십 명의 경찰들이 총을 들고 뒤를 에워싸고 있다.

경찰들 속에 보이는 최서장, 종남서 형사들.

이곳은 다름 아닌 이정재와 이화룡의 회합 장소인 종남회관 앞이다.

영한, 얼빠진 강도1의 멱살을 놓고 일어서고.

빠르게 다가와 강도1을 체포하는 유반장과 경찰들.

이때 도착하는 경찰차.

상순, 경환, 호정도 얼른 내려서 체포를 돕고.

유반장   (돌아보고) 박형사, 괜찮아?

영한   네, 괜찮습니다. (차로 다가가고) 혜주씨, 괜찮아요?

혜주   (겨우 진정해 끄덕이고)

시간 경과 ▶ 2반 형사들, 강도들 무릎 꿇리고 총기 수거 및 상황 정리한다.

길가에 앉아 있는 영한과 혜주.

영한   (혜주 이마에 흐르는 피 보며) 혜주씨 피가… 괜찮아요, 진짜?

혜주   괜찮아요. 강도들 다 잡았잖아요. 저도 구해주시구요.

영한   (걱정스레) 근데 혜주씨 제정신으로 돌아온 거예요?

혜주   아 저 정말 미친 줄 아셨어요?

영한   아니었어요?

혜주   (아까 연기와 똑같이) 꺄르르… 이거요?

영한   (이제야 안도의 한숨)

상순   (다가오고) 형님, 천지신명한테 사건 좀 가려서 계시해달라고 전해주세요.

호정   아무나 프랭크 해머가 되는 게 아니었습니다. 미안해요, 프랭크 해머….

경환   총 말고 힘쓰는 거 하자구요. 그럼 제가 다 때려잡을 테니까.

유반장   (다가오며) 니들 내일 대문짝만하게 신문에 나겠다. 고생들 많았어.

영한   (저 앞쪽 보며) 신문은 딴 사람이 나겠는데요?

저쪽 보면, 유난 떨고 있는 최서장의 모습.

최서장   저것들 빨리 집어넣고, 이정재회장한테 전해. 지금 은행강도 처리하느라 잠시 철수한다고. 변반장은 기자들한테 연락하고.

상순	(보며) 지랄을 아주 거국적으로 하시네요.
영한	(혜주에게) 어서 병원부터 가요. 이마부터 치료해요.
혜주	저 지금 손이 떨려서 단거 먹고 싶어요. 치료는 먹고 나서요.
영한	아 그러면 할매 집에 찹쌀떡 먹으러 갈까요?
혜주	(영한의 팔짱 자연스럽게 끼며) 종남시장에 호랭이할매 집이요?
영한	(당황스럽고) 예. 거기요.
경환	근데 종남서림 아가씨는… 형님과 각별한… 그것인가요?
호정	(제발 아니길) 진짜요? 진짜 각별한….
영한	혜주씨 곤란하게 그런 소리 하지 마. 그냥 나 혼자 좋아하는 거니까.
혜주	(더 다정하게 팔 잡아끌며) 어서 가요. (가고)
호정	(울상) 각별 맞네….
상순	빨리 가자. 저 새끼들 꼬라지 보기 싫다.
유반장	사건 정리해야지 어딜 가?
영한	우리가 잡았으니까 정리는 반장님이 하세요. 수사반장이잖아요.

자리를 뜨는 영한과 혜주, 상순, 경환, 호정.
뿌듯하게 바라보는 유반장.
멀리 걸어가는 이들의 뒷모습.

S#75. 종남경찰서 서장실 안 (D)

유반장과 영한팀, 뒷짐 진 채 고개를 빳빳이 들고 서 있다.
이들을 향해 호통치는 최서장.

최서장	조무래기 강도들 잡았다고 우쭐대지 마! 너희들은 서장의 명령

에 불복종한 하극상 부하들이고, 처벌 대상이다. 알았나?

일동 (힘차게) 예.

최서장 하지만 나의 넓~은 아량으로 이번은 그냥 넘어가려 한다.

상순 청장님 표창 받아서 그러신 거 아닙니까?

영한 (버럭) 조용히 해, 김형사! 서장님의 인격을 뭘로 보고.

경환 포상금 받으신 건, 저희 좀 안 나눠주십니까?

최서장 (들켜서 당황) 누, 누가 포상금을 받았다고? 어디서 그런 헛소문을….

호정 맞다. 전쟁 고아들에게 전액 기부하신다는 소문을 들었습니다.

유반장 그래? 서형사, 기자들한테 바로 알려. 모두 박수!

일동 (격렬한 박수 후 주먹 쥐고 외친다) 서장님! 서장님! 서장님!

최서장 (미치겠고) 다들 나가!!

S#76. 종남경찰서 밖 (해 질 녘)

해 지는 거리를 바라보며 얘기 나누는 영한, 상순, 경환, 호정.

경환 나랏일 지루할 줄 알았는데 아주 그냥 전쟁통입니다.

호정 전 오늘도 악몽 꿨습니다. 프랭크 해머한테 혼나는 꿈….

상순 그래서. 둘 다 경찰 된 거 후회되냐?

경환 후회는 아니고, 생각보다 되다구요. 그치 호정아?

호정 예. 하루에도 몇 번씩 지릴 것 같았습니다. 큰형님도 그러셨습니까?

영한 나라고 별수 있냐? 그러니까, 몇 번 더 지린다 생각하고 그냥 해.

상순 그래, 그냥 지려. 내가 기저귀 채워줄게. 빳빳한 면으로다가.

일동 (웃고, 이때 멀리서)

호객꾼 (FT) 눈물 없이 볼 수 없는 개잡놈의 개과천선기. [돌아온 남자].

영한	(번쩍 놀라고) 맞다! 야, 나 먼저 간다. 퇴근해! (후다닥 가고)
상순	뭐 개잡놈만 들리면 사라져.

S#77. 단성사 극장 앞 (N)

[돌아온 남자] 극장 간판.
극장 앞으로 헐떡대며 뛰어오는 영한.
두리번거리지만 아무도 없다. 영한, 미치겠고… 이때!

혜주	(V.O) 꺄르르….
영한	(놀라 돌아보면)
혜주	(이마에 반창고 붙이고) 기다리다가 제정신을 잃었네요.
영한	죄송합니다.
혜주	누가 그러더라구요. 경찰을 만나려면 약속 시간은 포기하라구요.
영한	누가요?
혜주	있어요. 난실이라고.
영한	아 예… 그럼 용서해주시는 거라 믿고, 들어가시죠. (혜주 손 확 잡고)
혜주	(놀라고) 어머.
영한	누가 그러더라구요. 경찰이 차이지 않으려면 이렇게 손을 꽉 잡 으라고….
혜주	누가요?
영한	경환이가요.
혜주	아… 산돼… 그분, 여자랑 한 번도 안 사겨본 거 같은데….
영한	(웃으며 데리고 가고)
혜주	(손을 더 꽉 잡고 가고)

극장 안으로 들어가는 이들의 뒷모습.

S#78.　보육원 [에인절하우스] 반지하 창고 안 (D): 에필로그

작은 창문으로 겨우 햇빛이 들어오는 음침한 창고 안.
시멘트 바닥과 벽에는 온통 곰팡이가 피어 있고, 쩍쩍 금들이 가
있다.
문 열리는 소리와 함께 여자 구둣발 소리. 또각또각 안으로 들어
온다.
저쪽 바닥 한편에 깔린 넓은 이불 위. CA, 다가가면…
배냇저고리 차림의 아기 열 명이 누워 있다.
빠르게 다가가는 여자의 구둣발. 아기들 옆에 쪼그려 앉고.
한 아기의 코에 숨을 확인해보는 떨리는 여자의 손.
화들짝-! 놀라 떼어내는 여인의 손. 이내 황급히 자리를 뜬다.
파랗게 식어 있는 아기의 손에서…!

수사반장
1958

4회

노란
거북이

S#1.   에인절하우스 반지하 창고 안 (D)

작은 창문으로 겨우 햇빛이 들어오는 음침한 창고 안.
문 열리는 소리와 함께 여자 구둣발 소리. 또각또각 안으로 들어
온다.
저쪽 바닥 한편에 깔린 넓은 이불 위. CA, 다가가면…
배냇저고리 차림의 아기 열 명이 누워 있다.
빠르게 다가가는 여자의 구둣발. 아기들 옆에 쪼그려 앉고.
한 아기의 코에 숨을 확인해보는 떨리는 여자의 손.
화들짝-! 놀라 떼어내는 여인의 손. 이내 황급히 자리를 뜬다.
파랗게 식어 있는 아기의 손.

S#2.   호랭이떡집 안 (D)

새로 개발한 떡을 먹고 있는 영한.
옆에서 가만히 바라보는 호할매.

영한   (감탄) 음… 너무 맛있어요. 들어가자마자 살살 녹아.
호할매   괜안나?
영한   내일부터 바로 파세요. 떡 이름은 우리 할매 각시처럼 고우니까,
         각시떡!
호할매   (등판 톡 치며) 미쳤나, 문디자슥! (뿌듯하고)
영한   근데 저 녀석은 뭐 하는 거예요? (보면)

문밖에서 머리를 감싸고 한글 공부 중인 성칠. 뭔가 잘 안 풀리
고….

호할매	(V.O) 까막눈이라 글공부하는데, 혼자 하니까 잘 안 되는 갑다.
영한	공부할 거면 나한테 말을 하지, 자식이.
호할매	우찌해주고 싶은데, 내도 무식하고 가진 것도 엄꼬…. (마음 아프고)

영한, 가만히 바라보면 무언가 눈에 들어온다.
다 낡아 발이 훤하게 나온 성칠의 검정 고무신.
영한, 왠지 마음 짠하다.

종우母	(V.O) (절규) 제발 저희 애기 좀 찾아주세요!

S#3. 종남경찰서 수사반 안 (D)

유반장과 영한팀, 자리로 들어와 앉는다.
소리 나는 2반 쪽 쳐다보면.
종우母, 귀찮아하는 표정의 황형사에게 간절히 무언가를 얘기
중이다.

종우母	신고한 지 일주일이 지났는데 왜 아무 말씀이 없는 거예요?
황형사	저희가 인력이 부족해서요. 대신 다른 기관을 소개시켜드릴게요.
종우母	여기 경찰서잖아요. 경찰이 찾아주면 되지 무슨 다른 기관요?
황형사	저희 서는 중대 사건을 주로 다루기 때문에, (하는데)
종우母	(눈물 흘리며) 우리 아가… 고아처럼 팔려가서 앵벌이 하면 어떡해요? 우리 종우… 평생 부모 없이 살게 되는 거잖아요. (이때)
상순	(V.O) 애기엄마.
종우母	(상순 바라보면)
상순	(덤덤하게) 이쪽으로 오세요. 제가 도와드릴게요.

영한팀   (놀라고)

황형사   야 인마 건방지게. 지금 내가 처리하고 있잖아.

상순   뭘 처리해요? 다른 기관 보낸다면서. (종우母에게) 빨리 이리 오
                세요.

                잠시 시간 경과 ▶ 상순, 작성한 조서를 들고 종우母와 마주 앉아
                있다.
                상순 뒤에 서 있는 영한, 상순 양옆으로 앉아 있는 경환, 호정.

상순   (조서 읽고) 이름 김종우, 남아, 월령 5개월. 오후 3시경.

S#4.   종우의 집 안방 (D)

                방에 누워 꼬물거리는 종우 옆에 잠든 종우母.
                깊이 잠든 종우母의 얼굴.
                스르르 문이 열리고 들어오는 누군가의 검은 신발.
                잠시 후, 없어진 아가. 혼자 잠들어 있는 종우母.

상순   (V.O) "안방에서 엄마와 함께 잠든 사이 강보에 싸인 채 사라짐."
                간도 크네 이 자식… 어디 안방까지 들어와서.

S#5.   종남경찰서 수사반 안 (D)

영한   잠결에 무슨 소리 못 들으셨어요?

종우母   제가 몸에 짓무름이 생겨서 하루에 세 번 병원 약을 먹거든요.

근데 그걸 먹으면 잠이 깊이 들어서요.

상순 혹시 주변에 의심 가는 사람은 없어요?

종우母 없습니다.

상순 혹시 애기아버지는?

종우母 우리 아가 배 속에 있을 때… 결핵으로 세상을 떴습니다.

상순 아 예.

일동 (안타까워하고)

영한 강보째 사라졌다 그러던데… 강보에 특별한 점이 있나요?

INS ▶ 종우를 강보에 싸서 재우는 종우母. 노란색 거북이 자수
가 있다.

종우母 (V.O) 노란색 거북이요. 제가 직접 수놓은 거예요.

상순 (V.O) 혹시 신체적인 특이사항은요?

INS ▶ 꼬물거리는 아가의 손. 왼손 엄지가 두 개다.

종우母 (V.O) 왼손 엄지가 두 개예요.

영한 왼손이 육손이란 말씀이시죠?

종우母 예. 제가 변변치 못해서 건강하게 낳아주지도 못하고…. (흐느끼고)

경환 그런 말씀 하지 마세요. 어머니 탓 아니에요.

종우母 저희 종우 꼭 찾아주세요. 제 목숨보다 소중한 아이예요.

일동, 안타깝게 바라보고.

S#6. 종남서림 안 (N)
_____

INS ▶ 종남서림 외경.

탁자에 앉아서 얘기 나누는 영한, 혜주, 난실.

난실   무슨 일로 절 보자고 하셨어요?

영한   내가 보니까 말이지, 너 아주 똘똘한 게 선생님 아주 잘할 것 같아.

혜주   그럼요~ 우리 난실이가 얼마나 영민하고 야무진데요.

난실   전 선생님 아니라 형사 하고 싶은데요?

영한   그건 나중에. 너 고등학교 졸업하고.

난실   근데 무슨 선생님을 하라구요?

영한   너 종남시장 호랭이떡집에 오빠 한 명 있는 거 봤어?

난실   예 봤어요. 싸우는 것처럼 말하는 오빠요?

영한   어. 니가 그 오빠 한글 좀 가르쳐주라.

난실   (장난기) 그럼 두 분은 저한테 뭐 해주실 건데요?

혜주   우리 둘 다 해줘야 돼?

난실   그럼요. 둘이 얼레리꼴레리 사이잖아요.

영한/혜주   (서로 보고 어색하게 하하하 웃는다)

혜주   나는, 새로 나온 탐정소설 신간들 무조건 너한테 줄게.

영한   나는, 소도둑 잡는 법 가르쳐줄게.

난실   서울에 소가 어딨어요?

영한   난실아. 소도둑 잡는 법에 모~든 수사기법이 녹아 있단다.

난실   뭐 속는 셈 치고, 알았어요. 약속! (새끼손가락 내밀면)

영한, 혜주, 난실, 함께 새끼손가락 걸지만 막 엉키고.

이 위로, 천둥소리 들리고!

S#7.   에인절하우스 원장실 안 (N)

어두운 원장실 안 전경. 빗방울이 하나둘 창문을 두드린다.
뒤돌아 앉아 누군가와 통화 중인 오드리의 뒷모습.
오드리는 손에 예쁜 패션 장갑을 끼고 있다(※마지막 등장씬까지 착용).

오드리	(영) 약속된 날짜를 지키지 못해 죄송합니다. 다음엔 꼭 제대로 선별해서 보내드리겠습니다. 잔금은 그때 입금해주시면 됩니다.
스미스	(FT) (영) 원래 제가 받기로 했던 아이는 어떻게 되는 겁니까?
오드리	아 예. 저희가 이미 다른 좋은 곳으로 보냈습니다. (안경 추켜올리고)

S#8. 호악산 중턱 (N)

엷게 내리는 부슬비.
소대 군인들, 땅을 파 토치카(전투용 진지)를 만든다.
점점 거세지는 빗소리에 지휘관, 인상을 찌푸리며 하늘을 올려다본다.

지휘관	전원 작업 중단하고 부대로 복귀한다.
김기자	(사진 찍다 다가오며) 훈련 중단입니까?
지휘관	예. 지금 폭우 때문에 산사태 발생 가능성 있습니다.
김기자	내일 여기 '철벽훈련' 기사 내야 되는데요.
지휘관	더 이상 지체 못 합니다. 기자님도 같이 내려가시죠. (이때)
군인1	(V.O) 소대장님! 이것 좀 보십시오!
지휘관	(이동하고)

토치카 구덩이를 파던 군인1, 파랗게 질려 아래쪽을 보고 있다.

지휘관   (다가오며) 무슨 일이야?
군인1   (아래쪽 가리키며) 여기….

지휘관, 군인1이 가리키는 곳 보면.
흙더미 속에서 아기 왼손이 삐져나와 있다. 육손이다!

S#9.   호양경찰서 수사반 안 (N)

INS ▶ 현판이 붙은 [호양경찰서] 외경. 폭우가 내리고 있다.

조반장   (V.O) (놀란 목소리로) 예? 호악산에서요?

호양서 수사1반 조반장이 놀란 표정으로 군 관계자와 통화 중
이다.

조반장   예 알겠습니다. 지금 바로 가겠습니다. (전화 끊고) 미치겠네, 정말.

S#10.   수도육군병원 시체안치실 안 (N)

INS ▶ 폭우가 쏟아지는 [수도육군병원] 외경.
아가들의 시신을 검시하고 있는 박군의관.
주욱- 뉘어져 있는 열 구의 아가 시신. 사진을 찍는 김기자.

김기자	군사훈련 중에 이게 무슨 일이래요? 그것도 이렇게 어린 핏덩이들을….
박군의관	전쟁 때 집단 매장된 유골이 종종 있었지만 이런 경우는 처음입니다. 한 가지 더 걸리는 게 있다면, 이 아이들 전부 신체적으로….

이때 문을 열고 들이닥치는 호양서 조반장과 형사들.

박군의관	뭡니까?
조반장	(경찰증 보여주며) 호양서에서 나왔습니다. 이 애기들 시신, 전부 저희가 인계해가겠습니다. (김기자 보고 이상하고) 당신은 뭐야?
김기자	(급 거짓말) 군의관님 보조로 검시 촬영 중입니다.
조반장	카메라 내놔.
박군의관	(김기자의 장단에 맞춰 단호하게) 카메라와 사진은 엄연한 군 재산입니다. 필요하면 영장 갖고 오십시오.
조반장	영장은 됐고, 보안 유지나 해주십시오. (형사들에게) 빨리 옮겨.

S#11. 종남경찰서 수사반 안 (아침)

펼쳐져 있는 [한조일보] 신문의 머리기사.
[군부대 훈련 중 영아 시신 10구 발견, 무연고자로 사인 불분명]
모여서 신문을 내려다보고 있는 유반장과 영한팀.

상순	(기사 읽으며) "그중 한 명의 영아 시신은 왼손이 다지증인 상태로 발견됐으며…." 다지증이면 육손 말하는 거 맞지?
호정	(설마 하는 표정으로) 예 맞습니다.
경환	(놀라고) 맞다면… 종우 죽은 거잖아.

유반장	단정들 하지 마. 대한민국에 다지증인 아기가 한둘이겠냐?
상순	(뭔가 느낌이 좋지 않고)
영한	(심각하고, 이때)
종우母	(V.O) 형사님들….
일동	(보면)
종우母	(미친 듯이 다가오며) 신문 보셨어요? 우리 종우면 어떡해요?
상순	(달래며) 아직 종우라는 증거 없습니다. 저희가 조사해볼게요.
유반장	(모시고 가라는 듯 상순에게 사인)
상순	(종우母 데리고 가며) 일단 물 한잔 하시죠, 어머님.
영한	(종우母 멀어진 거 보고) 애기들 매장 사건 관할서가 어디야?
호정	호양섭니다.
유반장	호양서새끼들 믿으면 안 된다. 여기보다 더 썩었어.
영한	얼마나 썩었는지 냄새 좀 맡고 오겠습니다.

S#12. 호양경찰서 수사반 안 (D)

조반장과 얘기 나누는 영한팀.

영한	시신 매장을 허가해요?
조반장	고아원 애기들은 홍역 때문에 전부 사망했습니다. 의사 참관 아래, 사망 확인이 됐기에 우리가 고아원에, 호악산에 매장을 허가한 겁니다.
상순	뭘 마음대로 허가해?
조반장	어이. 사망 사실만 증명되면 우리가 매장을 허가할 수 있다고.
영한	인계해간 아가들 시신은 고아원 돌려줬어요?
조반장	당연히 그래야죠.

상순	(부글부글 끓고) 장례는요?
조반장	고아새끼들인데 무슨 장례까지. 다 화장했죠.
상순	고아들이 지푸라기냐? 맘대로 화장해버리면 어떻게 해!! (달려들고)
조반장	야 이 새끼야, 너 계급이 뭐야!!

조반장과 호양형사들, 우르르 달려들고. 실랑이 벌이는 영한팀.

S#13. 호양경찰서 정문 앞 (D)

엉망이 되어 나오는 영한팀. 상순이 가장 열 받아 있다.

상순	이거 분명해. 고아원에서 애기들 훔쳐서 잘못되니까 애들 화장한 거라고. 호양서새끼들은 뇌물 처먹고 모른 척하는 거고.
영한	(가만히 생각하고)
호정	고아원에서 애들을 왜 훔쳤을까요?
경환	그러니까요. 고아원은 애들 많잖아요.
상순	그건 잘 모르겠지만… 아무튼 나한테도 천지신명님의 울림이 왔다니까!
영한	(경환, 호정에게) 상순이랑 난 고아원에 가볼 테니까 너희들은 아가들 시신 담당했던 군의관 만나봐. 기사 쓴 기자도 만나보고.

S#14. 에인절하우스 원장실 안 (D)

INS ▶ [에인절하우스] 전경.

책상 위, [원장 오드리 고] 명패가 보인다.
도도하게 앉은 오드리 고(본명 고금자/여/50대 초), 세련된 양장 차림, 깡마른 체구, 히스테릭하고 표독스러운 인상에 버터플라이 안경을 쓰고 있다.
그 뒤로 각종 상들과 아이들과 찍은 사진들이 걸려 있고.
가장 큰 '자유당 여성동지회 사모님들'과 찍은 사진도 보인다.

영한   (V.O) 여기저기서 뭘 많이 하시네요?
오드리   (우아한 말투로) 아무래도 국내에 저 같은 전문가는 드무니까요. 그만큼 제가 해야 할 일이 많은 거죠.

서서 두리번거리며 이것저것 훑어보는 영한.
오드리와 마주 앉아 얘기 나누는 상순. 수첩과 펜을 들고 있다.

상순   애들 그렇게 파묻어둔 건 별로 전문적으로 안 보이시던데.
오드리   시신을 그냥 뒀으면 고아원 모든 아이들에게 전염됐을 겁니다.
상순   애들이 아파 죽으면 이런 식으로 매장하고 화장하는 거예요?
오드리   말씀을 불쾌하게 하시네요. 저희는 합법적인 절차에 따르고 있습니다.
영한   아기들의 경우 여기에 어떻게 들어오게 됩니까?
오드리   잘 아시지 않습니까? 버려진 아이들이 많다는 걸요.
상순   예전에야 전쟁통에 버려진 애들이 많았지. 요즘은 누가 애를 버려요?
오드리   (비웃는 표정, 발음 굴려) 차일드 웰페얼에 대해 정말 무지하군요.
상순   차일, 월 뭐요?
오드리   아동 복지를 말하는 겁니다. 미국에서는 매우 발전되어 있는 분야죠.

영한	(표창장 보고) 여긴 입양도 많이 시키는 모양입니다.
오드리	예. 세계 각국에서 불쌍한 아이들을 도우려는 분들이 많습니다.
상순	혹시 입양시키면 돈 받나요?
오드리	합법적인 절차에 따른 부수적인 비용은 받습니다.
상순	그런 거 말고 웃돈이나 급행료나 그런 거요?
오드리	(극대노) 지금 무슨 말씀하시는 겁니까?! 제가 아이를 가지고 장사를 한다는 말씀인가요? 정말 불쾌하군요. 당장 나가세요.
상순	그냥 몰라서 여쭤본 건데요.
오드리	이런 말까진 안 하려고 했는데, 저 자유당 여성동지회 총뭅니다. 동지회에는 자유당, 경무대 인사들의 사모님들이 계십니다. 그런데 그분들의 측근인 제가 그런 추잡한 짓을 한다구요?
상순	추잡한 짓을 한다는 게 아니라…. (하는데)
오드리	어디 경찰서라고 하셨죠? 당신들 상관에게 정식으로 항의하겠습니다.
상순	(하라면 하라는 듯) 종남경찰서 김상순입니다.
오드리	(적으며) 종남… 김.삼.순.
상순	삼순이가 아니라 상순!
영한	(오드리를 유심히 관찰하며) 저는 박영한입니다.

S#15. 수도육군병원 안 복도 (D)

INS ▶ [수도육군병원] 외경과 함께

경환	(V.O) 예? 전출요?

인사계 장교와 얘기 나누는 경환, 호정.

호정	언제 전출 가셨습니까?
장교	오늘 아침입니다.
호정	어디로 가셨습니까? 전출 사유는 뭡니까?
장교	그건 보안 사항이라 말씀드릴 수 없습니다.
경환	저희가 필요해서 그러니까 좀 말씀해주십시오.
장교	안 됩니다. 필요하시면 상부에 직접 정보 요청하십시오. (가고)
경환	(황당하고) 뭐 이렇게 갑자기 사라져?

S#16.　에인절하우스 건물 밖 마당 (D)

건물에서 나와 걸어가는 영한, 상순.

상순	아 내 말 맞다니까요. 애기들 훔쳐서 웃돈 받고 입양시킨 게 분명해. 입양 못 시킨 애기들은 처치 곤란이니까 다 죽인 거라구요.
영한	자유당 여성동지회 총무께서, 그런 짓 안 한다고 하시잖냐? (비웃고)
상순	붙어 있는 애들 사진 봤죠? 하나같이 똥 씹은 표정에 빼싹 곯았잖아. 이건 못 먹어서 그런 거야. 원장이 아주 고약한 인간이란 얘기지.
영한	(신기하고) 넌 어떻게 그렇게 잘 아냐?
상순	(덤덤하게) 어떻게 알긴요? 나도 고아였으니까 알지.
영한	(놀라고)
상순	뭘 그렇게 놀래요? 고아 첨 봐요?
영한	(괜히, 무언가 미안하고) 야 인마, 진작 말을 하지.
상순	뭘 또 자랑이라고 얘기해요? (그러다 어딘가에 시선을 멈추고)
영한	(따라서 보고)

마당 저 한구석에 쪼그려 앉아 울고 있는 영남(남/10). 이 위로,

상순   (V.O) 야, 누가 때렸냐?

영남   (올려다보면)

영한/상순   (서 있고)

상순   (영남 앞에 쪼그려 앉으며) 말해봐. 아저씨가 복수해줄게.

영남   아닙니다. 때린 사람 없습니다.

영한   근데 왜 울어?

상순   원래 안 맞아도 여깄으면 눈물 나고 그래요.

영한   (측은하게 상순 쳐다보고)

상순   (지갑에서 돈 꺼내주며) 자. 동생들이랑 공갈빵 사 먹어.

영남   괜찮습니다. (일어나 확- 뛰어가고)

상순   야! 받아가! 어우 저 자식 저거.

영한   어유 콩알만 한 게 자존심 엄청 세네.

상순   콩알만 해도, 팥알만 해도 자존심 있어요. (영남 따라가며) 야 일
       루 와!

영한   (상순을 바라보며 또 짠하고) 아이 자식이….

S#17. 한조일보 로비 (D)
———————————————————

       INS ▶ [한조일보] 외경과 함께.

경환   (V.O) 예? 사고요?

       김기자의 동료 봉기자와 얘기 나누는 황당한 표정의 경환, 호정.

호정	언제 사고를 당하셨습니까?
봉기자	오늘 아침에요.
경환	또 오늘 아침에요?

S#18.   한조일보 건물 앞 (D)

두리번거리며 길을 건너는 김기자.
검은 승용차가 와 그대로 받아버리고.

봉기자	(V.O) 출근길 건널목에서 차에 치였어요.
호정	(V.O) 상태는요?

S#19.   다시 한조일보 로비 (D)

봉기자	현재 의식불명 상탠데 의사 말로는 거의 가망이 없다고 하네요.
경환/호정	(황당해 헛웃음 나오고)

S#20.   종남경찰서 회의실 안 (D)

회의실에 모여 앉은 영한, 경환, 호정. 상순은 일어나 있다.

영한	군의관은 전출돼 사라졌고, 기자는 차에 치여 의식불명이고….
상순	원장이 어떻게 한 게 분명해요!
경환	원장이 무슨 힘이 있어서요?

상순	자유당 여성동지회 총무시란다. 오드리인지 오돌뼈인지 아후….
유반장	(V.O) 지금 누구라 그랬어?
일동	(바라보면)
유반장	(놀란 표정으로 들어와 서 있고)
상순	오드리요. 오드리 고.
유반장	혹시 에인절하우스의 오드리원장?
영한	예. 아는 사람이세요?
유반장	(천천히 앉으며) 언제까지 조용히 사나 했다.
호정	어떻게 아시는 분입니까?
유반장	내가 반민특위에서 의원님들 모시고 수사하면서.
상순	와~ 반장님 특경대 출신이셨어요?
유반장	어. 내가 걸어 다니는 친일파 사전이었거든. 오드리 고 좋아하네. 본명 고금자. 지독한 친일파야.
호정	자세히 얘기 좀 해주세요.
유반장	일정 때 '신조선호국단'이라고 친일 단체가 있었어. 고금자도 거기 소속이었고.
상순	어쩐지 관상이 딱- 매국노 관상이더라.
유반장	그리고 여기서 '신광학원'이란 곳을 운영했어. 고아원 같은 곳이야. 그런데,

INS ▶ 흑백 사진_강당 단상 뒤에 붙은 일본 제국기와 [內鮮一體(내선일체)] 현수막.
단상에서 광적으로 아이들을 선동하는 오드리의 모습이 여러 컷으로!

유반장	(V.O) 고아 아닌 애들도 막 잡아갔어. 그리고 갖은 말로 세뇌시켜서 그 어린 것들을 전쟁터로 보냈지. 뒤로 일본 정부의 엄청난

돈을 받고.

S#21. 종남경찰서 회의실 안 (D)

상순 그럼 옛날에도 애들을 팔아먹은 거네.

유반장 그렇지. 아마 그 개버릇 남 못 주고 지금도 그러고 있을지 몰라.

경환 그러면 진짜 입양으로 애들을 팔아먹는다고요?

유반장 나라도 팔아먹는 인간이 애들이라고 못 팔아먹을라고?

영한 오드리란 이름은 뭐예요?

유반장 반민특위 해산되고 고금자가 보란 듯이 미국으로 튀었어. 그리고 학원지 뭔지 받아와서 이름도 바꾸고 고아원 원장이 된 거야.

영한 만약 오드리가 애기를 훔쳤다고 치면 직접 하진 않았을 텐데?

호정 그럼 직원들 짓 아닐까요?

유반장 아니. 그 인간 주도면밀해서 분명히 자길 모르는 사람들을 썼을 거야.

영한 일단 실종 시점부터 다시 시작하자. 상순이랑 나는 종우네부터 시작할 테니까 너희 둘은 종남구 외 다른 관할에 실종 아가들 없는지 알아봐.

경환/호정 예.

유반장 나는 뭐 할 일 없겠냐?

영한 반장님은 군의관 어디로 전출됐는지 한번 알아봐주세요.

경환 저희가 이미 찾았는데요.

상순 말 안 해줬다면서?

호정 알아냈습니다. 말씀드리려고 했는데 친일파 얘기에 빠져서….

유반장 어디로 갔대?

경환 모랑도요.

유반장	모랑도? 거기가 어디야?
호정	해남 근처에 있는 작은 섬이랍니다. 거기 보건소로 갔대요.
영한	아주 그냥 땅끝까지 보냈네. 근데 어떻게 알아냈어?
경환	아 그게요. (씩 웃고)

S#22. 수도육군병원 빈 병실 안 (D)

호정, 문틈으로 바깥쪽 망을 보고 있다.
경환, 인사계 장교를 침대 시트와 함께 이불 접듯 반으로 접는다.
뻣뻣한 몸이 접힐 때마다 장교의 괴로운 비명 소리도 점차 커진다.

경환	(V.O) 같은 나랏일 하는 사람으로서, 진심으로 설득했습니다.

S#23. 종남경찰서 회의실 안 (D)

경환	정말 온 마음을 다해서요.
영한	정말 온 마음이지? 온몸을 쓴 건 아니지?
경환	아이 그럼요. 세상이 어떤 세상인데.
유반장	막내야.
호정	예 반장님.
유반장	니가 가라, 모랑도.
호정	예? (울상) 저 뱃멀미 심한데….
영한	구구단 외면 멀미 하나도 안 나. 내 말대로 해봐.
호정	(더 울상) 예.
영한	경환이는 다른 실종 아가 부모들 찾아가보고.

이때 쾅! 문 열리는 소리. 일동, 놀라 보면!

최서장   박영한, 김삼순! 에인절하우스엔 왜 간 거야?!
유반장   (영한에게 작게) 내가 욕받이 할 테니까. 빨리들 흩어져.

S#24.   종우의 집 안방 (D)

앉아서 얘기 나누는 영한, 상순, 눈물 흘리는 종우母.

영한   혹시 그날, 이 집을 오간 사람은 없었습니까?
종우母   없었어요. 그날은 이 집에 저희 둘밖에 없었어요.
영한   그럼 다른 날은요?
종우母   다른 날엔… 연탄배달아저씨, 석간신문배달, 미제화장품아주머
         니, 넝마주이… 그리고 변소 푸는 아저씨 정도요.

주위를 둘러보는 영한. 그때 어딘가에 시선 꽂힌다.
화장대 위에 있는 몇 가지 화장품들. 전부 다 '라부론화장품'이다.

S#25.   종우의 집 근처 골목 (D)

한옥으로 가득한 어느 주택가 골목 안.
걸어가며 얘기 나누는 영한, 상순.

상순   (가다 서고) 아기 납치범, 생판 모르는 놈은 아닌 거 같은데.
영한   안방까지 들어와서 아기를 훔쳤으니까 당연히 아니겠지.

INS ▶ 아기를 안고 골목을 빠져나가는 검은 사내의 뒷모습. 이 위로,

영한   (V.O) 아기를 들고 이 좁은 골목을 5분 정도 걸어 나가야 돼. 이 건 분명 히 이 집과 이 골목을 진짜 잘 아는 놈이어야지.

상순   그리고 또 하나 이상한 게, 아기를 안고 5분을 걸어 나갔으면 누구든 보게 되어 있거든요. 근데 본 사람이 아무도 없어.

INS ▶ 아기를 가방에 넣고 닫는 검은 장갑을 낀 손. 이 위로,

영한   (V.O) 그렇다면 안 보이게 어디 넣어서 납치해간 거지. 아까 정기적으로 온다는 사람들이 누구였지?

상순   (빠르게) 연탄배달, 석간신문배달, 미제화장품아주머니, 넝마주이, 똥 푸는 아저씨요.

S#26. VISION

[1] 연탄가게 앞 (D)

연탄배달부(남/50대)에게 뭔가 물어보는 상순, 영한.

연탄배달부, 고개를 가로젓고.

[2] 밀수 미제 물품들이 있는 작은 창고 앞 (D)

미제아줌마(여/40대 초)에게 뭔가 물어보는 상순, 영한.

미제아줌마, 고개를 가로젓고. 옆에는 작은 화장품용 캐리어가 있다.

[3] 폐지 더미 앞 (D)

넝마주이(남/60대)에게 뭔가 물어보는 상순, 영한.

넝마주이, 고개를 가로젓고.

[4] 한조일보 대리점 앞 (D)

신문배달부(남/10대)에게 뭔가 물어보는 상순, 영한.

신문배달부, 고개를 가로젓고.

[5] 어느 집 변소 앞 (D)

똥지게를 짊어 든 똥 푸는 아저씨(남/40대)에게 코를 틀어막고 물어보는 상순, 영한.

똥 푸는 아저씨, 고개를 가로젓고.

S#27. 종남서림 안 (D)

혜주, 책 정리하다가 탁자 쪽을 보고 미소 짓는다.

탁자에 앉아 성칠에게 한글을 가르치는 난실.

난실	'않는다'는 안이 아니라 니은 히읗을 써야 돼요.
성칠	기냥 이렇게 쓰면 안 되나?
난실	안 돼요. 맞춤법이 한글의 생명이라구요.
성칠	그놈의 생명, 모가지를 확 분질러버릴까 보다.
난실	(성칠 손을 연필로 팍 때리고) 또 못된 말.

이때, 유리 두드리는 소리. 성칠과 난실 보면!

손에 종이에 싼 무언가를 들고 유리를 두드린 영한. 성칠에게 나오란 손짓.

S#28. 종남서림 밖 (D)
———

잠시 시간 경과 ▶ 성칠과 얘기 나누는 영한.

성칠   이 은혜를 으째 갚아야 할지 모르겠소.

영한   나 말고 저기 저 안에 선생님한테 갚아.

성칠   고맙소, 행님. 내 까막눈 면하게 해줘서.

영한   공부 열심히 하고, 큰사람 돼서 할머니 모셔. 알았어?

성칠   예… 내 성님처럼 용감하고 큰사람 될 기요. (먹먹하고)

영한   그리고 이거 받아.

성칠   (받으며) 뭡니까? (풀어보면)

포장 안에서 하얀 새 고무신이 나온다.

영한   새거 신고 일해. 시장통에서 일하는 놈이 발이 성해야지.

성칠   (울컥하고) 행님….

영한   간다. 빨리 들어가 공부해. (가고)

성칠   (눈물 나오고) 정말 고맙소, 행님!

S#29. 종남시장 채소가게 앞 (D)
———

살모사와 백사, 채소들을 발로 차고 기물들을 때려 부순다.
겁에 질린 채소집주인(금옥父)과 금옥母. 금옥母는 금옥이를 감싸고 있고.

이때 채소가게 앞으로 다가오는 책 봇짐과 고무신 포장을 든 성칠.

금옥父   (살모사 바짓가랑이 잡고) 제발 그만하십쇼!
살모사   그니까 자릿세를 내고 장사를 하라고, 이 도둑놈새끼야! (주먹 날리고)

금옥父, 살모사의 주먹을 퍽 맞고 나동그라진다!

성칠   아즈바이!! (종이에 고무신 들고, 달려가 일으키고)
살모사   (코웃음) 뭐래냐, 아즈바이? 너 빨갱이새끼냐?
성칠   (의기 훅 솟구치고, 속사포로 와다다) 쌍깐나새끼, 부꾸럽지도 않니?! 혼자는 힘도 못 쓰는 놈이 아새끼 줄줄이 데리고 헛가다 부리니?!
살모사   (당황) 이 애새끼가 미쳤나?
성칠   (비아냥) 살모사라 해서 똥땜 있구나 했더니 대갈통만 삼각형이구나야.
구경꾼들   풉… 푸하하하! (폭소하고)
살모사   (모욕감에 악쓰고) 닥쳐, 이 개새끼가!!

허리춤에서 칼을 빼 드는 살모사.
성칠, 고무신 한편에 던져놓고, 도마 위에 놓인 칼을 집어 든다.

성칠   야 이 삼각 대가리야. 내 니 앞상때기에 칼집 함 내줄까?
살모사   이 새끼, (하고 달려들려 하자)
백사   (말리며) 회장님 귀에 들어가면 곤란해지십니다. 일단 그냥 가시죠.

어금니 꽈악 무는 살모사, 성칠을 죽일 듯이 노려보고.

S#30. 대폿집 안 (N)

둘러앉아 술을 마시고 있는 영한, 상순, 경환.
상순, 오늘도 순남을 안고 취기가 올라 있다.

경환   (취해) 이제 형님 고아 아닙니다. 우리가 있지 않습니까?

상순   참, 내가 얘기 안 한 게 하나 있다.

영한   뭔데?

상순   내가 형이 있었거든. 하나밖에 없는 친형.

경환   형이 있었어요?

상순   어. 아버지 엄마 병으로 죽고 형이랑 나 10년을 고아원에서 살았거든. 근데, 8년 전에 깡패들한테 맞아 죽었어.

영한/경환   (놀라고)

상순   근데 왜 죽은 줄 알아? 우리 형이 냉면배달을 했는데 어느 날 깡패새끼들 집을 간 거야. 근데 이 새끼들이 돈을 안 주네? (허망한 듯 픽 웃고) 그거 끝까지 받아낼라다 맞아 죽었다니까.

경환   (분노) 이런 미친 깡패새끼들.

영한   (마음 아프게 바라보고)

상순   그래서 내가 경찰이 된 거야. 깡패새끼들 다 때려 죽일라고. (푹 술상에 머리 박고)

영한   (애잔하게 바라보고)

경환   호정이 오면 바로 말해줘야겠습니다.

영한   맞다, 호정이… 잘 가고 있으려나? (이 위로)

호정   (V.O) 우웨엑!!

S#31. 바다 위 (N)

통통배 난간에 붙어 연신 토해대는 호정. 거의 맛이 간 상태다.

호정   (이 와중에서도) 6, 1은 6. 6, 2 12. 6, 3 18. 6, 4 24… (우웩)

S#32. 에인절하우스 원장실 안 (아침)

INS ▶ 에인절하우스 외경과 함께,

오드리   (V.O) 지금 무슨 짓을 하는 겁니까?

나란히 무릎 꿇은 채 앉아 있는 영한, 상순.
자리에 앉아 도도하게 바라보는 오드리.
그 옆에 심복인 비서 김윤철(남/30대 초)이 양복을 입고 서 있다.
벽에는 [사랑의 매] 팻말과 함께 드럼 스틱 굵기의 작대기 하나
가 걸려 있고.

영한   서장님 명령입니다. 원장님께 석고대죄 하라구요.
상순   그리고 하루 종일 고아원에서 성심성의껏 봉사하라고 명령하셨
           습니다.
영한   귀하신 분을 몰라뵙고 경거망동해 죄송합니다. (고개 조아리고)
상순   죄송합니다. 죽여주십시오. (고개 조아리고)
오드리   (갑자기 우월감 뿜뿜) 고개들 드세요.
영한/상순   (고개 들면 눈물 맺혀 있고)
오드리   진작 이랬으면 얼마나 좋아. (발음 굴려서) 해피 투게덜.
영한   저기 저 사랑의 매로 저희에게 벌을 내려주십쇼!
상순   예. 주시는 벌 달게 받겠습니다!

오드리	(회초리 집으며) 그렇다면 대표로 (상순에게) 김삼순형사 일어나봐요.
상순	예?
오드리	허벅지까지 바지 내리세요.
영한	어서 내려.
상순	엉덩이까지만 내리면 안 되나요?
오드리	상관 말 못 들었어요? 어서!

S#33. 다른 실종 아가의 집 안방 (아침)

울며 얘기하는 아가의 부모. 그 얘기를 듣는 경환.

아가母	이이는 출근하고 아가를 보는 중이었어요.
아가父	제 가게가 바로 요 앞이라 점심땐 이 사람이 도시락을 갖다줍니다. 아기를 잠시 놔두구요.
아가母	그날도 도시락을 갖다줬는데 그사이에…. (흐느끼고)

경환, 한숨 내쉬고 둘러보면 눈에 들어오는 무언가. '라부론화장품'들.

S#34. 에인절하우스 복도 (아침)

대걸레로 바닥을 닦는 영한과 상순. 상순, 허벅지를 매만지고 있다.

영한	고생했다. 니 덕분에 우리 작전이 순조롭게 시작됐어.
상순	작전 두 번만 했다간 뼈다구 내려앉겠어요. 아줌마 손힘 무지 세….

이때 어느 방 안에서 나오는 윤선생. 윤선생을 따라 나오는 십여
명의 아이들. 윤선생, 상순과 영한을 힐끗 보고 지나쳐간다.
이를 바라보는 상순, 영한.
줄 맨 끝에 서서 따라가는 철수(남/9).

영한   (작게) 꼬마야. 어디 가니?
철수   예방접종 하러요.
상순   양호실?
철수   아뇨. 대진의원요.

이때 영남이 다가와 경계하는 눈빛으로 영한과 상순을 보며 철
수 데려간다.

상순   아우 저놈의 자식, 나 어릴 때랑 눈깔이 똑같네.
영한   (상순에게) 가보자.

S#35. 에인절하우스 쓰레기장 (D)

쓰레기 더미를 뒤지는 영한. 소각용 드럼통을 뒤지는 상순.

영한   (숨차고) 뭐가 이렇게도 안 나오냐?
상순   나오긴 많이 나오잖아요. 쓰레기들.
영한   넌 저쪽 드럼통 한번 뒤져봐.
상순   (드럼통으로 다가가) 뭘 이렇게 태웠대? (뒤적이고)
영한   (열심히 찾고)
상순   (찾다가) 어?!

영한	(고개 돌려 바라보면)

상순, 불에 타다 만 천을 하나 꺼낸다. 영한, 뭔가 싶어 다가가면,
천을 펴서 영한에게 보여주는 상순. 영한, 멍하니 받아 들고 보면,
불에 타다 조금만 남은 강보. 거북이 자수가 있다.

상순	맞죠? (심각해지고)

영한, 마음이 내려앉고….

S#36. 종우의 집 마당 (D)

이하 슬로우 ▶ 타다 만 강보를 부여잡고 통곡하는 종우母.
침통하게 바라보는 영한, 상순. 이 장면들 흐르며,

영한	(V.O) 저희가 좀 더 빨리 찾았어야 했는데… 죄송합니다….
종우母	범인 꼭 잡아주세요… 더는 불쌍한 아가들이 생기지 않게 해주세요….

S#37. 종남경찰서 회의실 안 (D)

심각하게 회의하는 영한, 상순, 경환, 유반장.
한편에는 칠판 위에 쓰인 사건 기록들이 있다.
탁자 위에는 타다 만 거북이 자수가 놓여 있고.

경환	이 정도면 증거 충분하니까 바로 집어넣어도 되잖습니까?
유반장	이걸론 택도 없어. 지들이 만든 거라고 하면 어떡할 건데?
상순	그전에 우리 서장이 먼저 태워버릴걸.
영한	우리가 뭔 짓을 하든 자유당 동지회 끼고 빠져나갈 거야. (경환에게) 실종 부모들 조사한 건?
경환	아 예. 실종된 두 아가 부모들 다 만나봤는데요. 요게 이상한 게 두 가지 있습니다.
일동	(바라보고)
경환	(일어나 기록이 적힌 칠판 앞에 서서 설명) 한 집은 애엄마가 남편 점심 도시락 갖다줄 때 애가 없어졌구요. 한 집은 애엄마가 식당 주인인데, 저녁 장사 전에 은행에 잔돈 바꾸러 간 사이에 애가 없어졌답니다.
영한	그럼 정해진 일과를 알고 있다는 건데?
상순	(일어나 칠판 메모 앞에) 종우엄마 약 먹는 것도 아는 거면… 맞네.
유반장	고급자가 전문가를 고용한 거야. 소도둑 같은 인간을!
영한	나머지 하나 이상한 건?
경환	요건 좀 별거 아닌 것 같은데, 집집마다 라부론화장품이 있더라구요?
유반장	라부론? 우리나라 화장품이야?
경환	아닙니다. 밀수 미제화장품인데 우리나라 것처럼 딱지 붙여서 파는 겁니다.
영한	라부론화장품…. (뭔가 번뜩)

INS ▶ 종우母의 집에 있는 '라부론화장품'들.

상순	잠깐, (칠판 앞 종우母 기록 아래 쓰여진 라부론화장품) 요기!
경환	(칠판 보고) 어? 거기도!

영한	김형사, 종우엄마 집에 자주 오던 사람들 누구누구랬지?
상순	연탄배달, 석간신문배달, 미제아줌마, 넝마, (하다가) 미제아줌마!

INS ▶ S#26-2. 고개를 가로젓는 미제아줌마, 장말순.

경환	만약에 미제아줌마라면 아기를 어디다 넣을까요?
영한	(알았다) 미제아줌마들은 구루마 끌고 다녀.

S#38. 밀수 미제 작은 창고 앞 (N)

밖으로 나오는 미제아줌마 장말순. 어디론가 급히 간다.
건너편에서 신문을 보며 말순을 바라보는 상순.

S#39. 어느 거리 (N)

빠르게 어디론가 걸어가는 말순. 말순을 뒤따라가는 상순.

S#40. 허름한 어느 가정집 앞 (N)

집 앞에 서 있는 껄렁한 남자. 말순이 다가가자 문을 열어준다.
안으로 들어가는 말순. 뒤에서 이를 바라보는 상순과 경환.

S#41. 도박장 가정집 밖 (N)

바깥 창문으로 보이는 내부. 마루에는 도박판이 벌어져 있다.
두세 명씩 한 조를 이뤄 대여섯 팀이 도박에 빠져 있다.
열을 올리며 도박에 열중하는 말순. 다 잃고 마구 화내고!
창문으로 몰래 안을 들여다보는 상순, 경환.

S#42. 도박장 가정집 안 (N)

도박 중인 사람들. 이때 밖에서 들리는 실랑이.
도박장 대빵 똥파리, 뭔가 싶고.
쾅-! 문이 열며 안으로 들어오는 영한, 상순, 경환.

영한	편히 패들 보시고. 여기 책임자님, 잠깐 얘기 좀 합시다.
경환	우리 싸우러 온 거 아닙니다~
똥파리	뭐야, 이 새끼들아?
상순	(경찰증 보여주며) 여기 대빵 되십니까?

대빵 똥파리, 바로 튀고. 도박꾼들과 말순도 같이 튄다.
영한, 튀게 놔두라는 눈짓.

상순	(눈짓 받고) 아이구~ 못 잡겠다. (일부러 말순 도망가게 하고)

뛰어나가는 똥파리, 다리를 걸어 넘어트리는 경환.
콰당! 얼굴을 찧으며 넘어지는 똥파리.
잠시 후, 한쪽 볼에 멍이 들어 무릎 꿇고 있는 똥파리.

영한	왜 도망가고 그래? 잠깐 얘기만 하자 그랬잖아.
똥파리	도박장 뒤집으시는 줄 알고….
상순	좀 전에 토낀 미제아줌마, 여기 단골이지?
똥파리	예. 그렇습니다.
영한	엄청 잃은 것 같던데, 너한테 얼마나 빚졌어?
똥파리	대충… 20만 환?
영한	니가 해줘야 될 게 하나 있다.

S#43. 말순의 집 앞 (N)

집 앞에서 말순을 기다리고 있는 똥파리.

말순	(난처한 표정으로 나오며) 집까지 찾아오면 어떻게?
똥파리	잔말 말고. 내일까지 20만 환 다 갚아. 이자까지 35만 환!
말순	무슨 소리야? 다음 달까지라 그랬잖아?
똥파리	경찰들 쳐들어와서 접어야 된다고.
말순	내일까진 못 갚아!
똥파리	안 갚기만 해. 남편한테 다 꼬발를 테니까. (가고)
말순	(난감하고, 이 위로)
호정	(V.O) 형님~!

S#44. 종남경찰서 수사반 안 (N)

놀란 표정으로 바라보는 영한, 상순, 경환.
완전 폐인 되어 돌아온 호정.

유반장, 놀라며 영한 옆으로 다가오고.

유반장	쟤 어디 팔려 갔다 왔냐?
상순	나는 안 팔았어요.
호정	(멍하게) 구구단을 외워도 토하고, 근의 공식을 외워도 토하고….
영한	군의관은 만났어?
호정	예….

S#45. 모랑도 보건소 안 (D): 회상

앉아서 얘기 나누는 박군의관과 수첩에 기록 중인 호정.

박군의관	정확하게 홍역으로 죽은 아이들은 아니었습니다. 구토의 흔적은 있었지만 발진은 전혀 없었으니까요.
호정	그럼 사인이 뭡니까?
박군의관	부검을 안 해서 모르겠지만, 홍역이 아닌 건 분명합니다.
호정	기사에서는 한 아기가 다지증이라고 하던데요?
박군의관	예. 다지증 아기뿐만 아니라 두 명의 아기가 외부적으로 장애가 확인됐습니다. 하체 상태를 볼 때 두 아이 다 소아마비로 추정됩니다.
호정	나머지 일곱 아기들은요?
박군의관	발달 상황이나 여타 상황을 봐서는 장애아일 가능성이 높습니다.
호정	그럼 전부 다 장애가 있는 아기들이란 말이네요?
박군의관	예. 아 그리고 모든 아기한테서 예방접종 흔적이 있었습니다.
호정	고아원에서 예방접종을 하나요?

S#46.   다시 수사반 안 (N)

잠시 시간 경과 ▶ 앉아서 얘기 중인 영한팀과 유반장. 호정, 감자를 먹고 있다.

상순   아니. 어느 병원에서 한다 그랬는데? 어디였더라?
영한   대진의원.

         INS ▶ S#34.
철수   아뇨. 대진의원요.

경환   대진의원⋯ (뭔가 생각난 듯) 호양사거리 있는 겁니다.
호정   종합해보면, 훔친 아이들 중에 장애 아가들이 있었고, 입양시키기 힘드니까 다 그렇게 처리한 것 같습니다.
유반장   일단 미제아줌마부터 엮어!

S#47.   말순의 집 앞 (D)

문밖을 나와 출근하는 말순.
이를 멀리서 바라보는 호정.

영한   (V.O) 판 깔아뒀습니다. 빚에 쪼들려서 곧 일 저지를 거예요.

S#48.   밀수 미제 작은 창고 앞 (D)

캐리어를 들고 나오는 말순.
이를 멀리서 바라보는 경환.

영한   (V.O) 제발 우리 덫에 걸리길 바래야지.

S#49.   어느 주택가 골목 (D)

주위를 둘러보며 골목 안으로 들어가는 말순.
이를 지켜보는 영한과 호정.

S#50.   어느 집 마당 (D)

캐리어를 끌고 조용히 집 안으로 들어오는 말순.
건너편 집 담 너머에서 이 광경을 빼꼼히 바라보는 호정.

말순   (작게) 승목엄마. 승목엄마… 아무도 없나 부네?

두리번거리다 안방으로 들어가려는 말순.
호정, 계속 바라보고 있고…
들어가려다 서는 말순. 갈등에 빠진다.
아무래도 안 되겠는지 돌아서 나가려 한다.
숨을 죽이고 바라보는 호정.
나가다 멈추는 말순, 심호흡하고 다시 방 안으로 들어간다.
이를 바라보는 호정.

S#51. 어느 골목 (D)

불안한 표정으로 캐리어를 끌고 가는 말순.
이 뒤를 조용히 멀리서 따르는 영한.

S#52. 어느 집 마당 (D)

안방에서 울부짖으며 나오는 승목엄마.

승목엄마 승목아! 승목아! 우리 승목이 어디 갔어?

이때 얼른 들어오는 호정.

승목엄마 (놀라며) 누구세요?
호정 (경찰증 보여주며) 경찰입니다. 아기 있는 곳은 저희가 아니까 안심하십시오.

S#53. 어느 후미진 뒷골목 (D)

가다가 서는 말순. 주위를 둘러보고.
저기 벽 뒤에서 이를 지켜보는 영한, 경환, 상순.
이때 멀리서 선글라스를 쓰고 머리에 스카프를 칭칭 두른 여자가 다가온다.
바라보는 상순, 영한, 경환.
스카프 여자, 말순의 캐리어 옆 주머니에 돈 봉투를 꽂는다.

말순, 캐리어를 열고 아기를 꺼내 스카프 여자에게 건네는 순간!

영한   (V.O) 잡아!!

스카프 여자, 놀라서 아기를 말순에게 두고 도망간다.
이를 쫓는 영한, 경환, 상순.
아이를 안고 어영부영 도망가는 말순, 콱 붙잡혀 돌아보면. 호정
이고.
일각 ▶ 스카프 여자를 맹렬히 쫓아가는 경환, 상순, 영한.
스카프 여자, 좁은 골목을 나가 코너를 돌아 큰길로 사라진다.
쫓아가는 경환, 상순, 영한, 코너를 돌자,
검은 승용차 조수석에 타는 스카프 여자.
부웅 출발하는 검은 승용차.
영한, 상순, 경환, 죽어라 쫓아가지만 소용없고.

영한   차 남바 봤냐?
일동   (고개 가로젓고) 아뇨, 안 달려 있었어요.
영한   (미치겠고)

S#54. 종남경찰서 취조실 안 (D)

겁에 질린 말순. 이를 취조하는 영한과 상순.

말순   전 정말 모르는 사람들이에요….
상순   모르는 사람인데 애를 훔쳐다 줘?
말순   그게… 도박장에서 자기 말만 들으면 돈을 준다고 해서….

영한	도박장 누구?
말순	가끔 오는 젊은 청년이 하나 있어요.

S#55. 도박장 안 (N)

서서 말순에게 뭔가를 말하는 청년의 뒷모습.
이를 집중해 듣고 있는 말순. 이 위로,

말순	(V.O) 도박을 안 하길래 꽁짓돈 대는 사람인 줄 알았는데 그 사람이 일을 시키더라구요. 자기 말만 잘 들으면 도박빚 갚아준다고.

S#56. 다시 종남경찰서 취조실 안 (D)

영한	서로 연락은 어떻게 하는 거야?
말순	사거리 꽃다방에 쪽지를 남기면 그걸 보고 연락을 주고받아요.
상순	그 청년하고 스카프 여자, 이름도 직업도 몰라?
말순	예.
상순	이거 다 거짓말이면 아줌마 깜방에서 30년 썩는 거야.
말순	전 진짜 몰라요, 형사님. 정말루요!

S#57. 대진의원 원장실 안 (D)

INS ▶ [대진의원] 외경과 함께.

원장	(V.O) 예, 맞습니다.

원장과 얘기 나누는 경환과 호정.

원장	에인절하우스와 저희는 의료 협약을 맺은 상탭니다.
호정	혹시 그러면 에인절하우스 예방접종 받은 아이들 의료기록 좀 볼 수 있을까요? 12개월 이하 영아들로요.
원장	영아들은 다른 선생님이 전담하고 있는데요.
경환	원장님 말고 다른 의사 선생님이 또 계시나요?

S#58. 대진의원 진료실 안 (D)

진료 중인 이선생. 이때 노크와 함께 안으로 들어가는 호정, 경환.

호정	실례합니다. (경찰증 보이며) 경찰입니다.
이선생	(얼어붙고) 아 예. 무슨 일로…?
경환	에인절하우스 영아 예방접종 건으로, (하는데)

말 끝나기 무섭게 바로 뒤 창문으로 도망치는 이선생.
하지만 창문이 작아 몸에 끼고. 이때,
경환, 이선생의 뒷덜미를 확- 낚아챈다.

S#59. 종남경찰서 취조실 안 (D)

고개 숙이고 있는 이선생을 취조하는 영한, 경환, 상순, 호정.

상순	당신, 예방접종 하는 게 다가 아니지?
영한	훔쳐온 애들 몸 상태 봐주고 장애 있는 애들 분류하는 게 당신 일이잖아.
이선생	(말 없고)
경환	(탁자 쾅! 치며 호랑이처럼) 빨리 말 안 해?!
이선생	예, 저, 접니다. 제가 분류하고 예방접종도 했습니다.
영한	훔친 애들 병원으로 누가 데리고 왔어?
이선생	에인절하우스의 두 직원이요.
상순	두 직원 누구?
이선생	누군지는 모릅니다. 직원이란 사실밖에는요.
상순	(무섭게) 얼굴은 다 알지?
이선생	예….
영한	에인절하우스 전 직원 연행한다. 내부 전부 수색하고!

S#60. 에인절하우스 정문 앞 (D)

경찰차에 직원들을 모두 연행해가는 경찰들.

영한	(밖으로 나오며 호정에게) 오드리원장은?
호정	자유당 여성동지회 시국 모임에 갔답니다.
영한	바로 잡긴 글렀네.

한편에서 아이들이 이 광경을 보고 있다.
멍하니 바라보는 영남. 다가가는 상순.

상순	걱정하지 마. 너희들은 괜찮아.

영남	선생님들은 왜 잡아가는 거예요?
상순	아저씨들이 데려가서 조사할 게 있으니까 신경 쓰지 마.
영남	(머뭇) 혹시… 열 명 아가들 때문에 그래요?
상순	(뭔가 미심쩍고) 너 그 아가들 알아?
영남	아니요…. (인사 꾸벅하고 가고)
상순	(가는 영남 가만 보면)
경환	(급히 다가오며) 형님, 건물 뒤쪽에 뭐가 나왔답니다.

S#61.　에인절하우스 반지하 방 안 (D)

아기들이 죽은 방 안. 영한, 상순, 경환, 호정. 악취에 얼굴을 찌
푸린다.
한편 구석에는 아기들에게 채웠던 천 기저귀들이 처박혀 있고.

경환	(기저귀 하나 들어보며) 기저귀들 같습니다.
상순	애기들이 있었던 게 확실해요.
영한	아니 무슨 이런 데다 애기들을 놔둬.
상순	여기서 굶겨 죽인 건가?

석탄 난로 연통을 살펴보던 호정, 심하게 벌어진 연통 이음새를
보고 있다.

호정	여기 말입니다!
영한	뭔데?
호정	연통 이음새가 심하게 벌어져 있습니다.

일동, 다가가 보면! 티나게 확- 벌어져 있는 이음새.

호정   그냥 벌어진 게 아니라 도구로 확- 벌려논 것 같습니다.

경환, 난로 뚜껑 열어보면! 조개탄 재가 꽉 차 있다.

경환   조개탄 재가 꽉 차 있는데요?
상순   (한숨) 가스가 아가들을 죽였네….
영한   아니. 연통 이음새를 저렇게 만든 게 범인이지.

S#62. 종남경찰서 취조실 안 (D)

취조 중인 유반장, 경환, 호정.
대진의원 이선생과 마주 앉아 고개를 숙이고 있는 윤선생.
이선생, 유반장·경환·호정을 향해 맞는다는 듯 고개를 끄덕인다.
윤선생 뒤에 있던 여경, 윤선생에게 선글라스와 스카프를 씌운다.
건너편에 있던 말순, 고개를 심하게 끄덕인다.
이를 바라보는 경환, 호정.

경환   어이, 윤선생님. 할 말 있어요?
윤선생   (단단한 표정으로 침묵하고)
호정   애기 훔칠 때 운전하던 사람 누구예요?
윤선생   원장님 옆에 있는 김비서요.
유반장   아기 납치 사주, 아기 살해… 고금자 지시로 한 거죠?
윤선생   (단호하게) 아닙니다.
경환/호정 (놀라고)

윤선생	원장님은 아무것도 모르십니다. 김비서와 제가 한 일입니다!
호정	아니 그게 말이 돼요?
윤선생	(단호하게) 사실입니다. 난로 연통도 제가 그런 겁니다.
유반장	(뭔가 느낌 좋지 않고) 하이고, 복잡하게들 가시네.

S#63. 고급 한정식집 밖 (N)

차 앞에서 김비서가 대기하고 있고. 오드리, 밖으로 나온다.
김비서, 차 문 열어주고. 오드리, 타려는 순간,

| 영한 | (V.O) 나라 걱정 많이 하셨습니까? |

오드리, 김비서, 돌아보면! 다가오는 영한, 상순.

상순	아~ 이 차 어디서 봤나 했더니 그날 봤네. 운전 잘하던데?
오드리	오늘은 또 무슨 일이에요?
영한	(오드리에게 수갑 채우고) 고금자씨. 당신을 불법 입양, (하는데)
김비서	(가로막고) 뭐 하시는 겁니까!
상순	(바로 제압하고) 가만히 있어, 뒤지기 싫으면.
영한	(마저 수갑 채우고) 영아 유괴 및 살인 교사죄로 구속합니다.
오드리	(헛웃음 나고)

S#64. 종남경찰서 취조실 안 (N)

한편에 죽 앉아 있는 오드리, 김비서, 윤선생.

건너편에 앉아 있는 영한, 상순. 그 뒤에 서 있는 경환과 호정.
탁자 위에는 장부들 서너 권이 쌓여 있다.

상순 자, 밥상 다 차렸다. (오드리 가리키며) 사주한 인간, (김비서, 윤선생
 가리키며) 사주받아 애 훔치고 죽인 인간.

호정 그리고 합법적 입양 비용 외에, 불법적인 웃돈을 준 사람과 금액
 을 기록한 비밀 장부. (쌓여 있는 장부들 톡톡 치고)

오드리 이것들 보세요. 난 아무것도 몰라요. 얘네들, 나 몰래 돈 받고
 입양시킨 거예요. 그리고 뜻대로 안 되니까 불쌍한 아기들 죽
 인 겁니다. 장부도 가짜를 내 책상에 넣어논 거라구요. 날 음해
 하려고!!

김비서 원장님 말씀이 맞습니다. 제가 돈에 눈이 멀어서 윤선생과 짜고….

윤선생 평소에 원장님을 미워했습니다. 그래서 원장님께 흠집을 내고
 싶었습니다.

오드리 (의기양양한 미소) 그것 보세요. 이런 배은망덕한 것들!

영한 (전혀 믿지 않고) 아주 그냥 죽이 척척들 맞으시네.

상순 뽀록나면 이렇게 하기로 한 거예요? 연기가 다 악극단 수준이네.

오드리 죄 없는 사람 누명 씌우지 말고 증거를 내놔요! 무능력한 경찰
 들….

경환 (발끈) 무능력이라니! 이 아줌마가 어디서?!

유반장 (안으로 들어오고) 잠깐. (밖으로 나오라는 손짓)

일동 (뭔가 싶고)

S#65. 취조실 밖 (N)
──────────────

모여서 얘기 나누는 영한팀과 유반장.

유반장	뭔가 좀 이상해서 알아봤는데, 윤선생하고 김비서… 신광학원 출신이다.
영한	(어이없어 실소 나오고)
경환	(놀라고) 신광학원이면 고금자가 운영하던 친일 단체 고아원 아닙니까?
호정	어쩐지 막무가내로 뒤집어쓴다 했습니다.
상순	(화나고) 아이!! 도대체 뭐 어떻게 구워삶았길래…!!
영한	설득이든 자백이든 쉽지는 않겠네.
유반장	자백은커녕 더 뒤집어쓰려고 하겠지.
상순	에이 씨!!! (화내며 자리 뜨고)
영한	어디 가?
상순	열이 뻗쳐서 열 좀 식히고 올라구요. (가고)
영한	일단 고금자는 집어넣고, 김비서랑 윤선생은 계속 추궁한다.

S#66. 유치장 안 (N)

여유롭게 앉아 눈을 감고 찬송가를 흥얼거리는 오드리.

S#67. 취조실 안 (D)

계속 김비서와 윤선생을 추궁하는 영한, 경환, 호정.

영한	알고 보면 당신들도 고금자의 피해자야. 이용당하고 있는 거라고!
김비서/윤선생	(침묵)
호정	계속 이러면 윤선생 당신은 사형입니다! 고금자 지시면 감형되

구요.

윤선생   제 죄 달게 받겠습니다.

김비서   저도 달게 받겠습니다.

경환   아니 뭘 달게 받아? 지시한 사람은 따로 있는데? (이때)

최서장   (안으로 확- 들어오며) 지금 뭣들 하는 거야?

일동   (무슨 일이 일어날지 짐작되어 짜증 나고)

최서장   너희들 다 따라 나와!

S#68. 유치장 앞 (N)

유치장 밖으로 나오는 오드리. 최서장은 인사 꾸벅하고!
바라보고 있는 유반장, 영한, 경환, 호정.

최서장   죄송합니다, 원장님. 모든 게 제 불찰입니다.

오드리   서장님 불찰은요. 무능한 부하들 탓이지.

최서장   (영한팀에게) 빨리 사죄드려.

영한팀   (분에 겨워하고)

오드리   사죄 필요 없어요. 다 자르세요.

영한팀   (어이없고)

최서장   알겠습니다. 회장님께서는 저쪽에 와 계십니다.

오드리   (영한팀 노려보며 가고)

최서장   나중에들 보자. (오드리 따라가고)

영한   (유반장에게) 저쪽에 뭡니까?

어느 중년 여성 곁으로 다가가는 오드리와 최서장.
오드리 고개 숙여 중년 여성에게 인사하고.

유반장	자유당 여성동지회 회장님.
일동	(짜증 확- 올라오고)
유반장	고까워도 무조건 잘못했다고 해. 안 그러면… 너희들 내일 아침에 경무대로 끌려간다.

회장과 오드리, 최서장 돌아서 나가려는 찰나!

상순	잠깐!!!
일동	(보면)

상순, 영남이를 데리고 와 선다.
영한팀, 무슨 일인가 싶고.

상순	가긴 어딜 가, 이 아줌마야.

S#69. 회의실 안 (N)

모두 둘러앉은 영한팀, 유반장, 최서장, 영남, 오드리, 회장.

상순	자 영남아, 겁먹지 말고 천천히 얘기해봐.
영남	(그러나 겁 가시지 않고)
상순	(영남 향해 물어뜯는 포즈 보이면)
영남	(웃고 긴장 풀리고) 밖에서 놀다가… 그곳을 보게 됐어요.
상순	어디를?
영남	아가들이 있는 곳이요.
오드리	(설마 싶고)

S#70. 에인절하우스 반지하 방 밖 (D): 회상

지나가다가 창문 안을 보는 영남.
안에는 아기들을 돌보는 윤선생.
아기들이 몇 명인지 손가락으로 세어보는 영남.

영남　(V.O) 윤선생님이 아가들에게 우유를 주고 있었어요. 아가들이
많길래 몇 명인지 세봤는데 열 명이었어요.

S#71. 다시 회의실 안 (N)

영남　전 아가들이 너무 귀여워서 매일 보러 왔어요. 윤선생님이 낮에
아기들 우유 주는 시간에요. 그런데 그날….

S#72. 에인절하우스 반지하 방 밖 (D)

창문을 통해 유심히 안을 보는 영남. 밖에서 보이는 안의 풍경.
오드리, 김비서, 드라이버를 든 윤선생이 있고…
오드리는 윤선생의 따귀를 때린다.
놀라 바라보는 영남.

오드리　어서 해!
윤선생　죄송합니다… 이것만은 정말 못 하겠습니다….
오드리　빨리 하라니까. (또 따귀 때리고)
윤선생　죄송합니다… (무릎 꿇고) 용서하세요.

오드리	(윤선생의 드라이버 빼앗아 김비서에게 주고) 그럼 니가 해.
김비서	죄송합니다… 저도 이것만큼은… (무릎 꿇고) 죄송합니다….
오드리	이런 은혜도 모르는 것들. 니들이 이런 식으로 날 거역해?!

화가 난 오드리, 드라이버를 가지고 연통 쪽으로 간다.
그리고 분에 차 자기가 드라이버로 연통 틈새를 벌린다.

S#73. 다시 회의실 안 (N)

오드리	정말 어이가 없네. 이 꼬마 말을 믿으시는 거예요?
최서장	그러게 말입니다. 어이 김형사, 중요한 사건에 이런 식으로 애를 이용해?
영한	이 정도 나이면 정확한 증언을 할 수 있습니다.
최서장	이 정도 나이면, 겁주면 하라는 대로 하는 나이야!
오드리	어른들 앞에서 거짓말하면 돼요, 안 돼요, 영남군?
영남	거짓말 아니에요!
일동	(놀라고)
영남	원장님 왼손….
오드리	(놀라고)

S#74. 다시 에인절하우스 반지하 방 밖 (D)

오드리, 화가 나 드라이버로 연통을 벌리다 왼손에 상처를 입는다.
비명과 함께 검지와 엄지 사이에 나는 큰 상처. 피가 흐르고!

S#75. 다시 회의실 안 (D)

양손에 낀 오드리의 패션 장갑.

상순	영남이 말이 거짓이라면, 왼손에 상처가 없겠죠? 장갑 벗어봐요.
오드리	안 벗어요. 내가 왜 당신 말을 들어야 하죠?
유반장	들어야죠. 당신 죄를 밝히려는 경찰이니까.
오드리	(회장에게) 회장님, 지금 이 사람들, (하는데)
영한	(치고 들어오며) 회장님이 이렇게 계셔서 얼마나 다행인지 모릅니다. 오드리 고총무님 결백하다면 증명해야 하지 않겠습니까? 잘못하면 자유당 여성동지회에 누가 될 수도 있습니다.
회장	(난감하고)
오드리	회장님, 이 사람들 지금… 저를 모함하려는 겁니다.
회장	벗어봐요.
오드리	회장님.
회장	벗어서 결백을 증명해요.
오드리	회장님….
회장	(단호에게) 어서요.

오드리, 벌벌 떨며 왼손 장갑을 벗자 큰 상처가 나 있다.

오드리	회장님… 이건 그 상처가 아니라… 제가 책상을 정리하다… (하는데)
회장	(쌩하게 일어나 나가고)
오드리	회장님!! 회장님!!!
최서장	(입 꽉 다물고 회장 쫓아 나가고)
영한	고금자씨, 영아 살해 혐의 추갑니다.

오드리	이럴 순 없어…. 이건 아니야!!!!
경환/호정	(일어나 오드리 수갑 채우고)
오드리	놔, 어디 감히 손을 대? 이거 놓으라고 이 새끼야! (영남 쏘아보며)
	영남이 이놈의 새끼… 니가 은혜를 모르고!!
영남	(겁먹고 쳐다보면)
상순	(영남의 눈을 가려주고)

S#76. 종남서 수사반 안 (N)

한편에 누워 고이 잠든 영남.
영남을 보며 얘기 나누는 영한팀, 유반장.

| 호정 | 어떻게 알고 데려오신 겁니까? |
| 상순 | 딱 보면 알지. 겁나서 말 못 하는 심정. |

S#77. 에인절하우스 밖 한편 (N)

벤치에 앉아 얘기 나누는 상순과 영남.
상순은 영남의 옷을 걷어 등 뒤에 난 상처를 본다.

상순	많이 아팠겠다. 아저씨도 알아, 많이 맞아봐서.
영남	정말요?
상순	그럼. 원장님한테 맞아, 힘센 형들한테 맞아… 동네북이었어.
영남	(가만히 듣고)
상순	근데 난 힘도 없고 작았거든. 그래서 내 나름의 싸움 기술을 연

마했어.

영남	그게 뭔데요?
상순	이거. (아구로 무는 포즈) 있는 힘껏 물어뜯기! 힘으로 딸리면 무조건 물어뜯었거든!! 몇 명 물어뜯으니까 아무도 날 안 건들더라고.
영남	저도 그거 배울 수 있어요?
상순	그럼! 이거 배우고 나면 세상에 겁나는 인간 하나도 없다. (아구로 확- 무는 포즈)
영남	(아구로 무는 포즈 따라 하고)
상순	(귀여워 웃고)
영남	(따라 웃다가 웃음 잦아들고, 용기 내어) 아가들 열 명이 거기 있었어요.
상순	(보면)
영남	제가 봤어요.

S#78. 다시 수사반 안 (N)

호정	(눈물 흘리고)
상순	왜 우냐?
호정	갑자기 형님이랑 영남이가 장하기도 하고 슬프기도 하고….
경환	(눈물 맺히고) 야… 울지 마… 어후… 난 또 왜 이래?
유반장	수고했어, 김형사.
영한	(웃으며 상순 어깨 툭- 쳐주고)
상순	불쌍한 아가 영혼들… 달래줘야죠.

S#79. 어느 사찰 대웅전 안 (D)

INS ▶ 어느 사찰 외경.

부처상 앞에 놓인 열 명 아가들의 위패.

부모들은 앉아 울며 위패를 바라보고,

영한 팀은 위패에 절을 한다.

안타까운 심정으로 바라보는 영한. 그리고 상순.

아가들의 위패 다시 보이고….

S#80. 에인절하우스 밖 한편 (D)

폐관된 에인절하우스 간판.

고아원 아이들, 경찰 손 잡고 나와 미국 국기가 그려진 차에 탄다.

영남·철수, 상순과 마주 서 있고. 상순, 아이들 키에 맞춰 쪼그

려 앉아 있다.

상순	새 부모님 될 사람들 좋은 사람들이래. 아저씨가 다 알아봤어. 걱정하지 마.
영남	(다부지게) 걱정 안 해요.
상순	진짜?
영남	저한텐 이게 있잖아요. (아구로 무는 포즈하고)
상순	(픽- 웃으며 영남 머리 쓰다듬고 철수에게) 넌 형아 말 잘 듣고.
철수	(해맑게) 네.
상순	(영남에게) 넌 어딜 가든 동생 손 꼭- 붙들고 다녀.
영남	예.
상순	(그새 정들어 아쉽게 보다가) 이제 가.

영남, 철수 손 꼭 붙잡고 돌아서 차를 타러 가면.

상순, 자리에 일어서서 가는 아이들 모습 지켜보고.

영남, 문득 멈춰 서서 돌아보면.

작게 손을 흔들며 작별 인사를 하는 상순.

영남, 손 흔들고 철수와 함께 차에 탄다.

상순이 지켜보는 가운데, 영남과 철수를 태운 차가 멀어지고….

혜주   (V.O) 그 원장은 어떻게 됐어요?

영한   (V.O) 죽었어요. 같이 수감됐던 윤선생이 부러진 칫솔로 목을 찔
        렀대요.

S#81. 덕수궁 돌담길 (N)

나란히 걸으며 시간 가는 줄 모르고 얘기 나누는 영한, 혜주.

혜주   (놀라고) 정말요? 어떻게 그렇게 죽을 수 있죠?

영한   죽인 건 윤선생이지만 결국엔 원장, 본인의 과거가 자신을 죽인
        셈이죠.

혜주   진짜 인과응보란 게 있긴 있나 봐요.

영한   김형사가 후련해하더라구요. 참, 성칠이는 공부 잘 따라와요?

혜주   난실이가 아주 사람을 잡아요. 그래서 잘 따라와요.

영한   고마워요. 서점에 공부 자리 마련해줘서.

혜주   (새침하게 딴 데 보며) 영한씨 자리도 있으니까 언제든 와도 돼요.

영한   (툭 멈춰 서서, 예뻐 죽겠단 눈으로 보고)

혜주   (같이 서면, 시선에 확 부끄러워지고) 왜요, 영한씨 자린 빼요?

이때 웽-! 통금 사이렌이 울린다.

혜주   (놀라고) 어떡해, 벌써 통금 시간이…!

멀리서 휘익! 호루라기 소리와 달려오는 순경1의 발소리가 들리고.
영한, 당황하는 혜주를 바라보다가 혜주의 손을 부드럽게 감싸 쥔다.
잡힌 손에 심장이 두근…! 뛰는 혜주, 영한을 바라보면.

영한   뛸까요?

혜주, 영한의 손에 이끌려 달린다.
돌담길을 벗어나 골목 안에 숨어드는 영한과 혜주.

S#82. 골목 안 (N)

영한과 혜주, 딱 달라붙어 숨죽이고 있으면…
너무 가까운 서로의 얼굴과 아직 잡고 있는 손이 의식된다.
얼굴이 화끈거려 어쩔 줄 모르는 혜주. 어색한 침묵이 흐르고.
이때 호루라기 불며 골목 밖을 뛰어 지나가는 순경1.
영한과 혜주, 그제야 안도하며 숨을 몰아쉰다.

혜주   (웃음 튀어나오고) 뭐예요. 영한씬 경찰이면서 왜 숨어요?
영한   (망보며, 진심이 툭 튀어나오고) 혜주씨랑 이렇게 있고 싶어서요.
혜주   (설레고) 네?
영한   (너무 솔직했나, 민망해 급히 변명) 아 그게… 경찰증을 두고 와서요.
혜주   (살짝 실망하고) 아 네… 그만 나가도 될 것 같은데요.

영한	(단호) 아직 안 됩니다. 2인 1조로 움직이니까 곧 한 명 더 올 거예요.
혜주	(아무렇지 않은 척) 괜찮아요. 저도 몰래 가는 길 알거든요? (나가려는데)

결심한 영한, 잡은 혜주의 손을 당겨와 허리에 두른다.
혜주, 놀라서 보면!
영한, 혜주의 다른 한 손을 잡아 재킷 주머니 위에 올리고.
혜주, 영한의 재킷 가슴 주머니를 보면… 삐죽 튀어나와 있는 경찰수첩.

혜주	이거….
영한	경찰증이구요. 안 두고 왔고, 그냥 혜주씨랑 같이 있고 싶습니다.
혜주	(미소) 진작 그렇게 말하죠.
영한	(마주 웃고) 서점에 제 자리 안 빼실 거죠?
혜주	절대 안 빼요.

심장이 콩닥콩닥 뛰는 영한과 혜주, 눈이 딱! 마주친다.
영한을 바라보는 혜주의 맑은 눈망울.
영한, 이끌리듯 혜주의 얼굴로 다가가며 눈을 감고 부드럽게 키스한다.
눈을 꼭 감는 혜주, 자기도 모르게 주먹이 꽉 쥐어진다.
아름답게 키스 나누는 둘의 모습이 멀리서 보이고….

S#83. 종남시장 길 → 호랭이떡집 앞 (N): 에필로그

보름달을 살짝 가린 엷은 구름.

CA, 시장 골목을 천천히 훑는다. 사람 하나 없는 시장 거리.

이 위로, 온갖 집기가 떨어지고 나뒹구는 소리가 들린다.

CA, 점점 호랭이떡집 쪽으로 다가간다.

이때, 뛰어가는 누군가의 구둣발들 소리가 들린다.

CA, 호랭이떡집 바로 앞에 다다르고,

가게 앞, 한편에 솥을 둔 곳에 누군가 쓰러져 있다.

바닥에 볼을 박은 채 절명한 성칠, 눈가에 피가 어려 있다.

피범벅이 되어 외롭고 차갑게 쓰러져 있는 성칠의 시신에서!!

수사반장
1958

5회

세상에 못 잡을
패거리는 없다

S#1.   종남시장 길 → 호랭이떡집 앞 (N)

보름달을 살짝 가린 엷은 구름.
CA, 시장 골목을 천천히 훑는다. 사람 하나 없는 시장 거리.
이 위로, 온갖 집기가 떨어지고 나뒹구는 소리가 들린다.
CA, 점점 호랭이떡집 쪽으로 다가간다.
이때, 뛰어가는 누군가의 구둣발들 소리가 들린다.
CA, 호랭이떡집 바로 앞에 다다르고,
가게 앞, 한편에 솥을 둔 곳에 누군가 쓰러져 있다.
바닥에 볼을 박은 채 절명한 성칠, 눈가에 피가 어려 있다.
피범벅이 되어 외롭고 차갑게 쓰러져 있는 성칠의 시신에서!!

S#2.   종남경찰서 수사반 안 (D)

소매치기 네 명을 끌고 들어오는 영한팀, 연탄재를 뒤집어써 허연 몰골이다.
마찬가지로 연탄재를 뒤집어쓴 범인들, 여기저기서 기침하면 연탄재가 날리고.

황형사   (다가오며) 전부 몽달귀신이냐? 전신에 분칠을 하게?
호정   이 새끼들이 도망가면서 연탄재를 몇 십 개를 던졌습니다.
황형사   (영한 쪽으로 슥- 다가가) 그래도 목간들 하고 일하지, 드럽게.
영한   목간은 나중에 하고 털기나 해야겠다. (황형사 면상에 머리 마구 털고)
상순   목간 같이 가요. (영한 따라 황형사 앞에 가서 머리 마구 털고)
황형사   퉤퉤퉤… 야 이 씨…! (이때)
금옥   (V.O) 아저씨!

일동	(돌아보고)
금옥	(다가오며 눈물 뚝뚝 흘리고) 성칠오라버니가….
영한	(불길하고)

S#3.   종남시장 호랭이떡집 앞 (D)

이하 슬로우 ▶ 국수댁, 국밥댁, 풀빵아재, 쌀집주인, 뱀탕주인, 한데 모여 안타까운 얼굴로 바라본다.
사람들을 향해 걸어가는 영한의 시점.
굳은 표정의 영한, 점점 떡집 앞으로 다가가고,
상순, 경환, 호정, 심각한 표정으로 뒤따른다.
하나둘 돌아보며 길을 터주는 시장 상인들.
그 너머로 순경 두 명이 지키고 선 가운데 거적때기에 덮인 시신이 보인다.
그 옆에 호할매, 손이며 턱이며 온통 피를 묻힌 채 넋이 나가 있다.
영한팀, 시신 앞까지 다가가면 슬로우 풀리고.
영한, 시신 옆에 앉아 거적때기를 들추면,
성칠의 얼굴이 서서히 드러난다.

영한	(차마 똑바로 못 보고 눈을 질끈 감고)
호정	(다가와 앉으며 눈물 흘리고) 진짜 성칠이가 맞아요…?
경환	(믿기지 않는 표정으로 보고)
상순	(눈 벌게져서 끓어오르는 마음을 참지 못해 허공에 소리 지르고)

영한, 비통한 표정으로 성칠 시신 위에 거적때기 다시 덮어두고.
비틀거리며 일어나 솥을 걸어둔 부뚜막 한쪽에 힘없이 걸터앉

는 영한, 멍하니 고개를 들어 피투성이로 망연자실한 호할매를
본다.

영한	(냉정 되찾고 순경1에게) 할머니 모시고 가.
순경1	(호할매 일으켜 세워 부축해가고)
호할매	(힘없이 끌려가고)
영한	(가는 호할매 보다가 순경2에게) 목격자는?
순경2	(다가오고) 할머니가 시신을 발견하기 전까지 본 사람은 아무도 없답니다.
영한	(시장 상인들 쪽 보면)
상인들	(눈치 보며 하나둘 흩어지고)
상순	(그 모습 보면 감 오고) 아무도 없긴! 말해줄 입이 없는 거겠지.
영한	(마음 다잡고)

S#4. 종남시장 국숫집 앞 (D)

빈 테이블 위를 행주로 닦는 국수댁.
그 옆에서 간절하게 부탁하는 영한.

국수댁	(행주질하며) 진짜야. 난 암것도 몰라.
영한	그러지 말고 말 좀 해줘요. 무슨 일이 있었던 건지.
국수댁	(곤란한 듯 자리 피하며) 아유, 그냥 국수나 한 그릇 먹고 가.
영한	(국수댁 팔 붙들고) 진짜 아무것도 몰라요?
국수댁	(울상으로 안절부절) 진짜 몰라… 나한테 물어보지 마. 제발….
영한	(울컥 화나고) 성칠이가 죽었잖아요. 그것도 칼 맞아서! 뭐든 아는 게 있으면 말을 해줘야 그 새낄 잡죠!

국수댁	(손 싹싹 빌며) 박형사. 내가 이렇게 빌게 응? 부탁이야.
영한	(답답하고)

S#5. 종남시장 채소가게 앞 (D)

가게 앞에 고개 푹 숙인 채 무릎 꿇고 앉은 금옥父.
그 앞에 답답하고 미칠 것 같은 얼굴로 서 있는 상순, 경환.
한편에는 금옥이 눈물만 뚝뚝 흘리며 앉아 있다.

경환	무슨 일 있으면 저희가 도와드릴게요. 그러니까 저희 믿고 말씀 해주세요.
금옥父	나도 마음이야 그러고 싶지. 근데 알잖아. 난 우리 금옥이도 있 고….
상순	(화나고) 그럼 성칠이는? 죽은 성칠이한테 미안하지도 않아요?!
금옥父	(울먹이며) 미안해….
상순	에이 씨! (옆에 놓인 빈 소쿠리를 발로 걷어차고)
경환	(한숨 푹 쉬고 금옥을 보면)
금옥	(여전히 눈물 뚝뚝 흘리고)

S#6. 종남시장 뱀탕집 앞 (D)

굳게 닫힌 가게 문 앞에서 문 두드리며 호소하는 호정.

호정	(울며) 사장님, 제발 좀 나와보세요. 네? 사장님! 성칠이 죽인 사 람 잡을 수 있게 좀 도와줘요. 제발요! (계속 문 두드리고)

S#7. 종남시장 국숫집 앞 (D)

영한, 상순, 경환, 호정, 모여 앉아 이야기 나누고 있다.

호정   (울먹) 어떻게 아무도 말을 안 해주죠? 다들 너무한 거 아니에요?

상순   이 거지 같은 시장통. 다 때려 부숴버릴라!

경환   (상순 달래며) 참으세요 형님.

영한   (답답함을 억누르며) 다들 무서워서 그러는 거야.

호정   뭐가 무서워요?

영한   시장 사람들이 무서워할 만한 게 누구겠어?

금옥   (V.O) 맞아요. 그 사람이 그랬을 거예요….

일동   (보면)

금옥   (눈물 그렁그렁해서 다가오고)

S#8. 종남시장 채소가게 앞 (D): 금옥의 회상 4회 S#29

서로를 죽일 듯이 노려보며 옥박지르는 성칠과 살모사.
살모사, 재킷을 확 젖히고 허리춤에 찬 칼집에서 칼을 빼 들면.
성칠, 도마 위에 놓인 칼을 집어 든다.
살모사, "이 새끼!" 하며 성칠에게 달려들려 하면!
이때 살모사를 말리는 백사. 이 위로,

금옥   (V.O) 그때 만약 패거리 중 한 명이 말리지 않았으면 그 자리에서 성칠오라버니를 죽였을 거예요.

S#9. 종남시장 뒷골목 (D)

호정   사람들이 왜 아무 말 못 했는지 이제 알겠네요.

금옥   (울먹이며) 시장 사람들 너무 미워하지 말아주세요… 다들 말하고
      싶어도 무서워서 말 못 하는 거예요. 우리 아버지도 그렇구요….

영한   그래, 알아. 그분들 잘못이 아니지. (하고 확 돌아서 가고)

상순   (바닥에 굴러다니는 주먹만 한 짱돌을 챙겨 영한 옆에 따라붙고)

경환   (주먹 꽉 쥐고 어깨 풀며 따라붙고)

호정   (한편에 세워진 지게막대를 챙겨 따라가고)

      결연한 표정으로 나란히 걸어가는 영한, 상순, 경환, 호정.

S#10. 살모사 사무실 복도 (D)

      동대문 건달들 열댓 명을 거느리고 입구 쪽으로 걸어가는 방울
      뱀과 백사.

방울뱀 미친놈들. 여기가 어디라고 쳐들어와?! (이때!)

      우당탕 소리와 함께 방울뱀 앞으로 던져지는 동대문1.
      방울뱀, 놀라 보면 앞에 경환이고.
      그 뒤로 영한, 상순, 호정, 다가온다.

동대문2 (영한팀에게 다가가 위협하며) 뭡니까? (하는데)

상순   (짱돌 든 주먹으로 동대문2 머리를 냅다 까고)

동대문2 (쓰러지고)

| 방울뱀 | (건달들에게) 야, 쳐! |

건달들, 일제히 달려들면 엉겨 붙어 맞서 싸우는 영한팀.
경환, 양손에 건달 한 명씩 잡아 서로 박치기시킨 뒤 집어 던지고.
호정, 지게막대 붕붕 휘두르며 주변 건달들을 매타작한다.
그 앞에 백사, 막대 피해 호정에게 달려들다가 경환 손에 붙잡혀
던져지고.
영한, 달려드는 건달들을 차례로 처리하며 살모사 사무실로 가고.
이를 본 방울뱀, 영한의 뒤를 따라가려 하면 등을 퍽! 차는 상순
의 발.
방울뱀, 앞으로 고꾸라지면 상순, 그 위로 올라타고.

| 상순 | 난 처음부터 니 목소리가 맘에 안 들었어. (하고 짱돌로 패려다 툭 던지고, 맨주먹으로 계속 패고) |

그사이 건달들 잡아 패며 문 앞에 도착한 영한.
이때 백사가 영한에게 덤벼들고!

S#11.   살모사 사무실 안 (D)

부서질 듯 팍-! 거칠게 열리는 문.
영한의 주먹에 맞은 백사가 우당탕 나가떨어지고, 그 뒤로 영한
이 들어선다.

| 살모사 | 너 뭐야? 여긴 왜 왔어? |
| 영한 | (가까이 가고) 야. 부탁 하나만 하자. 나 한 대만 때려봐. (얼굴 들이 |

밀고)

살모사   (어이없고) 미친놈. 뭐 잘못 먹었냐?

영한   (웃음기 없고) 내가 너 주먹이 얼마나 센지 궁금해서 그래. 한 대
        만 쳐.

살모사   (살짝 쫄았고) 뭐, 치라면 내가 못 칠 줄 알고?

영한   (노려보며 정색) 그니까 치라고. 대신 세게 때려. 후회하지 말고.

살모사   어금니 꽉 물어라. (있는 힘껏 영한 얼굴에 주먹을 픽-! 꽂고)

영한   (얼굴 확 돌아가고)

살모사   (좋아서 낄낄 웃으며 주먹 털고) 이제 만족하냐?

영한   (터진 입가에 피 닦고) 니가 먼저 친 거다.

살모사   (제대로 못 듣고 웃으며) 뭐? (이때!)

영한의 주먹이 살모사의 얼굴을 강타한다!
쓰러진 살모사, 일어나 영한에게 달려들고.
격투 끝에 쓰러지는 살모사.
영한, 그런 살모사에게 달려들어 미친 듯이 팬다.
살모사의 얼굴로 수차례 쏟아지는 영한의 주먹.
피떡이 되어가는 살모사.
잠시 시간 경과 ▶ 사무실 한편에 나란히 무릎 꿇은 방울뱀과 백사.
옆에는 피범벅이 된 살모사가 바닥에 널브러져 있다.
그 앞 테이블에 걸터앉은 영한. 양옆에 상순, 경환, 호정, 서 있고.

영한   칼 어딨냐?

방울뱀   (살짝 쫄았고) 무슨 칼?

영한   성칠이 죽인 칼.

방울뱀   (눈 피하며) 무슨 소린지 모르겠네.

영한   (상/경/호에게) 다 뒤져.

상/경/호	(살모사, 방울뱀, 백사의 몸을 샅샅이 뒤지고)
호정	아무것도 없습니다.
경환	(방울뱀 안주머니에 꼿꼿하게 접힌 종이 꺼내 보고) 뭐야 이건?

경환, 대수롭지 않게 종이 바닥에 던지면 화들짝 놀라는 방울뱀.
이를 본 영한, 다가가 종이 주워 펼쳐 보고.
펼쳐진 종이 클로즈업하면 검은 바탕에 흰 글씨가 적힌 부적이다.

상순	(다가와 보고) 넌 깡패새끼가 점집도 다니냐?
방울뱀	(발끈하고) 내놔! 부정 타게, 이 씨….
경환	부정 같은 소리, (방울뱀 발로 차고) 너 자체가 부정이다. 이 독사 새끼야. (발로 방울뱀 퍽퍽 밟고)
영한	뎃고 가자. (가고)
상순	예. (하고 쓰러진 살모사 일으키고)
경환/호정	(상순 도와서 살모사 연행해 영한을 뒤따라가고)

S#12. 이정재의 집 거실 (D)

INS ▶ 이정재의 저택 외경.
소파에 앉아 새하얀 헝겊으로 백자를 닦는 정재.
그 옆에 방울뱀, 허리를 푹 숙이고 있다.
정재, 백자를 닦다가 하얀 헝겊을 툭 탁자에 던지며 언짢은 한숨
을 쉰다.

방울뱀	죄송합니다, 회장님.
정재	(화나고) 문제 일으킨 지 얼마나 됐다고 또! (하다가 참고)

방울뱀	(눈치 보며 고개 조아리고)
정재	똑바로 말해. 살모사 한 짓 맞냐?
방울뱀	그게…. (울상으로 답하고)
정재	(아뿔싸 미치겠고) 잡아간 놈이 누구라고?

S#13. 종남경찰서 수사반 안 (D)

엉망이 되어 영한팀에게 끌려 들어오는 살모사.
종남서 경찰들 모두 놀라 보고.
영한팀, 살모사를 수사1반에 데려다 앉히면.

황형사	(다가오고) 야, 이건… 여길 뎃고 올 게 아니라 병원엘 가야지.
영한	(빡쳐서) 황형은 빠져 있어.
황형사	(기분 나쁘고) 뭐?
영한	(버럭) 빠지라고 새끼야!
변반장	(자리에서 벌떡 일어나고) 야, 뭔데 이 난리야?! 어이, 박형사!
유반장	(빡쳐서 변반장에게) 수사 중인 거 안 보여? (영한에게) 계속해.
변/황	(눈치 보며 슥 빠지고)
영한	(살모사에게) 왜 죽였냐?
살모사	(뻔뻔하게) 누구?
영한	성칠이 왜 죽였냐고.
살모사	그게 누군데? 알지도 못하는 새낄 내가 어떻게 죽여?
영한	성칠이 그놈, 전쟁통에 부모 잃은 불쌍한 애야. 이제 겨우 한글 배워서 할머니 신문도 읽어드리고, 마음 편하게 자기 인생 살려 던 놈이었는데…. 그런 놈을 대체 왜 죽인 거냐고!!
살모사	뭐 얼마나 대단한 놈 죽었다고, 씨발.

영한, 빡쳐서 눈 돌아간다.

비치된 총을 빼들고 오는 영한, 살모사 머리에 겨누고.

영한	(살모사에게) 말해. 왜 죽였어?
살모사	(덜덜 떨고)
영한	니가 죽였잖아!!
살모사	그, 그래. 내가 죽였어.
영한	(눈에 불나고, 총에 공이를 세우고 당장이라도 쏠 듯이 노려보며) 왜?!!!
유반장	(말리며) 박형사, 내려놔. 이런 놈한텐 총알도 아까워.

이때 소란스러운 소리와 함께 동대문 건달 20명이 우르르 밀고
들어온다.

일동	(돌아보면)
동대문1	경찰이 사람을 이렇게 막 잡아가도 돼?
동대문2	형님은 밤새 우리랑 술 마셨다니까!
영한	(기가 차고 힘 빠져 총 내리고)

S#14. 종남경찰서 서장실 안 (D)

최서장, 앉아 있고 그 앞에 일렬로 서 있는 영한팀.

최서장	무고한 사람을 패질 않나, 거기에 총질까지 해? 너넨 개선의 여지가 없어!
영한	무고한 사람 아닙니다. 성칠이 죽인 범인이에요.
최서장	증거 있어? 저쪽은 증인이 20명이야.

상순	저 새끼들 다 한통속인데 그 말을 믿어요?
최서장	시끄러! 어디서 말대답이야?! 이만하면 나도 그동안 많이 참아 줬어. 유반장은 2개월 감봉. 나머지는 직위해제다.
호정	(놀라고) 네?
유반장	다 나가 있어봐.
경환	어쩌시려구요?
유반장	(단호하게) 가 있어, 글쎄.
영한팀	(나가고)

S#15. 종남경찰서 수사반 안 (D)

각자 자리에서 초조하게 유반장을 기다리는 영한팀.
유반장, 안으로 들어오고.

유반장	걱정 마. 다들 옷 벗을 일 없어.
영한	수사는요?
유반장	잡을 수 있음 잡으랜다. 동대문 빼고.
상순	잡지 말란 거네.
경환	(유반장에게) 진짜 그러실 건 아니죠?
유반장	뭘 진짜 그래? 잡아야지.
상순	그럼 이 개새낄 어떻게 잡죠?
영한	증거부터 찾아야지.
호정	시장 상인분들께 다시 부탁해볼까요?
영한	아니야. 시장 사람들도 괴로울 거고. 처음부터 다시 시작하자.
경환	처음 어디요?
영한	현장.

S#16.   종남시장 호랭이떡집 앞 (해 질 녘)

솥뚜껑이며 절구 같은 집기들이 어지럽게 흩어진 현장을 둘러
보는 영한팀.
흙바닥에는 여러 사람의 발자국이 여기저기 겹친 채 찍혀 있다.
영한, 한편에 찌그러진 채 널브러진 양동이를 발견하고 들어보
면 양동이 안에 액체가 조금 고여 있다.

영한   (양동이 들어 냄새 맡고 인상 찡그리고)
상순   뭔데 그래요? (냄새 맡고 인상 찡그리고) 양잿물이네.
호정   이렇게 엉망인데 남아 있는 증거가 있을까요?

영한팀, 허탈한 표정으로 주변을 둘러보다가 한곳에 시선 머물면,
성칠이 있던 자리가 피와 흙이 떡 져 검붉게 물들어 있다.

S#17.   VISION

[1] 호랭이떡집 안 (D)
팔씨름을 겨루는 경환, 성칠.
성칠, 얼굴 붉히며 힘 꽉 주면 여유 있게 넘기고 웃는 경환.

[2] 종남서림 안 (D)
성칠, 영어 원서를 거꾸로 들고 유심히 보면.
호정, 웃으며 똑바로 돌려준다.

[3] 대폿집 앞 (D)

상순, 순남이를 안고 나와 성칠에게 보여주면.
성칠, 귀엽게 쓰다듬고.

[4] 종남서림 밖 (D): 4회 S#28 회상
영한, 성칠에게 새 고무신 건네주면 어린아이처럼 기뻐하는 성칠.
그런 성칠을 흐뭇하게 바라보는 영한.

S#18. 종남시장 호랭이떡집 안 (N)

혼자 떡집 안을 둘러보는 영한.
선반 위에 가지런히 놓인 새 고무신 보고. 고이 모셔둔 게 마음
아프고.

S#19. 종남시장 호랭이떡집 앞 (N)

영한, 밖으로 나오면 기다리고 있던 상순, 경환, 호정, 궁금하게
보고.

영한   (아무것도 못 찾았다는 듯 고개 젓고) 돌아가자.

쓸쓸하게 돌아서서 가는 영한팀. 그러다 영한, 멈춰 서서 돌아보면,
불 켜진 떡집 안, 식탁 앞에 둘러앉은 영한팀, 혜주, 난실, 호할매.
모두 손뼉 치며 박자 맞추고. 그 앞에 혼자 신나서 노래 부르는
성칠.
이를 보는 영한의 서글픈 표정.

S#20.　종남서림 안 (N)

실의에 빠져 있는 영한팀. 한쪽에서 혜주가 울고 있는 난실을 달래고 있다.

상순　봉선생, 그만 울어, 뚝. 살모사 그 새끼 내가 사흘 안에 잡는다.

난실　(더 서럽고) 증거도 없고 흉기도 없다면서요.

상순　그니까 흉기만 찾으면 되는 거 아냐. 그치? (동조하라는 눈짓)

호정　(씁쓸한 표정으로) 작정하고 숨긴 거면 찾기 힘들 텐데요.

상순　(울컥) 넌 씨 눈치가 없냐?

영한　(가만 듣다가) 야 지금이 싸울 때야? 우리한테 남은 건 성칠이 시신뿐이야. 이러다 살모사 놓친다고.

상순　(답답해 죽겠고) 아유 씨….

난실　(훌쩍이다 뭔가 생각난 듯) 근데… 성칠오빠는 부검 같은 거 못 해요? 미국 추리소설 보면 그런 거 있던데.

경환　(영한에게) 부검이 뭡니까?

영한　시신을 의학적으로 검사해서 사인을 알아내는 거. 우리도 있는데, 소설에 나오는 것처럼 범인 밝히고 그 정도는 아니야.

상순　나도 옛날에 가봤는데 별거 없었어. 그냥 내장 구경하는 거야.

경환　(놀라고) 내장 구경이요?

호정　그래도 혹시 모르니까 가보는 게 좋지 않을까요?

상순　됐어. 할매 마음만 아파.

영한　(듣고 생각하다가) 가보자.

상순　(놀라서) 예?

영한　말했잖아. 우리한테 남은 건 성칠이뿐이라고.

혜주　저도 같이 갈게요.

S#21. 종남시장 호랭이떡집 안 (D)

망연자실해 앉은 호할매의 손을 꼭 붙잡고 있는 혜주.
영한, 호할매 앞에 앉아 고개 떨구고 있다.

영한　　　(조심스레) 할머니, 부검이라는 게 있어요. 성칠이가 어떻게 죽었
　　　　　는지 알아내는 거예요. 그러려면 우리가 성칠이 속을 봐야 되는
　　　　　데, 마음 아프시면 안 해도 돼요. 싫으시면 안 할게요.
혜주　　　맞아요, 할머니. 마음 아프시면 꼭 안 하셔도 돼요.
호할매　　(혜주의 손을 꼭 잡고) …해라.
영한/혜주　(놀라 할머니 보고)
호할매　　그래가 잡는다 카면 해야지.
영한　　　고맙습니다. 제가 꼭 범인 잡을게요. 약속해요.
호할매　　(눈물이 후두둑 떨어지며) 끝까지 그놈 잡는다 캐줘서 고맙데이….

호할매 곁에서 혜주, 함께 울고.
영한, 울컥하는 마음을 애써 참는다.

S#22. 국과수 복도 (D)

INS ▶ 벽돌로 지어진 3층 건물 [국립과학수사연구소] 외경.
국과수 복도로 들어서는 영한팀.
걸어가다 연구실 앞에 서면 문 위에 걸린 현판 [屍身(시신)은 말
한다] 보이고.

S#23. 부검실 안 (D)

한쪽 벽면의 진열대엔 포르말린에 고정된 인체 장기 샘플들.
부검대 위에는 성칠의 시신이 올려져 있다.
그 옆에 영한팀과 법의학자 문국철, 둘러서서 묵념하고, 고개 들고.

국철   형사님들이 네 분이나 오신 걸 보니 특별한 사건인가 봐요.

깨끗하게 닦인 성칠의 상처 위로 작은 막대의 번호판을 빠르게
꼽는 국철.
마음 아프지만 피하지 않고 보는 영한.
차마 못 보고 고개 돌리는 상순.
경환, 마치 제 몸이 찔리는 듯 인상 찡그리고.
가까스로 구역질 참는 호정.

국철   자창은 모두 12개. (기록하며) 사인은 자창에 의한 과다출혈인 것
같습니다. 근데 이 일 하면서 이렇게 잔인하게 찔려 죽은 경우는
처음 보네요. 이 정도면 찌른 사람 손에도 상처가 남았을 것 같
은데요?

영한   (번뜩 생각나고)

INS 1 ▶ S#11. 살모사의 손, 엄지와 검지 사이에 상처.

국철   (자상 자세히 보면서) 칼날의 폭이 얇고 긴 것이 시중에 흔한 칼은
아닌데. (오른쪽 팔뚝 뒤쪽 가리키며) 여기, (왼쪽 팔뚝 뒤쪽의 멍 가리키
며) 또 여기. 이렇게 멍든 자국도 있습니다. (기록하고)

상순   이건 맞아서 생긴 건 아닌 거 같은데?

경환	이런 거는 씨름할 때 샅바가 조이면 생기는데….
영한	(뭔가 떠오르고)

INS 2 ▶ 성칠을 마구 찌르는 범인의 실루엣이 확장되면, 성칠의 양팔을 단단히 결박하고 있는 또 다른 범인 둘.

영한	김형사, 일루 와봐.
상순	(다가가고)
영한	(상순의 팔짱 껴서 딱 잡고) 조형사, 일루 와서 저쪽 팔 잡구 땡겨봐.
경환	(상순의 팔짱 꽉 끼고 잡으면)
상순	(고통에 몸부림치며) 아아!
영한	(풀어주며) 최소 세 명이야. 찌른 놈 하나. 잡고 있던 놈 둘.
국철	(성칠의 오른손 등에 상처 가리키며) 여기 빨간 부분 보이시죠?
일동	(집중하면)
국철	발진 같은 게 있네요. 화상인데 일반 화상은 아니고… 화학약품?
상순	(영한에게) 현장에 양잿물이 있지 않았어요?
국철	양잿물에도 이런 화상이 생기긴 하죠. 외피 검사는 끝내고 절개하겠습니다.

성칠의 배를 쭈욱 가르는 국철의 메스.
성칠을 부검하는 국철의 모습이 이어진다.
호정, 무서움을 억지로 참고 보고,
굳은 표정으로 지켜보는 영한, 상순, 경환.

S#24. 국철의 연구실 안 (D)

부검 관련 서적과 각종 샘플로 가득한 비좁은 공간.

경환과 호정, 이것저것 구경하고.

국철 처음이라 많이 힘드셨죠?

경환 이런 걸 어떻게 하세요?

국철 밖에 '시신은 말한다' 보셨죠? 그걸 들을 사람이 저희밖에 없어서요.

상순 근데 우리나라는 좀 꺼리지 않나? 죽은 사람 배 다시 가르고 그러는 거.

국철 그래서 많이들 안 오시죠. 사람 몸 따봤자 무슨 소용 있냐고. 그렇다고 해서 억울한 죽음이 있어선 안 된다고 생각합니다.

영한 오늘 보니까 그렇네요. 덕분에 성칠이가 남긴 말 잘 들었습니다.

국철 억울한 죽음이 있다면 국과수로 가라. 홍보 좀 해주십시오.

영한 (악수 청하며) 예 그러겠습니다.

S#25. 성칠의 무덤 앞 (해 질 녘)

성칠의 무덤을 쓰다듬고 있는 호할매.
양옆에서 달래주는 혜주와 난실.
무거운 마음으로 그 모습을 바라보는 영한팀.

호할매 다음번에는 돈 많고 집 좋고 그런 데서 태어나래이. 내는 아는 척도 말고….

혜주 할머니…. (맘 아파서 눈물 터지고)

난실 (무덤 앞에 책 두고) 오빠, 거기선 맞춤법 틀려도 되니까 맘 편히 살아요.

영한	(무덤 앞에 새 고무신 두고) 갈 땐… 새거 신구 가.
호할매	(완전히 쉰 목소리로) 아이고 성칠아…!

침통한 표정의 영한팀 위로 비통한 목소리의 호할매의 부르짖음.
해가 기우는 석양 아래, 성칠을 보내는 모두의 실루엣에서.

S#26. 종남경찰서 회의실 안 (N)

둘러앉은 영한팀과 유반장.
호정, '형사법' 책을 마구 넘기고.
경환, 책상에 머리를 쿵쿵 박고 있다.

경환	(머리 쿵) 살모사. (쿵) 방울뱀. (쿵) 백사. (고개 쳐들고) 셋이면 딱 봐도 그 새끼들이 범인인데 잡아서 족치면 되잖아요.
상순	살모사새끼는 병원에 짱박혀 있으니까 나머지 두 놈부터 털죠?
영한	저번에 떼거지로 와서 데려가는 걸 당하고도 그래? 이번엔 허투루 안 돼.
유반장	범행 도구를 확보하는 게 제일 중요해.
호정	(책을 보며) 맞아요. 흉기 없는 살인은 기소도 힘들고 형량도 가볍답니다.
유반장	(뭔가 떠오르고) 니들 낮에 부검했다며. 흉기에 대해 들은 거 없어?
영한	칼날의 폭이 얇고 길다고 했어요. 일반적이지 않다구요.
유반장	(!!) 살모사네.
영한	예?
유반장	그 칼 이정재 하사품이야.

INS ▶ 일심관 앞에서 얼큰하게 취해 부하들에게 칼을 자랑하는 살모사, 멀리서 지나가다 이를 지켜보는 유반장. 이 위로,

유반장   (V.O) 예전에 구역 나눌 때 화랑이라고 각인해서 최측근 몇 명한 테만 나눠준 거야. 살모사 그 새끼가 맨날 애지중지 품고 다녔지.

호정   몸수색할 때는 없었어요. 그런 걸 쉽게 잃어버릴 리도 없는데.

상순   그걸로 찔렀네. 그러니까 숨긴 거지.

경환   숨겼다구요? 버린 게 아니라?

유반장   흉기 그거 쉽게 못 버려. 바다에 버릴라면 바다까지 가야 하고. 청계천에 버리면 날 가물 때 발견되고. 쓰레기함은 넝마주이가 찾아내지.

영한   그럼 어디 파묻었을 확률이 높겠네요.

경환   어디부터 파볼까요?

상순   (답답하고) 이 뱀새끼들을 어디 묶어놓고 죽도록 팰 수도 없고.

영한   (답답함에 손으로 책상 쾅 내려치고)

S#27.   종남경찰서 앞 (N)
────────────────

밖으로 나온 영한, 비가 쏴아 내리고 있다. 뒤따라 나온 상순, 경환, 호정.

영한   (빗속으로 뚜벅뚜벅 걸어가고)

경환   형님! 우산 금방 가져다드릴게요!

상순   (말리며) 그냥 두자. 저 속을… 차라리 비가 좀 식혀줬음 좋겠다, 나는.

빗속으로 점점 사라지는 영한의 쓸쓸한 뒷모습.

S#28. 종남서림 밖 (N)

종남서림의 불이 하나둘 꺼지고. 우산 들고 밖으로 나와 문을 잠
그는 혜주, 뒤돌면. 비에 홀딱 젖은 영한이 우두커니 서 있고.

혜주   (놀랐다가, 무슨 일이 있구나 싶어 이내 속상한) 왜 안 들어오구요….

S#29. 종남서림 안 (N)

영한, 맥없이 앉아 있다. 수건을 가지고 온 혜주.

혜주   (수건 건네며) 따뜻한 물이라도 좀 가져올게요. 닦고 있어요. (가려
        는데)
영한   적어도,
혜주   (멈춰 서서 영한 돌아보고)
영한   내 옆에 있는 사람들은 허망하게 죽게 하지 말자.
혜주   (가슴 아파 눈을 질끈 감고)
영한   죄지은 놈들은 반드시… 반드시 벌을 받게 하자. 경찰이 된 이유
        고… 지금까지 한 번도 어긴 적 없는 원칙이었어요.
혜주   (영한 옆에 앉고)
영한   근데… 아끼던 동생이 죽고… 누가 죽였는지도 아는데… 잡을
        수가 없어요.
혜주   (부들부들 떨리는 영한의 손 위에 자신의 손을 얹고)

영한	첨부터 무모하게 잡았으면 안 되는 거였는데. 좀 더 냉정했어야 했는데….
혜주	성칠이니까요… 성칠이였으니까….
영한	아니, 그때 칼 묻은 곳부터 알아냈어야 했어요…. 형사라는 놈이… 무식하게 들이받기나 하고…. (자책하며 고개 떨구면)
혜주	이렇게 될지 몰랐잖아요. 형사님이라고 어떻게 모든 걸 예측하고 그래요….
영한	형사 딱지 떼고 그냥 다 죽여버릴까. 아니 그냥 쥐도 새도 모르게 싹 다 없애버릴까. 하루에도 몇 번씩 그런 생각이 나고. (몸을 떨기 시작하면)
혜주	(그 떨림에 놀라) …오늘 뭘 먹긴 한 거예요? 뭐라도 먹으러 가요. (일어나 영한의 손을 잡아 일으켜 세우려는데)
영한	(손을 잡힌 채로) 너무 제가 무력해요.
혜주	(보고)
영한	소도둑 잡는다고 몇 날 며칠 밤을 새도 이렇진 않았는데.
혜주	(그 맘 알기에, 잡았던 영한의 손을 살짝 놓고)
영한	난요… 오늘이 제일 힘들어요. (하는데)

이때, 앉아 있는 영한의 등 뒤에 선 혜주, 영한을 살며시 안는다.

혜주	(몸을 숙여 영한의 젖은 머리를 더욱 꼭 안으며) 알아요.
영한	(그제야 소리 없이 눈물이 흐르고)

두 사람의 모습 뒤로, 창문을 두드리던 빗방울이 점차 잦아든다.

S#30. 영한의 하숙집 마당 (N)

영한, 문 열고 들어오면,
파주댁, 다급히 국진 방 앞으로 영한을 끌고 간다.

영한	(끌려가며) 어어 왜 이러세요, 여사님.
파주댁	(손짓) 쉿! (국진 방문 가리키며) 저기 봐봐.
영한	(열린 문틈으로 안 들여다보고) 저게 뭐 하는 거예요, 대체?
파주댁	형사가 그것도 몰라? 요즘 난리잖아~ 이집 저집 곗돈에 집문서에~

INS 1 ▶ 국진의 방 안. 신단에 흑백교 부적을 고이 모셔놓고, "흑흑흑의의의백백백!" 주문을 외며 미친 듯이 몸을 흔들고 있는 국진.

파주댁	곧 시험 결과 나온다고 발발 떨더니 저러고 있는 줄은 몰랐네? (쯧쯧)
영한	(인상 찌푸리며 다시 방 들여다보며) 그러니까 저게…. (하다가 번뜩)

INS 2 ▶ S#11. 검은 바탕에 흰 글씨가 적힌 부적 클로즈업.

국진	(문 열고 나오며) 부정 타게! 저리 가요 저리 가! 우리 대원님 노하시겠네! (하며 영한, 파주댁 마구 밀어내고)

S#31. 종남서림 안 (D)

작전 회의 중인 영한팀. 한편에 혜주와 난실, 책을 읽고 있다.

경환	시장 사람들하고 하숙생까지 돈 꼬라박고 있다는 그게 흑백교 였다고요?
상순	다들 미쳐 돌아가는구만… 근데 그걸 이용해서 뭘 어쩌자는 겁 니까, 형님?
영한	(부적 꺼내며) 이놈의 신이 시키면 숨겨논 칼도 갖고 오지 않겠어?
상순	아~ (하다가) 근데 어떻게요?
난실	(책 탁 덮으며) 교주를 이용하면 되겠네요!
영한	(난실 향해 빙고!) 근데 그 교주란 놈이 어떤 놈인지 감이 안 오네….
상순	예전에 오형사가 흑백교 판다고 막 설치고 다녔는데….
영한	오형사가?

S#32. 종남경찰서 수사반 안 (D)

상하좌우로 두 눈을 희번덕거리며 우물쭈물하고 있는 오형사.
화면 넓어지면, 오형사를 둘러싸고 취조하듯 묻고 있는 영한팀.

오형사	취조당하는 것 같은 건 기분 탓이겠죠?
영한	너 흑백교 어디까지 파봤냐?
오형사	파긴 팠는데… 나온 게 없어요, 별로.
상순	왜 나온 게 없어?
오형사	(손가락으로 하늘 가리키며) 하늘에서 내려오신 분이라….
상순	(때리는 시늉하며) 이거 형사라는 게 콱 씨 그냥!
오형사	진짜 영험해요! 다 고쳐요, 흑백교는! 제가 두 눈으로 확실히 봤 다니까요!
경환	(주먹으로 책상 쾅 내리치며) 두 눈 좀 확실히 고쳐볼까요?
영한	(혀를 차며) 야 가, 가, 그냥!

오형사	(어정쩡하게 일어나며) 땅에서 솟으신 분이란 말도 있고….
영한	(어이 상실) 가던 길 가라고 새끼야! (구두 한 짝 던지고)
오형사	(날아오는 구두 살짝 피하면서 뒷걸음질 치는데)
영한	야 근데 그 흑백교는 어디 붙어 있냐?

S#33. 흑백교당 안 (D)

INS▶ 흑백으로 칠한 교당 건물 외경. 들어가는 영한팀.

교단 위에 색동옷 입은 대원님, 풋쳐핸접 하며 신들린 듯 주문 읊으면, 교단 아래서 미친 듯이 따라 하는 신도들, 헌금 단지에 돈 마구 넣고.

영한팀, 자세 숙여 제일 뒤에서 앞쪽을 보면,

대원님 바로 앞에서 손 흔들고 있는 방울뱀, 대원님이 머리에 손을 얹자 앞주머니, 뒷주머니, 안주머니 등에서 돈을 꺼내 단지에 마구 넣고.

이때 흰 한복 입은 청년 넷, 들것에 앉은 앉은뱅이(30대/남) 들고 오는데.

앉은뱅이의 새카만 양말 바닥. 이를 보는 영한.

잠시 시간 경과▶ 주문 외는 대원님과 눈이 마주친 앉은뱅이, 영문을 모르겠다는 듯 환희에 가득 찬 표정으로 점점 자리에서 일어나서 우뚝 선다.

절레절레, 더 볼 것도 없다는 표정의 영한.

신호 보내면 흩어지는 영한팀.

S#34. 흑백교 안 대원님 방 안 (D)

돈을 세며 안으로 들어오는 대원님.

영한   (V.O) 어 왔어?

대원님, 놀라 보면 영한, 목침 베고 누워 있다가 일어난다.
방 한쪽에 무릎 꿇고 앉아 손들고 있는 앉은뱅이와 경리.
그 앞에 경환, 자꾸만 내려가는 앉은뱅이의 팔을 고쳐 잡는다.

영한   베개가 높다야. 여기서 잠은 오냐?
상순   (요강에서 돈다발 꺼내고, 냄새 쿵쿵 맡고) 요강에 둬서 그런가, 돈에
       서 왜 이렇게 구린내가 나?
호정   (한쪽에서 장부 보고) 지난주 심봉사는 30환, 저 앉은뱅이는 오늘
       50환 받았네요.
대원님 당신들 뭐야?!
영한   뭐긴, 기적 받으러 온 사람들이지. 근데 진짜 기적을 행할 수는
       있나?
대원님 네 이놈! 신의 대리인을 의심하다니 급살을 맞을 것이야!
영한   아니 난 서지도 못하는 사람 발바닥이 새까맣길래 사기꾼인 줄
       알았지.
앉은뱅이 (발을 감추듯 겹치고)
영한   (대원님에게) 그럼 지금 당장 보여줘봐. 억울하게 죽은 놈을 살리
       든 죽인 놈을 급사시키든 둘 중 하나만 해도 인정할게.
상순   5초 준다. 하나, 둘,
대원님 (더 센 척 영한 앞으로 걸어가며) 오늘은 기력이 쇠하여 더는 기적을
       행할 수 없느니라. 다 때를 기다리고, (하다 갑자기 앞으로 확 고꾸라
       지고)
경환   (콱 잡아다 앉히고) 말이 참 많네.

영한 (꿇어앉힌 대원에게 다가가고) 우리가 찾는 칼이 하나 있는데 그거라도 찾아와보든가.

S#35. VISION: 방울뱀을 따르는 흥조

[1] 거리 일각 (D)
멀리서 방울뱀이 걸어오는 모습을 지켜보는 영한팀.
신호를 보내면, 커다란 거울을 옮기기 시작하는 인부로 변장한 거지 두 명.
일부러 방울뱀 앞으로 다가가 헛디디는 척 넘어지며 거울을 깬다.
깨진 조각을 짚어 손바닥이 째지는 방울뱀. 도망가는 거지 두 명.

[2] 건물 앞 (D)
손에 붕대를 감고 잔뜩 화가 난 방울뱀. 건물 옥상의 경환과 상순, 저 아래 방울뱀 바로 앞으로 간판을 떨어뜨린다. 식겁하는 방울뱀.

[3] 골목길 (N)
저 멀리 살모사가 입원한 병원이 보이는 어둡고 좁은 골목길.
방울뱀, 잔걸음으로 서두르는데 멀리 보이는 헤드라이트 불빛 두 개가 맹렬한 속도로 다가온다. 반대 방향으로 냅다 뛰는 방울뱀, 결국 엄청난 속도로 자신을 쫓는 자동차가 부딪치려는 찰나! 보면 오토바이 두 대가 방울뱀의 옆을 스쳐 지나가고!

S#36. 살모사의 병실 안 (N)

머리에 붕대 칭칭 감은 살모사, 국밥을 게걸스럽게 먹고 있다.

살모사	(터진 입술로 힘겹게 먹으며) 강냉이는 안 털어줘서 고맙다 새끼들. (백사에게) 황천 그 새끼는 좀 조용하냐?
백사	예. 요샌 좀 잠잠한 거 같습니다.
살모사	(숟가락 내려놓고) 이 짓도 답답해서 더 못 해먹겠다. 내일 퇴원할란다.
방울뱀	(넋 나가 있고)
살모사	(방울뱀 보고) 듣고 있냐?
방울뱀	(정신 들고) 예. 내일 모시러 오겠습니다. (꾸벅 인사하고 나가고)
살모사	저 새끼 저거 왜 저래, 오늘?

S#37. 병원 로비 (N)

터덜터덜 로비로 나온 방울뱀, 놀라 우뚝 서는데. 그 앞에 두둥! 영검한 기운이 감도는 대원님이 등을 돌리고 서 있다.

방울뱀	대… 대원님?!
대원님	사지를 찢고!
방울뱀	(저도 모르게 붕대 감은 손을 감싸고)
대원님	벼락을 맞고!
방울뱀	(간판이 떨어질 때가 떠올라 머리를 감싸는!)
대원님	오장육부를 갈기갈기 찢어도 시원찮을 놈!
방울뱀	(무릎을 꿇고 싹싹 빌며) 잘못했습니다! 잘못했습니다!
대원님	항시 조심해야 하거늘!! (빠르게) 물조심, 불조심, 개조심, 차조심, 술조심, 칼조심, 총조심, 말조심, 병조심, 천재지변조심!

방울뱀	그… 그것들만 조심하면 되겠습니까!?
대원님	하나 더, 억울하게 죽은 영혼의 원한조심. (봉투를 건네고) 여기 적힌 대로 하지 않으면 더 큰 화를 입게 될 것이야.

방울뱀, 얼른 봉투 안의 내용을 꺼내 읽고.

S#38. 어느 산자락 (N)

삽을 들고 헉헉대며 산을 오르는 백사. 뒤따르는 방울뱀.

백사	죽겠습니다, 형님!
방울뱀	죽지 마. 살러 가는 거야.
백사	살아서 못 가겠습니다, 형님! 갑자기 이 밤에 칼은 왜 찾으시는 건데요?
방울뱀	피 묻힌 칼을 제대로 처리 안 하면 우리 다 죽는다고, 새끼야! 넌 대체 칼을 어따 숨긴 거야?!

S#39. 산 중턱 (N)

어둠 속에서 땅을 파헤치는 소리와 헉헉대는 숨소리만 들리다가. 손전등 불빛을 비추면, 방울뱀, 백사가 땅을 파헤치느라 엉망이고.

방울뱀	누구야? 어떤 새끼야?

모습을 하나둘 드러내는 영한팀. 가까이 가서.

영한	괜찮아. 하던 거 해.
방울뱀	(놀라고) 아이 씨.
방/백	(삽 내던지고 밖으로 나오려고 하면)
상순	(발로 통 차서 다시 둘을 구덩이 속으로 넣어버리고)
영한	(삽 다시 던져주며) 해 뜨기 전에 찾자.

S#40. 산 중턱 (D)

INS ▶ 서서히 날이 밝고.
구덩이 속에서 웃통을 벗고 열심히 삽질하고 있는 영한과 경환.
그 주위로 완전히 널브러진 상순, 호정, 방울뱀과 백사.
이때 영한의 삽 끝에 '철컥' 뭔가 걸리면.

영한	찾았다. (흙을 파헤쳐 손수건에 싸인 칼을 꺼내고)
호정	(그 소리에 90도로 스르르 일어나고) 진짜요?

영한, 피 묻은 손수건을 풀어보면 모습을 드러내는 칼날.
보면, [和郎(화랑)] 글자 새겨져 있고.

방울뱀	(슬쩍 뒷주머니에서 부적을 꺼내 성냥불을 붙여 태우며) 대원님… 부디 죄를 사하여 주시옵고….
백사	(질린다는 듯 방울뱀 보면)
상순	(방울뱀에게 다가가 부적 빼앗아 밟아 끄고 뒤통수 퍽!) 산불 나 새끼야!
영한	(칼을 보며 씩 웃고)

S#41. 검사장실 안 (D)

정재, 검사장, 최서장, 찻잔 놓인 테이블에 둘러앉아 대화하고
있다.

정재   (찻잔 내려놓으며) 제가 폐를 끼친 건 아닌지 모르겠습니다.
검사장   폐라니요. 선거도 얼마 안 남았는데 작은 불씨도 조심해야지요.
          영장 청구는 저희 검사들 소관이니 제가 잘 단도리시키겠습니다.
정재   그렇게 말씀해주시니 마음이 한결 가볍습니다. 감사합니다.
검사장   부디 각하를 위해 대업들 이루시기 바랍니다.
최서장   (만족스럽게 웃고)

S#42. 종남경찰서 서장실 안 (D)

앉아 있는 최서장, 그 앞에 유반장이 심각한 얼굴로 서 있다.

유반장   그게 무슨 말입니까? 영장 발부가 안 된다뇨?
최서장   앞으로 검찰이 동대문 관련해서는 어떤 영장도 청구 안 한다니
          까 괜한 헛수고 하지 말란 소리야.
유반장   살모사 그 새끼 살인사건 용의잡니다. 이정재를 잡아넣겠다는
          것도 아닌데 영장 청구를 안 한다는 게 말이 됩니까?
최서장   긴말 필요 없어. 까딱하단 니 새끼들 목숨줄도 위험할 수 있어.
유반장   (최서장을 분에 찬 얼굴로 노려보고)

S#43. 병원 입구 (D)

살모사, 한 손엔 짐가방, 다른 손으론 목발을 짚고 절뚝대며 걸어 나온다.

살모사   (주변 두리번대며) 이 자식들 왜 안 오는 거야? (목발 삐끗해 자빠지고) 에이 씨! (목발 던지고 일어나 머리 붕대 풀며 멀쩡히 걸어가는데)

이때, 누군가 살모사 뒤통수 치고, 살모사 "아!" 소리치며 돌아보면 상순이다.

상순   다리도 멀쩡한 게 목발은 왜 짚고 난리야?

상순 뒤로 흙투성이인 몰골로 삽을 들고 서 있는 영한팀.
그 옆에 방울뱀과 백사, 살모사 눈치 보며 서 있고.

살모사   (분위기 감지하고, 표정 굳으며) 저 등신 같은 놈들….
영한   (수갑 채우고) 가자.

S#44.   종남경찰서 수사반 안 (D)

유반장, 어두운 얼굴로 책상에 앉아 있다.
이때 흙투성이의 영한팀, 살모사, 방울뱀, 백사를 끌고 들어오고,
그 와중에 방울뱀, 흑백교 부적을 꼭 쥐고 중얼대며 기도하고 있다.

호정   (신나서) 반장님! 증거 찾았습니다!
영한   (유반장에게) 이 새끼들 진짜 깊게도 묻어놨더라구요. (칼 책상에 올려놓고)

유반장	(칼 보더니 한숨 내쉬고, 책상 쾅! 치고 나가고)
경환	(영문 모르고) 뭐야…? 반장님 어디 가세요?
변반장	(다가와) 앞으로 대한민국에서 너희가 동대문 관련으로 영장 받을 방법은 없을 거다.
상순	그게 무슨 개소리예요?
황형사	(다가오고) 이게 다 너희 같은 음해 세력들한테서 이 회장님을 보호하겠다는 거잖아.
변반장	잔말 말고 얼른 풀어줘!
영한	(단호히) 못 풀어줍니다.
변반장	황형사, 니가 풀어줘.
황형사	(살모사 수갑 풀어주며) 이회장님 이번에 국군사령부 군납권 따셨다며?
살모사	(웃으며) 예. 이제 회장님 뒤로 줄 댄 사람들은 다 노난 겁니다.
상순	(보고, 빡치고) 아주 지랄들을 한다! (의자 걷어차고 나가버리고)
경환/호정	(따라 나가고)
살모사	(영한에게 다가오며 약 올리듯) 영장도 못 받는 경찰이 경찰인가~
영한	(빡쳐서 살모사 노려보고)
살모사	(영한 귀에 속삭이며) 근데 어떡하지? 내가 죽였는데?
영한	(살모사의 먹살 거칠게 잡고) 내가 너 꼭 잡는다. (던지듯 먹살 풀어주고)
살모사	(옷깃을 정리하며, 빈정대는) 다음엔 영장 갖고 와. (방울뱀, 백사에게 무섭게) 니넨 따라와. (가고)
방/백	(체념하고 울상으로 따라나서는)
영한	(가는 뒷모습 노려보고)

S#45. 정재의 집 거실 (D)

정재, 벽에 인부들이 거는 일본풍의 그림을 서서 보고 있다.
그 옆에 살모사, 밝은 얼굴로 서서 조아리고 있다.

정재   (살모사에게 눈길도 주지 않고 인부에게) 좀 더 오른쪽으로.

살모사   감사합니다, 회장님. 큰 은혜 베풀어주셔서 무탈하게 나왔습니다.

정재   (말 무시하고 인부에게) 좀 더 위로.

살모사   (눈치 없이 인부에게) 에헤이~ 거기 삐뚤어졌네. (나서는데)

바로 살모사의 배를 차는 정재. 넘어지는 살모사. 계속 밟는 정재.
살모사 고통스러워하고…. 정재, 멈추고 숨을 고른다.

정재   또다시 이런 일 생기면… 니 명줄, 내 손으로 직접 끊어버릴 거다.

살모사   (고통스럽지만 얼른 무릎 꿇는 자세 잡고) 죄송합니다, 회장님.

정재   그리고 나 말이다, 너한테 은혜 베푼 거 아니야. 쥐새끼 하나가
             우리 동대문을 갉아먹어서 독에 넣어둔 것뿐이야.

살모사   (처지 깨닫고)

정재   상인회 분관 착공식이나 차질 없이 준비해. 나가!!

살모사   (울상으로) 예….

S#46. 영한의 하숙집 마당 (N)

'끼익' 대문이 열리고 영한이 힘없이 걸어 들어온다.
술상 차려진 마루에 앉아 있는 국진, 은동.
국진 앞 십여 장의 흑백교 부적 놓여 있고, 국진 잘게 찢고 있다.

은동   (영한 보고) 이제 오세요? 저희 한잔하고 있었는데 같이 하시죠.

영한	(피곤한 얼굴) 미안합니다, 오늘은.
은동	(국진을 눈짓하며) 시험 떨어졌대요.

영한, 국진 보며 은동과 마루로 올라가 앉는다.
시간 경과 ▶ 술병 여기저기 널브러져 있고. 얼큰하게 취한 세 사람.

국진	사이비에 3개월 치 하숙비를 갖다 바쳐… 근데 시험도 떨어져? 난 죽어야 해. (수북이 쌓인 부적 조각 입에 와구 넣고)
은동	(대자로 누워서) 그러니까 그 돈 있음 진작 나한테 적금이나 들지. 쯧쯧.
영한	(국진 위로하며) 에이- 죽긴 왜 죽어? 내년에 시험 또 보면 되지. 정형은 기회가 또 있잖아요. 나는 영장이 안 나와서 기회도 없는데.
국진	영장, 그까이 거 받음 되지 뭘 고민하십니까?
영한	우리나란 다 썩어서 그 새끼한테 영장 청구해줄 검사가 없다네요.
국진	에이~ 그럼 다른 나라서 받음 되지. 나쁜 놈은 우리만 잡나?
영한	(술 취해 풀린 눈을 꿈벅대며) …?
은동	(국진에게 손가락질) 푸하하! 내가 왜 정형이 떨어졌는지 알겠다. 그렇게 헛소릴 하니까 떨어지지! (놀리듯 계속 시끄럽게 웃고)
영한	(은동 입 막으며) 정형, 좀 전에 뭐라 그랬어요? 다른 나라요?

S#47. 종남경찰서 회의실 안 (D)

화면을 가득 채운 성조기 깃발.
CA, 점차 뒤로 빠지면
다 같이 둘러앉은 유반장과 영한팀.
영한, 작은 성조기 깃발 들고 있고.

유반장	갑자기 미국 국기는 왜?
영한	그 뱀 같은 새끼 잡을 방법이 있더라고요. (씩 웃으며) 이정재가 손 못 쓰게 국제적으로 사고를 치게 하죠.
상순	그게 가능해요? 살모사 그 자식 나와바리가 끽해야 종남 바닥 인데?
영한	(자신만만한) 가능하지. (모이라는 손짓)

일동, 가까이 모이면 영한, 신난 듯 설명 시작하는데 음소거된다.

S#48. 종남시장 착공식장 단상 앞 (D)

[종남시장 상인회 분관 착공식] 현수막이 올라가고
인부들 분주히 움직이며 착공식을 준비 중이다.
살모사, 방울뱀·백사와 함께 착공식 준비를 둘러본다.

살모사	(만족스러운) 박영한이 나가리되니까 이렇게 평화롭잖아. 안 그래?
방/백	예!
살모사	이제 거슬리는 것들 싹- 다 치웠으니 착공식에만 집중할 수 있 겠어. (웃고)

S#49. 종남경찰서 수사반 안 (D)

영한, 가죽 장갑 낀 손을 탁탁 털며 고개를 좌우로 까딱 몸 풀고.
상순, 이를 아래위로 딱딱거리며 턱 풀고.
펄럭! 까만 야상을 한번에 둘러 입는 호정.

경환, 호정 따라 야상 한번에 입으려는데 팔이 걸려 낑낑댄다.
유반장, 피식 웃으며 이들을 보고 자신도 의자에 걸쳐둔 재킷을
입는다.

상순   (턱 딱딱 풀며) 반장님, 어디 가시게요?

유반장 내가 반장인데, 나도 내 몫은 해야지 어떻게 니들만 보내냐?

영한   (유반장 아래위로 훑고, 손사래 치며) 에이, 그냥 계세요. 연세도 있으
      신데.

유반장 나도 가야지 인마. 말했잖아. 나 왕년엔 마포 쇠망치였다니까?

경환   반장님, 그럼 쇠망치 드실 겁니까?

상순   (경환 막으며) 됐어. 가요 가. 근데 낙오되면 버리고 옵니다? (영한
      에게) 서점사장님한테는 말해뒀죠?

영한   (고개 끄덕) 응. (시계 보고는) 그럼 가시죠. 가자!

결연한 표정의 영한팀, 유반장을 필두로 수사반을 나선다.

S#50. 종남경찰서 앞 (D)

한편에 낡은 군용 트럭 한 대가 서 있다.
경찰서 밖으로 나오는 영한팀과 유반장. 어디선가 휘파람 소리
들리고.

영한   (트럭 쪽 보고, 반갑게) 어이, 친구!

일동, 다가가 트럭 안 운전석을 보면 모자를 푹 눌러쓴 의문의
사내, 운전석에서 가볍게 고개 끄덕하고.

이때 한편에서 이를 쑤시며 걸어오는 변반장, 황형사. 이들을 본다.
영한, 조수석에 타고. 유반장, 상순, 경환, 호정 트럭 뒤에 올라탄다.
트럭 출발하면 멀어지는 트럭을 바라보는 변반장과 황형사.

변반장   (싸한) 뭔 일 칠 거 같지? 불안한데….
황형사   (트럭 떠난 쪽 보다가 휙 돌아보며) 조퇴할까요?
변반장   (폭풍 끄덕임) 얼른 가자. (몸서리) 어휴.
변/황   (서둘러 자리 뜨고)

S#51. 종남시장 착공식 단상 앞 (D)

빨간 카펫 깔린 단상 위, 화환들 줄지어 있는 화려한 착공식장.

동대문2   지금부터 착공식을 시작하겠습니다. 어삼룡지점장님을 모시겠
         습니다. 박수!
살모사   (만족스런 얼굴로 단상 위로 올라가고)

붕대를 감은 방울뱀과 백사, 박수 치며 호응 유도하면.
상인들, 보고 마지못해 따라 박수 치고.
살모사, 마이크 앞에 서면, 기자들, 플래시 터트리며 사진 찍는다.

살모사   (여기저기 주머니 뒤져 연설문을 찾고) 에헴. 공사가 다-망하신 중에도,
영한   (V.O) 공사가 다 망했답니다-!

모두 동시에 소리 나는 쪽을 보면,
단상 앞으로 사람들 가르며 걸어오는 영한팀과 유반장, 의문의

사내.

영한   오늘 잔치 끝났으니 돌아들 가세요~

살모사   (기자들 눈치 보며) 여긴 또 왜 왔어? 너네 영장도 없잖아.

상순   그러게 잔치를 왜 니들끼리 해. 서운하게. 우리도 불러야지.

살모사   (유반장 보며) 반장님은 뭘 또 직접 나오고 그래?

유반장   서에 앉아만 있으니까 욕창이 생기는 거 같아서 말이야.

영한   우리 오늘 경찰로 온 거 아니거든? 계급장 떼고 주먹 대 주먹으
로 붙자.

살모사   에이 씨. 그래 붙어. 근데! (달래듯) 이 행사 진짜 중요한 거거든?
그니까 한 시간만, 한 시간 이따가 붙어!

영한   오늘은 내가 좀 바빠서, 먼저 칠게? (살모사 앞으로 다가가 선빵 날리고)

유반장, 상순, 경환, 호정 착공식 현판, 화환 등등 막 부수기 시
작하면,
동대문 건달들, 이들에게 덤벼들어 싸움이 시작된다.

살모사   (황당) 너네 왜 그래! 이건 아니지. 바뀐 거잖아. 왜 너네가 깽판
을 쳐!

살모사, 영한에게 달려드는데.
이때 의문의 사내, 살모사 허리로 달려들고.
살모사, 마구 주먹으로 패는데, 의문의 사내 끈질기게 달라붙는다.

S#52. 미군 부대 정문 (D)

INS ▶ [미 육군 서울 공병단] 부대 앞.

바리케이드 앞을 지키는 미군보초병1, 2, 달려오는 혜주와 난실을 발견한다.

보초병1 (영) 거기 멈춰! 무슨 일이야?
난실 (영) 군인아저씨, 큰일 났어요, 큰일!

혜주, 심각한 얼굴로 끄덕이고.

S#53. 다시 종남시장 착공식장 단상 앞 (D)

의문의 사내가 여전히 살모사의 허리를 끌어안고 버티고 있다.

살모사 (마구 때리다 지치고) 이 자식은 거머리도 아니고 왜 나만 따라다녀?

이때 왜엥- 사이렌 울리며 들어서는 트럭 한 대.
영한, 의문의 사내에게 사인 주면,
사내, 갑자기 맥없이 툭 쓰러진다.

동대문1 (달려와서) 형님, 미군입니다!
살모사 (짜증) 미군이 여길 왜 와?!

미군 헌병 여섯 명이 트럭에서 일사불란하게 뛰어내려 총 겨누면,
얼어붙는 살모사와 동대문 건달들.

헌병대원1 (영) 손들어! 너흰 미합중국의 군인을 공격했다.
살모사 (동대문1에게) 뭐라는 거냐?

영한	US 아미~ 너네가 미군을 공격했다고.
살모사	새끼가 어디서 약을 팔아? (억울한) 여기 미군이 어딨어?
사내	(영) 여기! (일어나 모자 벗으며, 어설픈 한국어) 나다 이 shake it야. (하고 영한 보면)
영한	(마주 보며 씩- 웃고)

S#54. 어느 후미진 골목 (D): 영한의 회상

영한과 스티브 마주 보고 서 있고,
호정, 그사이에서 둘의 말을 통역한다.

스티브	(영) 안 됩니다. 대한민국 국민을 함부로 미군 헌병대에 가둘 순 없어요. 이건 한미 간 협정을 위반하는 거라 외교적인 문제가 될 수 있습니다. 여러분이 제 생명의 은인이라 해도 그건 힘들어요.
영한	미군이 살모사를 처벌해달라는 게 아닙니다. 저희가 그놈 데려 갈 수 있을 때까지 시간만 좀 벌어달라는 겁니다.
호정	(영) 서너 시간 아니, 두 시간만이라두요.
스티브	(고심하는 얼굴)
영한	중위님, 약속을 지키는 군인이 진짜 명예로운 군인이잖아요. 안 그래요?

S#55. 다시 종남시장 착공식장 단상 앞 (D)

스티브	(영한에게 엄지척하고)
상순	(큰 소리로) 대한민국 깡패가 미군을 팼다! (기자들 보며) 안 찍을

거예요?

기자들, 카메라를 들고 달려 나와 미군에게 끌려가는 살모사 사진을 찍는다.

스티브, 헌병대원1에게 사건 경위 말해주고 있다.

스티브	(영) 제가 친구를 돕는 중이었는데 깡패가 갑자기 나를 폭행했습니다.
헌병대원1	(영) (수첩에 적고) 알겠습니다. 추후에 연락드리겠습니다. (자리 뜨고)
유반장	(스티브에게 다가가 서툰 영어로) 땡큐, 땡큐 베리 망치. (와락 끌어안고)
상순	누가 마포 쇠망치 아니랄까 봐 아무 때나 망치래. (멋쩍은 듯) 땡큐.
경환	(스티브 번쩍 안아 들고) 고맙습니다. (내려놓고)
영한	중위님이 없었다면 이 작전은 성공하지 못했을 거예요. 고맙습니다.
호정	(영한 말을 영어로 스티브에게 전하고)
스티브	(영) 당신은 내 생명의 은인이니까요. 전 약속은 반드시 지킵니다. (웃으며 으쓱, 어설픈 한국어) 코리안 갱스터 별거 아니네요.
영한	(장난스레) 스티브, 그럼 다음에 한 번 더?
스티브	(영) (흠칫) 아니! 우리 우정은 여기까지! (코피가 주르르 흐르고)

S#56.   군부대 대대장실 안 (D)

INS ▶ 군부대 복도로 들어서는 이정재와 부하1.

정재, 중령 계급표를 단 남자와 마주 앉아 있다.

깔끔하게 포마드로 머리를 넘긴 남자, 서늘하고도 날카로운 눈빛을 지녔다.

뺨에는 길게 스친 듯한 상처가 있다. 군복 가슴에 이름표 '백도석'.

정재	대한민국 굴지의 전쟁 영웅을 이렇게 뵙게 되네요. 영광입니다.
도석	그저 일개 군인일 뿐인데 과찬이십니다.
정재	일개 군인이라뇨. 떠오르는 별이란 소문이 자자합니다. 애국심이 깊고, 젊지만 지도력까지 갖추셨다 해서 저도 중령님께 거는 기대가 큽니다.
도석	저 역시 군납을 맡길 분을 찾고 있었는데, 이회장님을 만나 안심했습니다.
정재	중령님께서 군납권을 해결해주신 덕분에 공천 준비가 수월해졌습니다. 자리만 차지하고 있는 장성들 의견 모아주시느라 애쓰셨습니다.
도석	(미소) 그럼 군 밖에서의 일은 회장님께 맡기겠습니다.
정재	걱정 마십쇼. 제가 군납을 맡은 이상 확실하게 처리하겠습니다. 그리고 중령님께서도 마음 상하실 일 없도록 반드시 결초보은 하겠습니다.
도석	(웃으며, 서류 슥 밀고) 여기 계약섭니다. 서명하시죠.

정재, 서명하려 펜을 드는데, 이때 노크하는 소리 들리고.

도석	(정재에게 잠시 멈추라는 손짓, 밖에다) 들어와.
군인1	(다급히 들어와 도석에게 경례하고, 이정재 힐끗 보더니) 좀 전에 미군과 동대문파 사이에 충돌이 있었던 것 같습니다.
도석	(서류 슥 당겨오며) 미군? (정재 흘겨보고, 군인1에게) 그만 나가봐.
군인1	(경례하고 나가면)
정재	아마 별일 아닐 겁니다. 제가 잘 처리하겠습니다.
도석	이 계약에 우리 두 사람의 명운이 달려 있다는 거 잊지 마십쇼. (서류 밀고)
정재	예. (군은 얼굴로 서명한다)

S#57. 미군 헌병대 유치장 (D)

유치장 안 살모사, 창살 잡고 생떼 부리고,
헌병대원2, 무시하고 서 있다.

살모사 니들 내가 누군지 알아? 바로 이정재회장님 오른팔 아니, 오른
발이라고!! 여기 대한민국이야. 나 금방 나간다. 내가 나가기만
하면 가만 안 둬!

헌병대원2 (영) (곤봉 들고 다가와 창살을 세게 치며) 닥쳐!

S#58. 이정재의 집 거실 (D)

모 장관과 통화 중인 정재. 당혹스러운 표정이다.

정재 그게 무슨 말씀이십니까? 뺄 수가 없다뇨?

장관 (FT) 다른 문제도 아니고 미군 폭행이야. 미군이 제일 민감해하
는 사안이라고!

정재 저희 쪽에도 모르고 한 일입니다. 그렇게 설명을 하면, (하는데)

장관 (FT) 다 소용없어. 미군 처분을 기다릴 수밖에 없으니 그리 알아.
(끊고)

정재 (미치겠고, 이때)

부하 (V.O) 회장님.

정재 무슨 일이야?

부하 (들어와 인사하고) 종남서에서 형사 하나가 찾아왔습니다.

정재 (누군가 싶고)

시간 경과 ▶ 찻잔을 놓고 마주 앉은 영한과 정재.

정재 (차 마시고 여유 있게) 명성은 익히 들었네.

영한 (똑바로 보며) 저야말로 익히 들었습니다.

정재 자네 눈빛을 보니 내 식구들이 고초를 겪은 이유를 알겠구만. (웃고)

영한 고초는 열심히 사는데 뼈 빠지게 힘든 게 고초고… 깡패들이 나쁜 짓 하다가 뚜드려 맞는 건 처벌입니다.

정재 (애써 표정 관리) 이걸 객기라 해야 하나? 호기라고 해야 하나?

영한 객기나 호기 부리러 온 거 아닙니다. 천하를 호령하시는 大이정재회장님께, 감히 거래를 제안하러 온 겁니다.

정재 (웃고) 거래? 일개 형사가 나랑 거래할 게 있겠나?

영한 있다면요?

정재 거래할 만한 거라면 내 흔쾌히 받아들이지. 하지만 그렇지 않다면… 자넨 몸 성히 이 집 밖을 못 나갈걸세.

영한 천하를 호령하시지만 호령이 힘든 하나가 있으시죠? 대창일보!

정재 (대창일보라는 말에 표정 굳고)

영한 제가 내일 아침 대창일보 머리기사 초안을 입수했습니다. (주고)

정재 (받아보고 입 꽉- 다물고)

영한 착공식 기사는 다 막았어도 그건 못 막으실 것 같아서요.

신문기사 초안의 제목,
[동대문 이정재의 오른팔 어모씨 미군 폭행 후 체포]

정재 (한숨 내쉬고) 원하는 게 뭔가?

영한 (장난스럽게) 저 몸 성히 이 집 밖으로 나갈 수 있는 거죠?

미군 헌병대 초소 앞 (D)

철문이 열리고 자유의 몸으로 나오는 살모사, 바닥에 퉤- 침을 뱉는다.

살모사	황천 이 새끼, 이번엔 죽여야겠다.
영한	(V.O) 되겠냐?
살모사	(놀라 보면)
영한	어삼룡, 김성칠군 살해 혐의로 구속한다. (수갑 던지고) 알지? 알아서 차.
살모사	(바닥에 떨어진 수갑 발로 차고) 영장은 있고?
경환	막내야. 그거 꺼내라.
호정	(영장을 꺼내 보여주고) 맞지? (또박또박 강조) 물고기 어. 석 삼. 개미 룡.
상순	용문산 살모사가 아니라 뒷산 개미새끼였네.
살모사	(믿을 수 없고) 너 이 씨, 이거 가짜지? 어?
영한	(살모사 뒷덜미 잡고) 가짜긴. 가자. 이 개미새끼야.

영한팀에게 맥없이 끌려가는 살모사.

S#60. 종남경찰서 취조실 안 (D)

살모사와 마주 보고 앉은 영한.

영한	(책상 위로 칼 던지고) 니 거지?
살모사	(슬쩍 보고) 증거 있어? (비아냥) 뭐, 죽은 놈이 와서 고자질이라도

했냐?

영한   증거는 많지.

영한, 거칠게 살모사의 얼굴을 잡아 돌리면, 살모사 뺨의 상처 드러난다.

영한   니 뺨에 이 상처.

S#61. 종남시장 호랭이떡집 앞 (N): 사건의 전모

쿠당탕! 살모사에게 맞아 쓰러지는 성칠.
성칠, 그대로 바닥을 더듬어 양잿물 양동이를 집고 확 뿌린다!

살모사   (뺨에 손 가져다 대며) 으악!!

성칠   간나새끼! 꽁지 빼고 달아날 땐 언제고 달밤에 쥐새끼처럼 찾아
왔구나야!

살모사   (화난, 방울뱀과 백사에게) 야, 잡아.

방울뱀과 백사, 성칠의 양팔을 잡는다.
성칠, 몸부림치지만 역부족이고.
양쪽에서 붙잡는 방울뱀과 백사의 손에 더 힘이 들어가 완전히
꽉 잡힌다.

영한   (V.O) 못 움직이게 하려고 양팔을 압박해서 성칠이 몸에 생긴 멍
자국.

살모사, 뒤춤에서 칼을 확 빼들고 포박된 성칠을 찌른다.
방울뱀, 백사, 놀라 살모사를 보고.
살모사, 계속해서 성칠을 마구 찌르면 얼굴과 옷에 피가 마구 튄다.
촥– 칼을 뽑으면 바닥으로 고꾸라지는 성칠.

방울뱀   (겁에 질려) 겁만 주시려던 거 아닙니까?
살모사   (대꾸 않고, 손수건 꺼내 칼에 묻은 피를 닦고, 백사에게 건네고) 이건 니
         가 알아서 처리해.
백사   (손 덜덜 떨며 받고)
영한   (V.O) 그리고….

S#62. 종남경찰서 취조실 안 (D)

영한, 살모사의 오른 손목을 확 잡아채면, 오른손 검지에 피딱지
앉아 있다.

영한   성칠이를 찌르다 생긴 니 손의 상처. 증거가 부족했던 건 아니
         야. 너 같은 새낄 잡아넣는 게 힘들었던 거지.
살모사   (고개 푹 숙이고)
영한   내가 널 보면서 얻은 교훈이 있어. 이 세상에 못 잡을 놈은 없다…!
혜주   (V.O) 종남시장 김모씨 살인사건의 일당이 구속됐다.

S#63. 종남경찰서 복도 (D)

포승줄에 묶여 영한팀에게 연행되는 살모사, 방울뱀, 백사.

혜주 (V.O) 동대문파 2인자 어모, 방모, 추모씨로 흉기를 사용해 범행을 저지른 것으로 경찰 조사 결과 밝혀졌다.

S#64. 종남시장 채소가게 앞 (D)

금옥과 이야기 나누는 경환.

경환 덕분에 범인을 잡을 수 있었습니다.
금옥 (울먹이며) 성칠오라버니의 억울함을 풀어줘서 고마워요. (눈물 흘리는데)
경환 (조심스럽게 금옥의 어깨를 토닥이며 위로하는)

S#65. 국과수 연구실 안 (D)

국철, 작게 오린 신문기사 하나를 게시판에 붙인다.
[종남시장 살인사건 범인 어모씨 구속] 기사의 국과수 부분 줄쳐져 있다.
국철, 사건 해결에 일조했다는 흐뭇함에 옅은 미소를 짓고 기사를 바라본다.

혜주 (V.O) 어모씨 단독범행이 아닌 것은 1955년에 설립된 내무부 산하기관 '국립과학수사연구소'의 부검을 통해 밝혀졌다.

S#66. 종남시장 호랑이떡집 안 (D)

혜주, 호할매 옆에서 신문을 읽어주고 있고,
난실, 호할매 손을 꼭 잡고 있다.

혜주   이를 바탕으로 종남경찰서 수사1반은 끝끝내 어모씨를 붙잡을
      수 있었다.
호할매 고맙데이…. (눈물 훔치고)

S#67. 종남시장 호랭이떡집 앞 (D)

호할매를 부축해서 함께 밖으로 나오는 혜주와 난실.
떡집 앞에 서 있는 시장 상인들, 사죄하듯 호할매에게 허리 숙여
사과한다.

호할매 (상인들 보고, 괜찮다는 듯) 범인 잡았으이 됐다. (가고)

혜주와 난실, 호할매 부축하며 따라간다.

S#68. 성칠의 무덤 앞 (해 질 녘)

영한, 털썩 - 봉분 옆에 앉고, 노을이 지는 풍경을 바라본다.
이 위로,

성칠   (V.O) 성님. 세상이 참 아름답지 않습네까?

S#69. 어느 공터 (해질녘): 영한의 회상

빨랫줄에 얇은 천들이 색색깔로 걸려 바람에 흩날리는 어느 공터.
영한과 성칠, 앉아서 노을을 바라보고 있다.

영한   (웃고) 넌 뭐가 그렇게 맨날 다 좋냐?

성칠   우리 아바이가 노비였습네다. 옛날 같았음 나도 노비였을 텐데
       이젠 노비가 없어졌지 않습네까? 그러니 좋지요. 떡 팔아서 돈
       도 벌구.

영한   (귀여운) 그래, 돈 많~이 벌어라.

성칠   앞으로 세상이 더 좋아지면 나 같은 놈이 부자 될 일 없겠습네
       까? 난 한글도 배우고, 책도 많이 읽어서 이 담에 할매 떡집 크
       게 키울 거요.

영한   나도 남의 돈 뺏는 나쁜 놈들 말고, 너처럼 열심히 산 사람들이
       부자 되는 세상이 왔음 좋겠다.

성칠   그런 간나새끼들은 성님이 다 잡아주실 거 아임까? 그럼 나 같
       은 놈도 금방 부자 돼서 우리 할마이 호강시켜드릴 수 있겠죠?
       그렇게만 되면 세상 살기 참 재밌지 않겠슴까?

영한   (성칠의 머리 쓰다듬으며) 그래. 그런 세상이 오겠지. 올 거야.

영한과 성칠, 나란히 앉아 노을을 바라보는 뒷모습에서,

S#70. 다시 성칠의 무덤 앞 (해질녘)

성칠의 무덤 옆에 나란히 앉은 영한의 뒷모습.

영한	(자리 툭툭 털고 일어나 무덤 보며) 그치, 이대로 끝내면 재미없지, 성칠아?

S#71. 이정재의 집 거실 (D)

정범을 단속시키는 정재.

정재	어렵게 따낸 군납권이야. 지난번 밀수 때처럼, 절대 실수하면 안 돼.
정범	염려 마십쇼, 회장님. 이번엔 절대 실수 없게 하겠습니다.
정재	행여나 차질이 생긴다면 백도석중령 앞길도 막는 거야. 백중령은 우리 동대문에 꼭 필요한 사람이야. 명심해!
정범	예, 회장님. 제가 하나부터 열까지 완벽하게 거래 마무리하겠습니다.

S#72. 달리는 트럭 안 (D)

운전하는 정범.
정면 도로 한가운데에 왕빈대가 앉아 있는 걸 보고, 놀라 브레이크를 밟는다.

S#73. 도로 일각 (D)

끼익- 소리와 함께 트럭 멈추고, 빵빵- 경적이 울린다.

정범	(내리고, 왕빈대에게 다가가고) 야 이 거지새끼야, 비켜!
왕빈대	(자리에서 일어나 씩 웃고 휘파람 불고)
거지떼	(일제히 튀어나와 트럭으로 달려들고)
정범	(놀라서 트럭으로 달려가고) 뭐야, 니네! 저리 안 꺼져?

정범, 운전석에 타려는데, 거지들 손에 이끌려 내동댕이쳐지고,
거지들, 정범 둘러싸고 마구 팬다.
그사이 나타난 경환, 운전석에 올라타고, 나머지 거지들 따라
탄다.
얻어터져 엉망이 된 정범, 바닥에 엎드린 채 손을 뻗지만 힘이
없고,
지그재그로 비틀대며 점점 멀어지는 트럭 뒷모습만 바라본다.

S#74. 이정재의 집 거실 (D)

정재	(전화 받으며) 그게 무슨 말이야?! 트럭이 어디로 사라져? (듣고) 뭐? 거지들?

이 위로, 뉴스 시그널이 흐르고, 아나운서 "오늘의 뉴우스!".

S#75. VISION

[1] 서울 시내 (D)
사람들이 오가는 모습들 자료화면으로 흐른다.

아나운서 　(FT) 서울 일대에서 국군사령부의 군납품이 암암리에 거래되고 있습니다.

[2] 종남회관 안 (D)
바닥에 기절한 정범과 절망한 표정으로 머리를 싸매는 정재.

[3] 군 간부실 안 (D)
문책을 받는 굳은 표정의 도석, 상급 간부에게 계급장 팍- 떼인다.

아나운서 　(FT) 해당 군납품은 고가의 양주와 고급 나일론 양말 등으로, 군 당국은 유통 경로에 연루된 책임자를 엄중 조치하겠다고 밝혔습니다.

[4] 길거리 (D)
왕빈대와 거지들, 줄줄이 앉아서 나일론 양말을 신으며 낄낄댄다.

아나운서 　(FT) 다음 뉴스입니다. 최근 서울 시내 보육원에 홍길동이란 이름으로 거액의 기부가 잇따르고 있습니다. 이승만대통령은 기부자를 찾아 크게 치하하겠다고 밝혔습니다.

S#76. 종남서림 안 (N)

테이블 위에는 군납 도장 찍힌 양주가 여러 병 놓여 있다.
상순, 경환, 호정, 유반장, "건배!"를 외치며 잔을 부딪친다.
이때 안으로 들어오는 영한.

상순	사장님 잘 바래다드렸어요?
영한	(다가와 앉고) 어. 너네 이거 싹 치우고 가야 한다. 혜주씨 고생 안 하게.
상순	(시원하게 한잔 먹고, 콜록거리고) 비싼 술이라 그런지 술맛이 좋네. 2반새끼들도 이런 건 못 먹어봤을걸?
유반장	최서장도 못 먹어봤을 거다.
경환	근데 이정재 물건 가로챈 거 서장님이 알면 이번엔 우리 진짜 잘리겠죠?
호정	(유반장 보며) 그럼 반장님이 그때처럼 또 막아주시면 되죠.
영한	반장님 뭐 서장님 대신 총이라도 맞아줬어요?
상순	그러게, 반장님 전부터 동대문파 때려잡으셨잖아요. (유반장 위아래로 훑으며) 근데 어떻게 아직까지 살아남으셨지?
유반장	(픽 웃고)
영한	이번엔 그냥 넘어가지 말고 말 좀 해줘요. 뭐예요, 대체?
유반장	최서장 나한테 단단히 잡힌 게 있거든.
상순	뭔데요 그게?
유반장	그 양반 친일파였어. 니들 신광회라고 알아?
경환	신광회? 무슨 계모임이에요?
유반장	왜 그 오드리 고가 운영하던 친일 단체 고아원도 신광학원이었 잖아. 신광회도 친일파들끼리 만든 모임인데, 자기들끼리 밀어 주고 당겨주면서 다들 한 자리씩 차지하고 있거든. 최서장도 거 기 회원이고.
경환	이것도 특경대 시절에 알게 되신 겁니까?
유반장	어. 그래서 나한테 함부로 못 해. 내가 다 불어버릴까 봐.
호정	(신나서 술잔 들고) 수사2반에 서장님이 있다면 우리한텐 반장님 이 있다!
영한	(술잔 들고) 그럼 앞으로 반장님만 믿을게요.

일동   (건배하고)

S#77. 종남 거리 (N)

나란히 걸어가는 영한팀과 유반장.

상순   (취해서) 반장님, 2차 가실 거죠?

유반장   됐어 인마. 니들끼리 가. 나 먼저 간다. (가고)

영한   조심해서 들어가세요.

유반장   (손 들어 인사하며 가고)

상순   (영한에게) 2차는 대폿집 가죠? 우리 순남이 보러 가야지~ 왈왈!

영한   (웃으며) 짜식. 비싼 술 먹어도 개가 되네.

이때 영한팀 앞에 서는 검은 차 한 대. 영한팀 놀라 보면,
뒷좌석 문을 열어주는 운전사. 곧이어 정재, 차에서 내린다.

정재   (그 자리에 서서 영한에게 오라고 손짓)

영한   (정재 앞으로 뚜벅뚜벅 걸어가) 오늘이 제 제삿날입니까?

정재   자네한테 선택할 기회를 주지. 죽을지, 아님 내 밑에서 부귀영화
          를 누릴지.

영한   선택지가 너무 극단적인 거 아닙니까?

정재   자네랑 나 사이에 중간은 없어.

영한   (고민하는 척하다) 그럼 죽죠, 뭐.

정재   후회 없겠나?

영한   회장님은 후회 없으시겠어요? 원래 주먹이란 게 세게 휘두르다
          보면 헛주먹 한 방은 자기를 때리게 되는 법입니다.

정재	내 주먹은 한 번도 빗나간 적이 없어.
영한	그 주먹이 언제까지 통할 거 같습니까?
정재	건방지게 기회를 차버린 대가는 조만간 자네 목숨값으로 받지.

정재, 차에 타고.
동대문파 깡패들, 뒤따라 일제히 차에 타고, 떠난다.

경/호	(영한에게 오며) 오오오~
영한	(긴장 풀리며) 아 씨, 쫄았네.
상순	(안 쫀 척) 뭘 쫄아요, 우리가 있는데?
영한	뭐 니들이 나 지켜줄라고?
상/경/호	당연하죠!
영한	(말이라도 든든, 씩 웃고) 가자!
경환	(따라가며) 형님이 쏘시는 겁니까?
호정	(절레절레) 주먹이 아니라 술로 죽겠는데요.

왁자지껄 걸어가는 영한팀의 모습, 프레임 밖으로 사라지면,
종남 거리, 단풍이 들었다가 낙엽이 떨어지고 겨울의 풍경으로
바뀐다.

S#78.　종남경찰서 수사반 안 (D)

영한, 상순, 경환, 모여서 대화하고 있고,
호정, 홀로 떨어져 앉아 잔뜩 우울한 표정을 짓고 있다.

경환	여자들은 무.조.건. 크고 화려하게 해야 좋아합니다.

영한	오호~! 구체적으로 어떻게?
경환	이따만 한 꽃다발이나 알 굵은 반지 같은 거 주면서 청혼하면 껌벅 죽죠. 그리고 결혼하자고 멋지게 말해야 합니다.
영한	멋지게? 예를 들면?
경환	"당신의 눈동자에서 평생 헤엄치고 싶습니다." 어떻습니까?
상순	(감탄) 이 자식 이거, 선수네. 제가 여자면 바로 넘어가겠는데요?
영한	(솔깃하고) 그래? (혼잣말처럼 중얼) 근데 왜 여자가 없지?
호정	(훌쩍이고)
영한	(호정 보고) 근데 쟨 무슨 일 있어?
상순	실연이라도 당했나 보죠.
호정	(입 틀어막으며 울고)
경환	형님, 아까 그 말 잊지 말고 꼭 하셔야 됩니다.
영한	(비장하게) 당신의 눈동자에서 평생 헤엄치고 싶습니다.

S#79. 종남서림 앞 (D)

성에가 낀 종남서림 창가로 흐릿하게 혜주의 실루엣이 보이고, 정장 위에 코트 입은 영한, 문 앞에 서서 긴장한 표정으로 심호흡을 한다.

영한	혜주씨, 당신의 눈동자에서 평생 헤엄치고 싶습니다. (문 열고 들어가고)

S#80. 종남서림 안 (D)

서점 문을 등지고 책 정리를 하고 있는 혜주. 문 열리는 소리가
나고,

혜주 (뒤돌며) 어서 오세…! (영한 보고, 활짝 웃는) 형사님! (영한에게 다가
가는)

영한, 활짝 웃으며 다가오는 혜주가 너무 예뻐서 그 자리에서 굳
는다.

혜주 오늘은 별로 안 바빴나 봐요? 대폿집에 먼저 가서 기다려야 하
나 했는데.
영한 (안 들리고, 혜주만 빤히 보고)
혜주 (영한의 복장 보고, 걱정하는) 옷을 왜 이렇게 얇게 입었어요. 밖에
추운데. (옆에 놓인 목도리를 집어 영한의 목에 둘러주고) 됐다. 이제
따뜻하죠?
영한 (진지하게) 좋아합니다.
혜주 네? (웃는) 갑자기요?
영한 항상 혜주씨 옆에 있고 싶은데, 일 때문에 매번 기다리게만 해서
미안해요.
혜주 여자 기다리게 하는 건 불법이지만, 형사님이니까 선처 가능해요.
영한 구차한 변명이지만… 앞으로도 혜주씨를 혼자 있게 할 날이 많
을 겁니다. 위험한 상황에 처할지도 모르고, 연락 없이 돌아오지
못할 수도 있어요. (조심스럽게 용기 내) 그래도 혜주씨가 용서해
줄 수 있다면, 우리 결혼해요.
혜주 (뜻밖의 청혼에 당황해서 영한과 눈을 마주치지 못하는)
영한 (거절인가 싶어 시무룩한 표정으로 시선을 떨구는데, 이때)
혜주 (영한의 목도리 잡아당겨 뽀뽀하고) 대신 하나만 약속해요. 늦게라도

꼭 내 옆에 돌아오겠다구요.

영한　(끄덕이며 웃는) 네. 약속할게요.

영한, 혜주를 꽉 안아주고.
두 사람의 뒤로 창밖에 눈이 내린다.

S#81. VISION

[1] 결혼식장 안 (D)
버진로드를 걷는 영한과 혜주, 주위에 사람들이 박수 치고 축하
해준다.
그 위로 총소리 연달아 나고.

[2] 광화문 앞 (D/1960. 4. 19.)
시위대와 경찰이 충돌하는 모습.
4·19 자료화면들이 흐른다.

[3] 뉴스화면
4·26 시위와 하야 성명 발표에 관한 영상 자료(대한뉴스 제262-
263호).

[4] 광화문 거리 (D)
[나는 깡패입니다. 국민의 심판을 받겠읍니다.] 현수막 앞으로
이름을 쓴 천을 목에 걸고 걷는 정재, 조리돌림당하는 보도 스틸
사진. 클로즈업되었다가 CA, 옆으로 이동하면 맨 끝에 걸린 영
한 모습.

[5] 경찰시험장 안 (D)

[1962년 하반기 여경 공채 선발시험] 현수막 아래 앉은 면접관과 응시자들.

응시자들 속 20대 초반 난실, 긴장한 얼굴로 앉아 있다가 이윽고 이름 불리면 자신 있게 웃으며 대답하고.

문 앞에 영한팀, 얼굴만 내밀고 난실이 잘하는지 지켜보고 있다.

[6] 종남경찰서 수사반 안 (D)

여경이 되어 정복을 입고 경례하는 난실.

좋아하며 박수 치는 유반장과 영한팀.

[7] 어느 골목길 (N)

술에 취한 유반장 걸어가고,

검은 복면을 쓴 도석, 강형사(62년 인물), 사내2, 이를 뒤따른다.

유반장, 싸한 기분에 뒤를 획- 돌아보면, 아무도 없는 골목길.

뭔가 심상치 않음을 느낀 유반장, 천천히 걷다 점점 속도를 높인다.

골목에 숨어 있던 검은 사내들, 유반장의 뒤를 쫓고.

막다른 골목에 다다른 유반장.

거리를 좁혀 다가오는 검은 사내들, 유반장을 두들겨 팬다.

도석, 품에서 긴 사시미칼을 빼 들고.

벽에 비친 그림자들.

유반장이 칼에 찔리고 비명이 울려 퍼지며, 암전.

_《수사반장 1958 대본집 2》에 계속.

1회

· 12씬 ·

"무릇 세상이라는 게 술 빚는 거랑 같아서 불순물을 잘 걷어내야 맑은 술이 나오는 법이다. 난 네가 맑은 술 같은 세상을 만드는 데 보탬이 됐으면 한다."

영한의 아버지가 곧 서울로 떠나는 아들에게 당부하는 대사입니다. 영한은 장차 황천이 아닌 종남의 경찰로 살아가며 수많은 어려움을 겪게 되지만, 아버지의 이 말씀을 기억하며 자신의 사명으로 삼습니다. 이러한 사명감과 '부끄럽지 않은 경찰이 되겠다'는 아버지와의 약속은 앞으로 영한이 종남을 떠날 수 없는 이유가 됩니다.

· 17씬 ·

"소가 말입니다, 경수네는 대학교 학비고, 만득이네는 죽을병 수술비고, 옥분이네는 딸내미 시집갈 돈이에요. 그런 소를 훔치는 건 한 가족 인생을 망치는 거라구요!"

종남서에 첫 출근을 한 영한은 황천에서 죽어라 소도둑만 잡던 이유를 묻는 유반장에게 위와 같이 답합니다. 영한이 이제껏 힘없는 이들을 지키기 위해 얼마나 애써왔는지, 어떤 경찰로 살아가고 있는지를 보여주는 대사라고 생각합니다.

· 29씬 ·

영한과 상순의 첫 만남

종남구는 경찰이 정치 깡패에게 뒷돈을 받고 그들을 비호하는 나쁜 놈들의 천하입니다. 영한은 깡패란 경찰 앞에 납작 엎드려 기는 것이 당연한 황천 출신이라 이런 종남의 상황에 납득하지 못하고 분노합니다. 그래서 자신과 같은 분노를 지닌 상순을 처음 봤을 때, 심지어 상순이 그 분노를 시원하게 내질러버리는 모습을 눈앞에서 목격했을 때 상순을 향한 관심과 호감에 불꽃이 튑니다. 이 장면을 통해 시청자들이 앞으로 영한과 상순이 뜻을 함께하는 동료가 되리라는 기대감을 갖게 되길 바랐습니다.

· 48씬 ·

"그래. 변하는 거 없지. 근데, 세상에 나 같은 놈 하나쯤 있어서 나쁠 건 없지 않냐? 너까지 두 놈이면 더 좋고."

영한은 유반장에게 왜 혼자서 부패한 종남서 형사들을 막으려 애쓰는지 묻습니다. 지극히 간단명료한, 그래서 더 진정성이 느껴지는 유반장의 답을 듣고, 영한은 앞으로 유반장만을 자신의 유일한 상관으로 존중하며 따르기로 마음먹습니다.

· 16씬 ·

"보통 이런 상황일 땐 그렇게 표현들 하던데… 생명의 은인?"

영한과 상순은 미군 밀수 범죄 물품들을 성황리(?)에 무료 나눔 해버립니다. 영한-상순 콤비가 막 목욕하고 나온 산뜻하고 개운한 얼굴로 막대 사탕을 빨며 밀수 공범인 종남서 형사들을 엿 먹이는 씬이 방송에서 코믹하게 잘 표현돼 무척 즐거웠습니다. 이 밀수 사건은 영한-상순 콤비가 처음으로 합을 맞춘 사건이며, 구린 경찰 천하인 종남서에 새로운 바람이 불기 시작한 것을 상징적으로 보여준다는 의미에서 제게 뜻깊었습니다.

· 39씬 ·

" This is a miracle!!!"

호정이 경찰이 되기를 포기하고 존경하는 보안관 프랭크 해머의 모조품 배지를 힘껏 던져버리는 씬입니다. 그러나 배지는 창밖으로 나가지 않고 재킷의 가슴팍으로 돌아와 툭 떨어집니다. 대본에서는 이 행위가 한 번으로 끝나지만, 나중에 완성된 방송을 보니 세 번의 반복으로 더욱 코믹한 장면이 연출됐습니다. 작디작은 우연의 결과라도 경찰이 되라는 신의 계시로 받아들이고 싶은 간절함을 잘 표현해준 윤현수 배우님의 연기와 기발하고 코믹한 감독님의 연출이 만난 결과물을 보며 신나게 웃었던 기억이 납니다.

"우리가 할 일은 딱 두 가지밖에 없다. 약한 사람은 보호하고, 나쁜 놈들은 때려잡고!"

갓 한 팀을 이룬 영한이 상순과 경환에게 경찰의 존재 이유를 강력하게 설파하는 대사입니다. 너무나 당연한 이야기지만, 이어지는 상순의 대사처럼 '약한 사람들 때려잡고 나쁜 놈들 보호'하는 이들이 넘쳐나는 이 세상에 계속해서 울려야 할 말이라고 생각합니다.

3회

· 7씬 ·

"경찰한테 제일 중요한 건 하나밖에 없어. '이 사건을 해결 못 하면 한 사람 인생이 작살날지도 모른다!' 생각하는 거. 이거 하나면, 아무리 뚜드려 맞아도 하나도 안 아프고 며칠 밤을 새도 정신이 아침 이슬처럼 맑다니까. 그뿐인 줄 알아? 천지신명도 우릴 돕는다고!"

경찰로서 영한의 가치관이 드러나는 대사입니다. 체포술이나 사격을 잘하는 경찰이 좋은 경찰이 아니라, 누군가의 인생이 자신의 손에 달려 있다는 생각으로 사건에 매달리는 집념 있는 경찰이 좋은 경찰이라는 가치관 말입니다. 상순과 경환, 호정은 이후로도 그런 영한의 가치관에 점차 물들어가게 됩니다.

4회

· 16씬 ·

"콩알만 해도, 팥알만 해도 자존심 있어요. 야 일루 와!"

상순이 고아였다는 과거가 드러나는 씬입니다. 겉보기엔 거칠고 제멋대로인 듯하지만, 같은 상처를 지닌 아이들을 돕고 싶어 하는 상순의 따뜻한 마음이 처음으로 보이는 장면입니다. 영상으로 보니, 이동휘 배우님의 깊은 연기가 더해져 작가인 저조차 상순이라는 인물에게 더 푸욱 빠져버렸던 기억이 있습니다.

· 80씬 ·

"저한텐 이게 있잖아요."

상순에게 위로 받고 필살기(?)까지 전수 받은 영남이가 미국으로 입양 가는 장면입니다. 상순은 영남과 철수 형제의 인생을 끝까지 지켜주지 못해 쓸쓸해하지만, 오히려 영남은 해맑고 의젓하게 상순을 안심시켜줍니다. 아마도 영남은 같은 처지임에도 멋진 형사가 된 상순을 롤 모델로 삼아 미국에 가서도 씩씩하게 잘 자랐을 겁니다. 상순 역시 가슴 한편에 영남과 철수 형제에 대한 기억이 오래오래 남았으리라 생각했습니다. 방송을 본 저에게도 여운이 많이 남는 씬이었습니다.

322

· 25씬 ·

"…해라."

"그래가 잡는다 카면 해야지."

"끝까지 그놈 잡는다 캐줘서 고맙데이…."

당시에 부검을 받아들이는 이들은 극소수였습니다. 부검이란 사망자를 두 번 죽이는 일, 또는 부관참시의 형벌처럼 여겨졌기 때문입니다. 그러나 호할매는 누구보다 성칠을 죽인 범인을 잡고 싶어 하는 영한의 마음을 알기에 큰 위로를 받고 부검을 받아들입니다. 영상을 보고, 호할매 역을 맡아주신 차미경 배우님의 열연에 울컥했던 씬입니다.

· 29씬 ·

"형사 때려치고 그냥 다 죽여버릴까. 아니 그냥 쥐도 새도 모르게 싹 다 없애버릴까. 하루에도 몇 번씩 그런 생각이 나고."

"너무 제가 무력해요."

성칠의 죽음 이후, 경찰이 되고자 했던 영한의 결심이 송두리째 흔들리는 모습입니다. 이대로 증거를 찾지 못하면 성칠을 죽인 살모사를 영영 풀어줄 수밖에 없는, 그 울분과 무력감이 뒤섞인 심정을 완벽하게 표현해준 이제훈 배우님의 연기를 감탄하며 봤습니다.

수사반장
1958

종남경찰서

종남서림

고려은행

하숙방

종남경찰서

단면도

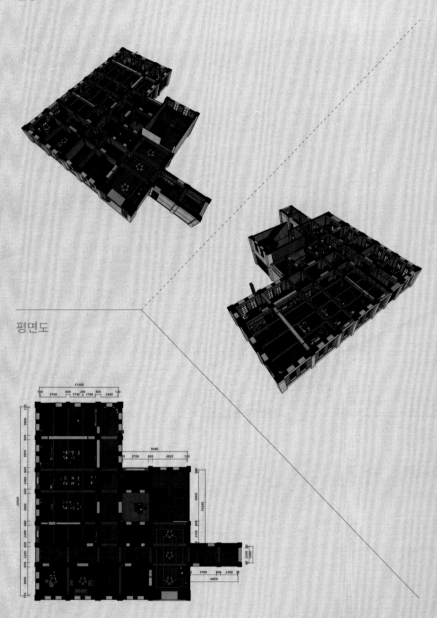

평면도

종남서림

단면도

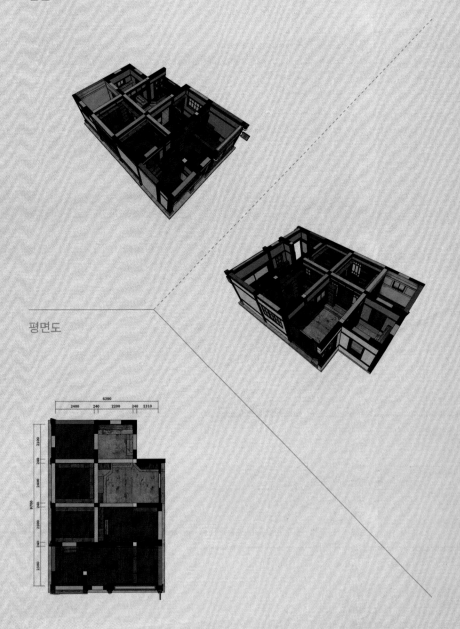

평면도

단면도

평면도

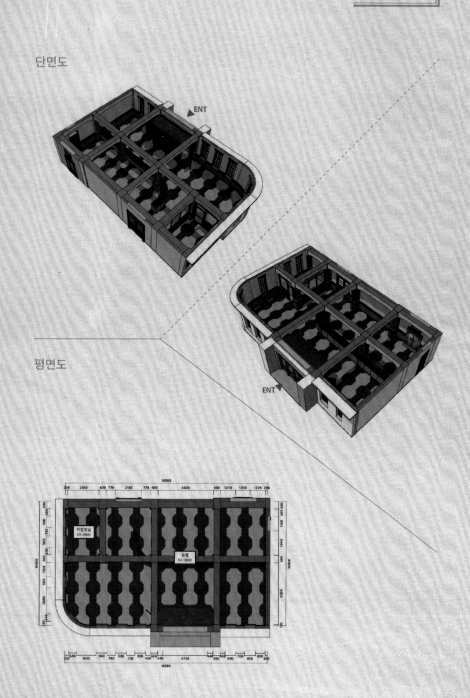

하숙방

단면도

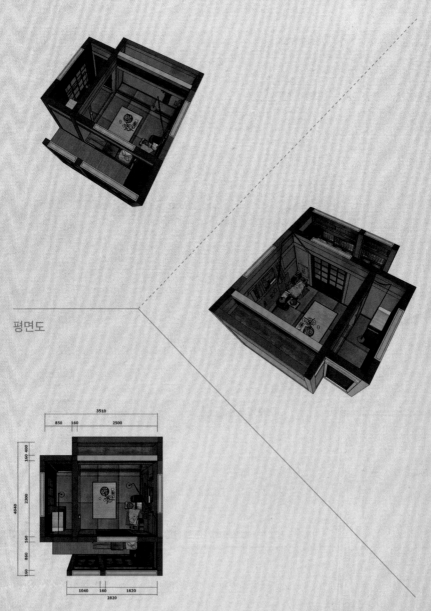

평면도

만든 사람들

이제훈 이동휘 최우성 윤현수 서은수
최덕문 정수빈 김민재 오용 조한준 남현우 송욱경 류연석 도우
특별출연 최불암

기획 장재훈 홍석우
제작 안은미
프로듀서 윤홍미 김지하 지환
제작총괄 방옥경 윤석동
크리에이터 박재범
극본 김영신
연출 김성훈

촬영 김형석 양희진 **조명** 김호성 **동시** [sound is...] 김준택 **Key Grip** 노한결 김태영
미술 [VERANDA] 소성현 **DI** [A2Z Ent./FRAME] 오정현 **Sound Supervisor** 유석원
CG [BARUNSON DIGITAL IDEA] **편집** 신민경 **음악** 김우근 **무술** [팀미라클] 장영주 권승구
특효 [디엔디라인] **조연출** 정윤지 박용호 김재연 이수완 정진철
촬영팀 최지홍 김기원 이홍재 신대현 김예지 동수한 김태권 김나린 최서하 **촬영C** 조정희
촬영지원 오진영 오진호 **조명팀** 김종훈 정태군 이준승 고경태 김준호 윤근희 이종휘 **발전차** 이인교
조명크레인 손용훈 **동시팀** 김경원 이우준 **GripA** 이용우 이도현 박예찬
GripB 고부경 김승진 양수철 **Dit** 남태규

아트디렉터 황대경 **미술팀장** 김나예 박소연 **미술팀** 표정민 한수민 최지혜 **미술지원** 김나윤 김인혜
세트 [딱다구리] **세트총괄** 김창식 **세트팀** 홍경주 유항공 김관철 임채열 김창민 **세트진행** 원성국
작화 [아트필] 이혁준 **세트제작** [도담터] **작화** [BLUE MONSTER] 최지현
작화팀 최지훈 김열린이 김훈기 정주현
소품 [프롬에이치, 반디나무] 조효근 신승훈 **소품실장** 한지선 **소품팀장** 이준혁 엄소연
소품팀 박해찬 최수민 정문경 신혜령 이진우 이장섭 **소품제작** [프롬에이치, 조페토] 김민정 조완모
소품운송 이기식 이종국 **소품B** [프롬에이치] 류단희 김도은 은소진

| MBC ART |

분장 이서현 김예은 정연진 최유리 **미용** 전찬미 김판섭 남혜리 **미술행정** 우설아
의상디자인 [스타일7] 양현서 이수연 **의상실장** 윤혜정 **의상팀장** 박선화 윤경하
의상팀 김아현 김예림 임지수 주소영

특수분장 [도트] 피대성 설하운 **특수분장 팀장** 이가영 박수민 **특수분장팀** 김성현 정윤서 이영진 박나림

무술지도 홍남희 **특수효과디렉터** 도광섭 도광일 **특수효과팀장** 권영근 김진민

특수효과팀 이경민 용현호 이승섭 정지윤 **캐스팅** [WAA] 김우종 김주남 **아역캐스팅** [퍼스트액터스]

외국인캐스팅 [지은컴퍼니] 노서윤 김송이 **보조출연** [한강예술] 김희성 김성복

B편집기사 이가람 허지운 **편집팀** 김수현 석지원 **종합편집** [A2Z Ent./FRAME] 정상혁

음악팀 이성주 서가의 이성이 정진목 황유경 **음악오퍼레이터** 고성필 **내부FD** 윤신혜

스토리보드 조성환 **티저&하이라이트** [PEAK] 박상권 우정연 우선호

Sound Design 배상국 김수남 **Sound Editor** 조해리 **Ambience** 김병구

Dialogue Editor 김용회 서가흔 **Foley Artist** 허정현 **Foley Recordist** 노의담

Motion Graphics Art Director 유나리 **Motion Graphics Visual Director** 유재호

Motion Graphics Designers 허석연 김민재 **Typographic Designer** 박창우 **컨셉아트** 최헌영

VFX [BARUNSON DIGITAL IDEA] 박성진 이경재 양오석 김파랑 이보람 허유림 양시은
염도선 손형록

MBC미디어사업 최윤희 **MBC홍보** 여유구 장은희 **MBC디지털콘텐츠편집** 신유정

외주홍보 [피알제이] 박진희 이미송 현예희 **스틸** [B_a studio] 서지형 용재만 강다정

메이킹 강동우 강경우 박건우 **iMBC웹기획/운영** 손지은 최소정 **iMBC웹디자인** 이경림

iMBCSNS 김민영 김하슬 **iMBC메이킹** 김준엽 **iMBC실시간클립** 최아영 유이수 이주연

포스터 [꽃피는 봄이오면] **포스터사진** 이전호 **제작행정** 변종원 **MBC콘텐츠마케팅** 장해미 최지원

마케팅총괄 [에이블] 강태우

근현대사자문 송은영 이한빛 **경찰자문** 박병식 이은영 **의료자문** 김광현 김광훈 **음식자문** 김민지

영어자문 최세라 **북한말자문** 김소연 **한자, 일본어자문** 이주형 송미경 **보조작가** 고혜영

| 에이스미디어 |

스탭버스 박종환 **분장버스** 신동욱 **의상버스** 이지범 **카메라탑차** 이수영 **카메라봉고A** 이택중

카메라봉고B 이정호 **진행봉고** 이종훈

특수차량 [카해피] 김영동 임선근 **대본** [명성인쇄]

제작PD 남현우 **라인PD** 김수지 남원우 유익현 **회계부장** 김민지 **로케이션** 천재훈 김완 김준수 박정국

SCR 허종진 **FD** 이지희 김경모 정충성 박지연

MBCC&I출판기획 김정혜 **MBCC&I콘텐츠사업** 오태훈 문홍기

기획 MBC **mbc**

제작 바른손스튜디오 Barunson

스트리밍 디즈니+ Disney+

제작지원 백년화편 경기도/경기콘텐츠진흥원 장모님치킨 서오릉피자

협찬 담양추억의골목 옹기백화점 하나토기 블라인드에스 아띠채 산본문화조명

수사반장 1958 1

1판 1쇄 인쇄	2024년 9월 5일
1판 1쇄 발행	2024년 9월 26일

지은이	김영신

발행인	황민호
본부장	박정훈
책임편집	강경양
기획편집	신주식 이예린
마케팅	조안나 이유진 이나경
국제판권	이주은
제작	최택순

발행처	대원씨아이㈜
주소	서울특별시 용산구 한강대로15길 9-12
전화	(02)2071-2094
팩스	(02)749-2105
등록	제3-563호
등록일자	1992년 5월 11일

ISBN	979-11-7288-490-1 04810
	979-11-7288-489-5 (set)